新美南吉 珠玉の名作はいかにして生まれたか

上田 信道 著

明治図書

はじめに

　本書では３つの往還の行き来という観点から，新美南吉の童話や小説はいかに構想されたか，すなわち珠玉の名作はいかにして生まれたか，について読み解きます。

　第一の往還は，半田地域の岩滑（生い立ちの地）から岩滑新田を経て大野（古い港町）に至っています。知多半島を横断するこの街道は「大野街道」（通称・黒鍬街道）と呼ばれ，人力車や牛車や馬車が往来し，大いに栄えました。また，南吉の頃には，ほぼ大野街道に沿って「県道乙川大野線」（のち県道265号線）が開鑿されています。こうした往還の行き来を通して，南吉は「ごん狐」「百姓の足、坊さんの足」「おぢいさんのランプ」「牛をつないだ椿の木」「嘘」「狐」などの着想を得ました。

　第二の往還は，岩滑と半田市街地を結ぶ「岩滑街道」と「紺屋海道」です。また，南吉の頃には，古い街道とは別に「県道卯坂半田線」（通称・大道）が新たに開鑿され，岩滑から宮池や煉瓦造りのカブトビール工場（文明の象徴的存在）を経て官鉄（いまのＪＲ）の武豊線「半田駅」や知多鉄道（いまの名古屋鉄道河和線）の「知多半田駅」に至っています。文明の利器である鉄道は，南吉の憧れた外の世界に続きます。すなわち，文化芸術の中心地で多くの文壇人の集う憧れの東京，文化芸術の香りを求めて通った名古屋，高等教育を受けた者にふさわしい処遇を初めて得た安城に続いています。南吉はこれらの往還の行き来を通して，子どもの心理をリアルに描く「うた時計」「家」「耳」「疣」など，少年小説他の着想を得ました。

　第三の往還は，安城地域の出郷（南吉の下宿先），駅前の商店街や花ノ木，安城高等女学校（南吉の勤務先）などを結んでいます。この往還は広域の要所を結び多くの人びとの往来する街道とは異なり，身近な地域共同体の人びととの往来する街路や里道です。南吉はこうした街路の往来を通して，自らの心象中に理想的な地域共同体の在り様を思い描き，「花のき村と盗人たち」

「和太郎さんと牛」など〈民話的メルヘン〉の着想を得ました。なお，結核という不治の病に侵されていた南吉は，江戸時代に明治用水の原型を計画して名を遺した都築弥厚の業績に心を寄せ，自分の死後にいかなる業績が遺せるのかについて思いを巡らせながら，この往還を行き来しました。

　ところで，これまで南吉文学の研究や教材研究では〝南吉童話には郷土性がある〟という指摘がなされてきました。ただ，そうした見地からの考察は，南吉文学に郷土性が反映している事実を指摘することに留まりがちです。例えば，「ごん狐」の〈はりきり網〉は〝半田地方に伝わる川魚漁の網である〟云々という説明によって，読者の疑問はとりあえず解消します。しかし，南吉文学の世界を構想するにあたり，郷土性がいかなる役割を担っていたかという本質的な意味，すなわち創作の秘密を読み解くには至らないのです。
　南吉文学の世界に郷土性が豊かであることは，南吉の創作方法の必然的な結果に過ぎません。南吉の創作方法とは，３つの往還の行き来を通して，それぞれの地に暮らす人々の言動や風物を見聞きしながら物語の着想を得ること，そのうえで見聞きしたことを自らの人生に照らして意味づけながら童話や小説の構想を練ることでした。
　また，本書では南吉文学の舞台となった場所やモデルとなった人物についても考究します。ただ，南吉文学の読者は舞台となった地の実景やモデルとなった人物像を，そのままご自分の心象中に再現する必要はありません。誤読でない限り，南吉文学の世界をどのようにイメージ化して読むかは，読者に任せられるべきでしょう。本書の立場は，南吉が心象中に舞台の地やモデルの人物をどのように思い描いて文学の世界を組み立てたのか，すなわち南吉の物語構想の有り様について読み解くところにあります。

　以上のように，南吉文学の郷土性や舞台やモデルの人物について腑分け的に説明を重ねていくことと，南吉文学の文学的価値を究明することとはまったく異なる行為なのだという観点から，本書を世に問いたいと考えます。

もくじ

第2章
大道から紺屋海道への往来

第3章
安城高女時代と最晩年の童話

おわりに

第1章

大野街道の往来

▌ ふるさと半田のなりたち

　新美南吉の生涯は29歳7ヶ月の短い期間でしたが，その大部分をふるさと
半田_{はんだ}ですごしました。ふるさとを離れるのは，東京の旧制東京外国語学校
（のち東京外大）に進学などをしたり，旧制愛知県立安城高等女学校（のち
安城高校）に勤務したりした期間にすぎません。

　いま，一口にふるさと半田と書きましたが，各地域の文化や産業は一様で
なく，それぞれのなりたちもひと通りではありません。
　まず，半田地域のなりたちを，南吉の親の世代がすごした明治の時代から，
南吉が青年期をすごした昭和の時代までについてまとめてみましょう。

吉田初三郎「半田市鳥瞰図」1938　愛知県図書館所蔵　原本カラー

　明治初期のこの地域には，半田・岩滑_{やなべ}・乙川_{おっかわ}・亀崎_{かめざき}・有脇_{ありわき}・成岩_{ならわ}の6つの
村がありました。1876（明治9）年には半田・岩滑の両村が合併して新しい
半田村に，1889（明治22）年には合併した村に町制が敷かれて半田町になり
ます。また，1890（明治23）年には成岩村に町制が敷かれて成岩町になりま
した。1906（明治39）年には亀崎・乙川・有脇の3つの村が合併して亀崎町

になります。

　このようにして，知多半島の東北部に 3 つの町が成立しました。半田市の公式ホームページ[①]によれば，「半田町は知多郡の政治・経済・文化の中心地，亀崎町は伝統の漁業，成岩町は機業[②]の中心として発展を続け，この 3 町は知多郡の中心として重きをなしていました」ということです。このように独自の特色を持って発展してきた 3 つの町は新旧の道路で相互に結ばれて物資や人々が忙しく往来します。

　その後，1937（昭和12）年に半田・成岩・亀崎の 3 つの町が合併し，ここにようやく人口およそ 5 万人の半田市が成立しました。

　なお，この本の中では，行政上の住所表示とは関係なく，昭和の時代に成立した半田市内の各地区を，原則として旧村名で書きあらわすことにします。ただ，広い意味での半田（いまの半田市の市域）と狭い意味での半田（旧半田村の村域）の両方を《半田》と書きあらわしてしまうと，混乱が生じかねません。そこで，半田市の市域については《半田地域》と，旧半田村の村域については《半田市街》と，それぞれ書きあらわすことにします。

　次に，鉄道についておおよそのところをまとめてみましょう。

　半田地域に初めて鉄道が敷かれるのは，1886（明治19）年 3 月のことでした。当初，この鉄道は武豊駅から熱田駅までを結んでいました。武豊駅は半田地域に隣接し，江戸時代から栄えた武豊港（のち衣浦港の一部）の最寄り駅にあたります。中間駅の半田駅は半田市街の中心部に開設されました。熱田駅は古くから熱田宿への往来，熱田港への出入り，熱田神宮への参詣で多くの人や物資が行き交い賑わっていた熱田の地に開設されています。いまと違って，当時は名古屋市街の玄関口の役割をこの地が担っていました。

　この路線は，元来が東京と大阪を結ぶ鉄道路線（のち東海道本線）の建設資材を船から降ろして運ぶため，新たに敷かれた官鉄（のち JR）でした。ですから，その開通は愛知県下のどの鉄道路線よりも早い時期になります。

その後，1887（明治20）年9月には大府駅を新設します。そして，この駅から熱田駅までの区間を従来の鉄道路線から切り離して，東海道線に組み入れました。そのうえで，武豊駅から大府駅までの区間を新たに武豊線として位置づけて，いまに至っています。

「大半田市市街詳細地図」1937　新愛知新聞社

鉄道は貨物や人々を運びますが，同時に物流や人流に伴って文明や文化をも運びます。外の世界と行き来する通路の役割を果たすわけです。半田駅前には多くの商店や飲食店が建ち並び，金融機関や諸官庁も設置されました。

また，南吉は安城高女への通勤に，武豊線を利用しています。通勤のコースは半田駅で乗車して終点の大府駅で下車，同駅で東海道線に乗り換え乗車して安城駅で下車する，というものでした。

さらに，1931（昭和6）年4月には，私鉄の知多鉄道（いまの名古屋鉄道河和線）が敷設されます。当初は知多半島西北端の知多郡横須賀町（いまの東海市）に位置する太田川駅から成岩駅までを結びました。

この時，南吉の生家から至近の場所に半田口駅が開設されています。その次の駅が知多半田駅で，武豊線半田駅から徒歩5分の場所に開設されました。その後，1933（昭和8）年7月には，半田口駅と知多半田駅の間に農学校前駅（のち住吉町駅），成岩駅の先に南成岩駅が開設されます。1935（昭和10）年8月には，成岩駅から知多半島南部の河和駅まで路線が延長され，全線が開通しました。これで半田地域に5つの駅が揃いました。

なお，知多鉄道の太田川駅は愛知電気鉄道常滑線（いまの名古屋鉄道常滑線）の途中駅でもありました。常滑線は1913（大正2）年8月に全線が開通

した私鉄で，常滑駅から神宮前駅までの間を結んでいます。終点の神宮前駅は東海道線の熱田駅のすぐ近くに位置していました。

　こうして，知多鉄道が開通すると，半田地域から名古屋市街までの鉄路がつながりました。二つの私鉄は開通時から電化されていたうえ，太田川駅経由で直通運転をしましたから，半田市街から名古屋市街に至る鉄道交通の便は飛躍的に向上します。武豊線が半田駅と熱田駅の間を列車でおよそ90分の時間を費やしていたところを，新しい私鉄では知多半田駅と神宮前駅の間を最速30分あまりの時間で結んだ，ということです。

　知多鉄道終点の河和駅は，南吉が代用教員として勤務した河和第一尋常高等小学校（のち河和小学校）の最寄り駅でした。また，南吉は文化芸術の香りを求めてしばしば名古屋市街に出かけていましたから，交通の便の向上はきわめて好都合であった，といえるでしょう。

　ちなみに，南吉が旧制半田中学校の１年生であった1926（大正15）年の２学期のことです。友人２人と南吉の３人で名古屋へ遊びに行きましたが，田舎育ちの少年たちはまだ信号というものを見たことがありません。そのため，赤信号でとまるべきことを知らず，熱田で巡査に大目玉をくらった，というエピソード[3]が伝えられています。この折には，自転車で熱田まで行ってから，歩いて市内随一の繁華街であった大須まで行きました。

　知多鉄道の開通は南吉が中学を卒業した翌月の４月のことですから，鉄道で行くとすれば武豊線を利用するよりほかありません。けれども，乗車賃が必要なうえ，半田駅にまで行って長時間列車に揺られなければなりません。南吉たちにとっては，それほど便利な交通手段ではなかったようです。

---

① 　半田市の公式ホームページ「半田市について」
　　https://www.city.handa.lg.jp/kikaku/shise/gaiyo/shokai/handashi.html（最終閲覧日：2022年7月15日）
② 　「機業」は機織り，繊維産業のこと。
③ 　「校定新美南吉全集」別巻Ⅰ　1983（昭和58）年9月30日　大日本図書

岩滑の生家

　名古屋鉄道河和線の半田口駅を下車して徒歩３分のところ，いまの住所表示で「半田市岩滑中町１丁目83番地」に，南吉の生家があります。わたしが初めてここを訪れた時には，南吉とは無縁の第三者が住んでいらっしゃったので，見学することはできませんでした。けれども，1983（昭和58）年に半田市が買収して修理復元し，1987（昭和62）年から無料開放しています。

　この家屋は段差のある地形を利用して建てられているため，表の往還の方からは平屋建てに見えますが，裏の勝手口の方からは２階建てに見えます。この家で南吉の父の渡辺多蔵は畳屋を，義母の志んは下駄屋を営んでいました。入り口のガラス戸を開けてこの住居兼店舗の中に入ると，右手にある土間が畳屋になっています。左手は下駄屋で，その奥の畳の間は３畳の居室です。さらに土間の奥には下りの階段があって，下屋（したや）に続いています。下屋には土間と赤い枠の井戸，４畳の部屋，物置，勝手口があります。

新美南吉の生家

　それから，この生家を表側から見て，敷地の右隣り（西隣り）に分かれ道があります。ここには，いまでも古びた石の道標が残っていて「右　半田　もろさき／左　かめさき　三州（さんしゅう）」と読めます。

　まず，「右　半田　もろさき」について。これは半田市街を経由して知多半島南端の師崎（もろさき）に至る道筋の案内です。岩滑から半田市街に至る往還を，地元の人々は岩滑街道と呼んでいました。半田市街で，この街道は師崎街道に接続しています。師崎街道は東阿野（ひがしあの）（いまの愛知県豊明市）で東海道から分かれ，知多半島西岸を師崎まで南下する街道でした。

　次に，「左　かめさき　三州」について。三州は三河の国（いまの愛知県

東部）のことですから，これは亀崎を経由して師崎街道を北上し，三河にまで至る道筋の案内です。岩滑から東海道方面に向かう際には，岩滑街道を通って半田市街に出るよりも，乙川を経て亀崎に出る方が近道です。だから，脇道とはいっても通行する人は多かったと思われます。

　さらに，岩滑街道は生家の前でほぼ直角に曲がると，大野街道と呼び方が変わります。この街道は知多半島を西に横断し，大野（いまの常滑市大野町）に至ります。大野は古くから港町として栄え，知多半島随一の賑わいをみせていた町です。江戸時代には，黒鍬衆（河川普請や新田開発工事などを受け持った出稼ぎ労働者）が往来したことから，黒鍬街道とも呼ばれました。

　また，生家の前で大野方面に曲がらずに直進する往還は，岩滑の人々が日常的に行き来する生活道路になっていました。さらに，岩滑の集落を抜けると，隣村の植大を経て阿久比方面へと通じています。植大と阿久比他の4つの村は1889（明治22）年に合併して，阿久比村（いまの知多郡阿久比町の一部）になりました。

生家附近の道標

　このように，生家の建つ場所は複数の往還が分岐交差する交通の要所であったことがわかります。南吉の父がこの地を手に入れたのは1908（明治41）年のことで，往還を往来する人が集中し商店を営むのに絶好の場所であることに目をつけたものと思われます。

　以上が生家前の往還の状況ですが，これに加えて岩滑の集落から少し外れた南側に新しくまっすぐな県道ができました。旧街道は道幅が狭いうえに生活道路と一体化していて，集落内を曲がりくねるように貫いていましたから，旧街道とは別にまっすぐな新道が造られたと思われます。

　この新道が県道乙川大野線（いまの県道265号線の前身）です。「校定新美南吉全集」の【語注】①によると，完成は1930（昭和5）年頃のことでした。

県道は南吉の母校の半田第二尋常小学校（いまの半田市立岩滑小学校）を過ぎたあたりで，大野街道を飲み込むように合体します。その先も旧街道と合体したり分離したりしながら知多半島を横断して，大野方面に至ります。

　なお，県道乙川大野線や旧大野街道と並行して流れる小河川があります。これが矢勝川で，付近の田畑を潤しながら，末は阿久比川に合流して衣浦湾（三河湾の西北端）に注いでいます。岩滑の人たちは〈集落の裏を流れる川〉という意味で，この川を背戸川と呼んでいました。

　ところで，生家を表の道路側から見て敷地の左側に「新美南吉生い立ちの地」と刻まれた石柱が立っています。ここで注目したいのは，「誕生の地」ではなく「生い立ちの地」と刻まれている，ということです。それでは，なぜこのような微妙な表現になっているのでしょうか。

　実は南吉の戸籍上の出生地は，いま〈生家〉と呼ばれている旧住所表示で「半田町字東山86番地」の家ではありません。南吉は1913（大正2）7月30日出生，父渡辺多蔵と母りゑの次男（長男は生後まもなく死亡）正八，出生地「半田町字西折戸61番地の3」として届け出られました。これをいまの住所表示でいうと「半田市新生町1丁目99番地」になります。[2]西折戸の家は南吉の祖父渡辺六三郎の家で，生家から大野街道を3㎞ばかり大野方面に行ったところ，岩滑新田と呼ばれる地域の周縁部にあたります。六三郎は大野街道に面したこの家で駄菓子屋を営んでいました。いま祖父の家は跡形もなく，看板もありませんが，あたり一帯には旧大野街道の雰囲気が色濃く残っています。

　また，岩滑新田には「南吉の養家」と呼ばれる家があります。ここが新美家で，南吉を生んでまもなく亡くなった実母りゑの実家です。南吉の戸籍には，1921（大正10）年7月28日付で「半田町字東平井2番地の1」の新美志も（りゑの義母）と正八が養子縁組みをした，と届け出られています。新美

家はいまの住所表示で「半田市平和町7丁目60番地」にあたります。

　なお，実際に南吉が生まれたのは，いま生家とされている家や，いま養家とされている実母の実家だという説もあって，確かなことはわかりません。

　南吉の時代には，実家に里帰りして出産することが普通でしたから，わたしは養家こそが実際の出生地であるように思います。しかし，そうすると〈養家が生家で，生家が生家でない〉という変な話になってしまいます。また，半田地方では第二子以降は婚家で出産したという説もあります。ただ，南吉の兄は生後間もなく亡くなっているので，これはいかがなものでしょうか。

　ただ，戸籍上の出生地と実際の出生地が異なっていても，それが南吉に何がしかの影響を及ぼしたとも考えられません。そんな事情に配慮して，石碑には「生い立ちの地」と刻まれたのでしょう。

　なお，南吉の父は1926（大正15）年に生家からやや離れた場所，いまの住居表示で「半田市岩滑中町7丁目86番地の1」に，もう一軒の家を入手します。南吉は腹違いの弟の益吉とここで寝起きをしました。この家が1930（昭和5）年に失火で焼失します。この時，警察が南吉に放火の疑いをかけたことが尾を引き継母との間に溝ができた，という説があります。

　火事の翌年に家が再建されると，南吉は「新しき家の裏みち過ぎゆけばコールタールの高くにほへり」[3]という短歌を詠みました。南吉が死の床についたのもこの家で，葬儀もここで営まれています。

　その後は，1959（昭和34）年の伊勢湾台風で倒壊しました。いまでは「はなれの家跡」と呼ばれ，看板のみが設置されています。

---

[1]　「校定新美南吉全集」第二巻　1980（昭和55）年6月30日　大日本図書
[2]　「校定新美南吉全集」別巻Ⅰ（1983（昭和58）年9月30日　大日本図書）による。南吉の戸籍に関する出典はすべてこれに同じ。
[3]　1931（昭和6）年8月25日作。「校定新美南吉全集」第十巻（1981（昭和56）年2月28日　大日本図書）に収録。

▎秋葉さんの常夜燈「花を埋める」

　南吉の生家から見て，旧街道をはさんだ
向かいに，古い木造の祠と石造りの常夜燈
が遺っています。

　これは岩滑の秋葉講（秋葉信仰の団体）
が1808（文化5）年に建立しました。祠に
は火防の神「秋葉大権現」が祀られ，常夜
燈は夜に街道を往来する人々のための街灯
の役割を果たしました。この形式の常夜燈
は，尾張・三河地域に多く見られます。

　また，「校定新美南吉全集」（以下「校定
全集)」の【語注】①によると，常夜燈の隣
には，竹内仁三郎の家がありました。この

生家の向かいの常夜燈

家では藤で編んだ養蚕用の藤場②を作っていましたから，仁三郎は「藤場の
仁いさ」と呼ばれていました。いま，この家は跡形もありません。

　さて，この秋葉さんの常夜燈ですが，南吉が著した「花を埋める」と「音
ちやんは豆を煮てゐた」の2つの小説に登場します。

　「花を埋める」は，「哈爾賓日日新聞」の1939（昭和14）年10月15日～10月
31日に2回分載で掲載。「音ちやんは豆を煮てゐた」は，同じ新聞の1940
（昭和15）年4月16日～不詳に7回分載で掲載されました。ただ，5回目の
掲載以降は新聞の原紙が未発見ですから，南吉の死後の出版物に掲載された
本文は，南吉の遺したスクラップブックに依っています。

　「哈爾賓日日新聞」は，満洲（いまの中国東北部）で発行されていた日本
語の新聞で，ハルピン市に本社を置いていました。南吉は学生時代からの友
人の江口榛一の斡旋で，この新聞に稿を寄せました。

　江口は明治大学専門部文科（文芸科）の出身で，1938（昭和13）年から翌

年にかけてのおよそ一年半の間，この新聞の学芸欄を担当しました。就任後，南吉に「なんでもいいから，どしどし送れ！」と第一報を発し，「送ってきた原稿は，ほとんど間髪を入れず，割付けをして工場におろした」[③]と，当時を回想しています。こうして，新聞発表の機会を得た南吉は，自分の童話・小説・童謡・詩の他，安城高女の生徒の詩を送りました。

　「花を埋める」は〈私〉が幼年時代の心境と〈現在〉の心境を重ね合わせて語る小説です。私小説の形式を意識したと思われ，〈私〉は南吉自身がモデルで，他の登場人物にもそれぞれモデルが実在しています。

　まず，「豆腐屋の林太郎」について。「校定全集」の【語注】によると，南吉の小学校時代の同級生に遠藤宗平がいました。南吉の小学生時代に一番仲のよい友達でした。宗平の父は昭和初期まで岩滑で豆腐製造販売店を営んでいましたが，後に他県へ引っ越しています。「音ちゃんは豆を煮てゐた」にも豆腐屋の息子が登場しますが，その名は「宗ちゃん」になっています。

　次に，「織布工場のツル」について。小説中では「私が中学を出たとき折があつて手紙のやりとりをし，逢引きもした」と記されています。ツルのモデルは木本咸子で，南吉の初恋の人でした。

　遠山光嗣の研究[④]によると，咸子は岩滑で木本織布工場という機屋を営む木本家の長女です。南吉とは半田第二尋常小学校の同級生にあたり，知多高等女学校補習科修了です。ふたりの本格的な恋愛関係は1931（昭和6）年7月頃から始まりました。日記には「あゝ，あなたと僕，僕等は，お互に恋人だ，お互に，愛人だ，お互にリーベだ，お互にラヴアーだ！」[⑤]と記されています。ところが，南吉が東京外語在学中であった1935（昭和10）年8月頃に，恋愛関係は決定的な破局を迎えました。咸子は周囲から縁談を進められ，翌年3月に岩滑の地主の一人息子と結婚しました。

南吉は破局の直後の葉書で，親友の河合弘に向けて「河合　ぼくはやぶれ
かぶれの無茶苦茶だ　やぼったくれの昨日と今日だ　雨だ　雨だ」[6]と，やる
せない気持ちをぶつけました。しかし，８月末には詩「去りゆく人に」で
「おお，みんな／お前と二人で描いてゐたすべてを／捨ててしまはう」[7]と，
年末には詩「父」で「わが父は　われを棄てしをみなが／嫁ぎゆく地主の家
の／畳縫ひたまふ」[8]と，諦めの境地が表現されています。

　もっとも，破局の前年には，南吉が兄とも慕う詩人の巽聖歌（たつみせいか）（1905.2〜
1973.4）に向けて「私の恋人はなかなか私をあきらめてくれません」と記
した後，咸子を説得する形式を借りて「僕は世間一般の男と違ふ。（中略）
僕と結婚したらあなたは不幸だ。僕なんかよして，今よい縁談があるうちに
他所へいつてしまひなさい」[9]と，思いの丈を告白しています。

　このように一方では〈よい縁談があるうちに他所へいつてしまひなさい〉
と理性的な思いを説き，もう一方では咸子が他所へいつてしまつたから〈や
ぶれかぶれ〉だと嘆くところに，複雑で屈折した心境があらわれています。

　ところで，この小説の最後ですが，次のように締め括られています。

　　ツルとはその後，同じ村にゐながら長い間交渉を絶つてゐたが，私が
　中学を出たとき折があつて手紙のやりとりをし，逢引きもした。併し彼
　女はそれまで私が心の中で育てゝゐたツルとは大層違つてゐて，普通の
　愚な虚栄心の強い女であることが解り，ひどい幻滅を味わつたのは，ツ
　ルが隠した様に見せかけたあの花についての事情と何か似てゐてあはれ
　である。

　けれども，何の伏線も説明もないまま，ただ〈愚な虚栄心の強い女〉であ
るから別れた，といわんばかりの記述は，あまりにも説明不足であり，強引
がすぎます。ただ，南吉の日記[10]に咸子は「相当の虚栄心が強くて着物のこ

とを第一に気にする性質」云々という記述があります。もし着物の件が虚栄心の一例であるなら，日記ではなく小説中に書き込むべきだったでしょう。

　こうしたことから，この小説は〈私〉の心境を掘り下げる告白の文学でなく，〈すれ違いの原因は相手にある〉と他者を告発する読みものに陥ってしまいました。この小説は〈私〉の心境を深く掘り下げるか，私小説のスタイルを棄てて文学の虚構性を生かした物語として構想すべきだったと思われます。

　この小説に何かしら心ひかれるものがあるとすれば，土中に埋められた耽美的な世界にでしょう。読者は秋葉さんの常夜燈の下に埋められた「土中の一握の花の美しさ」に感動します。〈私〉はツルの造る世界に「私達のこの見馴れた世界とは全然別の，何処か杳（はる）かなくにの，お伽噺か夢のやうな情趣を持つた小さな別天地」があり，その小ささには「無辺際（むへんさい）に大きな世界がそこに凝縮されてゐる小ささ」を感じました。

　このように，常夜燈を素材に取り上げた２つの小説では，ほぼ岩滑の域内から外に出ないまま，人生のすれ違いを定点観測しています。このうち「音ちやんは豆を煮てゐた」は，音ちゃんの前を通り過ぎて行く女の子の生涯と音ちゃんとの関わりを描いて，虚構性を深化させた秀作になっています。

① 「校定新美南吉全集」第三巻　1980（昭和55）年７月31日　大日本図書
② 養蚕でカイコに繭を作らせるとき，足場にさせる道具。蔟（まぶし）ともいう。
③ 「新美南吉童話全集」付録№3　1960　大日本図書
④ 遠山光嗣「新美南吉と木本咸子—初恋の女性とその周辺—」（「新美南吉記念館研究紀要」№10　2003（平成15）年３月　新美南吉記念館）
⑤ 『少年少女ダイアリー』1931（昭和６）年７月１日付
⑥ 河合弘宛ての葉書　1935（昭和10）年８月15日付
⑦ 「去りゆく人に」1935（昭和10）年８月30日に制作
⑧ 「父」1935（昭和10）年12月31日に制作
⑨ 巽聖歌宛ての封書　1934（昭和９）年７月26日付
⑩ 『昭和十二年ノート１』1937（昭和12）年２月23日付

▌通り過ぎて行った人生「音ちやんは豆を煮てゐた」

　小説「音ちやんは豆を煮てゐた」の舞台の「小さい田舎町」は，南吉の生家と岩滑の町がモデルになっています。その根拠は次の通りです。

　まず，往還について。小説中では「西の峠から来る道と，北から川に沿つて来る道とが，この小さい町で一緒になり，半里ばかり南の，この地方では一番大きい小都会へ連なつてゐる」とあって，これは大野街道と阿久比から来る往還①が合流して半田市街に至る道筋を念頭に置いたものでしょう。

　次に，音ちゃんの家について。これも「二つの道が一つになる所に，西の方を向いて建つてゐた」と，南吉の生家の佇まいと同様です。

　また，音ちゃんの通う小学校について。小説中には「南に松の木の繁つた丘があり，裏には，音ちやんの家の前から西の峠を越えて半島の西海岸に到る往還が，うそ寒く通つてゐる，生徒が二百人ばかりの学校」とあります。松の繁った丘，大野街道を思わせる往還，生徒数の少なさ②は，南吉の通っていた頃の半田第二尋常小学校を彷彿とさせます。

　さらに，秋葉さんの常夜燈について。「音ちやんの家の向ひ側には藤場や乳母車を作つてゐる平屋があり，その隣に小さな秋葉様のほこらと，下から段々に石を積みあげて行つた上に，高くのつかつてゐる常夜燈があつた」と，されています。この「平屋」は〈藤場の仁いさ〉の家がモデルでしょう。小説中の別の箇所では「乳母車やさん」とも書かれています。

　主人公の音ちゃんはというと，「身装（みなり）が正しかつた」「先生に名差されると，はいと歯切れよく返事をして立つた」「朗読するときはゆつくりと，一文字もおろそかにせず，そして品良く読んだ」「帳面には，どんな場合でもゆつくりと丁寧に文字を書いた」と書かれています。ここからは優等生であったことが読み取れます。小学校時代の南吉も，同じように優等生でした。

　また，音ちゃんは「背は割合に高かつた」「殊に頭が大きかつた」「体は羽根をむしられた雀のやうに痩せてゐた」と書かれています。1936（昭和11）

年の東京外語の名簿によれば，南吉の身長は166.5cmで体重は48.2kgでした。この頃の20歳男子の平均身長[3]は163〜164cmの間を推移していましたから，南吉の身長は平均よりやや高かったことがわかります。この身長に比して40kg台の体重ということは，いかにも痩せています。

　南吉の頭が大きいかどうかは，当時の写真を見てもよくわかりません。ただ，〈頭でっかち〉という語は〈知識や理論が先走って，行動力がともなわないこと〉という意味で使われますから，高等教育を受けた南吉なりの自虐的な自己表現かもしれません。また運動が苦手だったことは確かなようです。

　かくして，音ちゃんの人物像には，南吉の自己認識が反映しています。それでも，小説中の音ちゃんや小さい田舎町と，現実の南吉や岩滑の町とは同じではありません。

　まず，音ちゃんは「一年程前細い海峡を渡つて，この小さい田舎町に移つて来た」ことになっていますが，南吉は生まれながらに岩滑の人です。ただ，衣浦湾（衣ケ浦）の対岸はもう尾張ではなく三河です。「左　かめさき　三州」の道標のことを考えに入れると，細い海峡を渡って他の地域から転居してきたという設定は，それほど突飛な発想ではないように思います。

　次に，音ちゃんの家の商売は薬屋さんで，南吉の家の商売は畳屋さんと下駄屋さんです。岩滑には明治末から1928（昭和3年）年ごろまで，「河内屋」という薬屋がありました。軒先に木枠のついた大看板を何枚も掲げていたようです。ただ，この家には子どもはいませんでした。[4]

　以上のように，音ちゃんに南吉に通じるところはあっても，虚構の世界に登場する架空の人物である，ということを忘れてはなりません。

　さて，音ちゃん一家がこの町へ移って来て2日目か3日目の日暮れのことです。音ちゃんが店の軒下に立って周囲を眺めていると，秋葉さんの祠と常夜燈のところで，三人の女の子が遊んでいました。これが音ちゃんとユキち

ゃんの初めての出会いです。

　　女の子達は，何処かその辺の道端でとつて来た蓬の葉を，常夜燈の台
　石についてゐる茶碗程の深さの円い穴に入れ，手頃な石でそれを搗いて
　ゐた。音ちやんは何よりその穴を見て驚いた。瞭それは，この町の子
　供達によつて長い年月にわたつて繰返された，この単純な遊び――つま
　り石ころをもつてその上で草の葉を搗き砕くといふことが，造り出した
　ものに相違なかつた。

　興味深いことに，小説中の台石に穿た
れた穴は，いまでも生家前の常夜燈に遺
っています。

　この穴は，長い年月の間に常夜燈の前
を通り過ぎて行った多くの子どもたちの
人生を象徴的に示しています。

　また，女の子たちがままごと遊びで発
する「ようおいでやした」「今日はごた

常夜燈の台石に穿たれた穴

いげさんでございます」という方言も，音ちゃんには外国語のように聞き慣
れません。無理に口に出そうとしても妙なアクセントになってしまいます。

　同じ県内とはいっても，尾張知多（尾張の東部）と西三河（三河の西部）
では，文化も言葉も気質も違います。南吉は西三河の安城高女に勤務してい
た頃，そういうことに気づかされることが多くあったのでしょう。そうした
体験が，音ちゃんの戸惑いに反映しているような気がします。

　小学校でも音ちゃんは「みんなが押しあひつこや角力やその他出鱈目の狂
ひ合ひ」をしているとき，それを「ぢいつ」と見ているだけでした。そのた
め，「みんなには音ちやんが外国から来た未知の人」のように思われていた
し，友達とも思われていません。

　この小説中で，ユキちゃんは豆腐屋の宗ちゃんの二つ年下の妹で，音ちゃんにとっては一つ年下になります。そして，そのユキちゃんを音ちゃんは好きだった，という設定になっています。しかし，そもそも音ちゃんと宗ちゃんは「お母さん同士の契約で出来た友達」という妙な関係でした。何事にも積極的で行動的なユキちゃんの性格も，引っ込み思案な音ちゃんの性格と合いません。だから，音ちゃんとユキちゃんの心は通じ合いません。

　　　音ちやんはかつて，ユキちやんの心にぢかに触れたやうに感じたことはなかつた。音ちやんのゆつくりゆつくり歩いてゆく心にユキちやんの心は歩調が合はなかつた。慌たゞしく庭前に下りて来て，二粒三粒こぼれた米を拾つてぱつと飛び立つてゆく小鳥のやうに，ユキちやんの魂はいつも音ちやんの前を通り過ぎていつた。

　こうした魂のすれ違いの悲劇は，ユキちゃんが麻疹〔はしか〕であの世に旅立つことによって，いよいよ極限にまで高まります。

　麻疹は感染力がきわめて強い病気のため，南吉の頃はほとんどの子どもが感染しました。一度かかってしまえば，生涯にわたって二度とかかりませんが，死亡率が高いために多くの子どもが命を落としました。

　いまでこそ，ワクチンの効果によって，麻疹はあまり怖い病気のように思われていません。しかし，古くは「命定め」といわれ，〈無事に麻疹を済ますことができれば子どもは長生きして育つ〉と考えられていました。世の親たちは〈わが子の麻疹が軽く済むように〉とひたすら祈るよりほかありません。このように，麻疹は子どもの成長過程における通過儀礼として受けとめられていましたが，ユキちゃんはこの通過儀礼を無事に済ますことができませんでした。だから，お母さんのおっしゃるように「ずつと西の方の仏様のいらつしやる国」へ行かなければならないのです。

　まだ幼い音ちゃんには，お母さんのおっしゃることが理解できません。それでも，心に深い悲しみを呼びさまされて，西の方角にあたる坂の上に「横

に長つぽそい寂しさうな雲」を見ました。すると，ユキちゃんの行くところは際限もなく遠く思われる「雲の下の茜に染まつた空」なのだと，自分なりのイメージを具体的に思い描くことができました。こうして，音ちゃんはようやく遠いあの世に行くということを理解できました。

　ただ，そのように子どもなりに理解をしてみたものの，今度は「あんな遠い所へどうしてユキちやんは一人で行かねばならない」のか，という新たな疑問が生じます。

　ここで想起すべきことは，日本人の伝統的な人生観や死生観でしょう。

　松尾芭蕉は『おくの細道』の冒頭に「月日は百代の過客にして行きかふ年もまた旅人なり。舟の上に生涯を浮かべ馬の口とらへて老いを迎ふる者は日々旅にして旅を栖とす。古人も多く旅に死せるあり」と記しています。

　音ちゃんの好きな場所は，お店の中の「陳列棚と陳列棚の間の，丁度音ちゃんの体がはいれる位の大きさの場所」でした。そんなお気に入りの場所に坐りながら，お店の窓硝子を透かして街道を見ていると，「かすみ網で雀を捕る男」「芝居小屋の下足番」「牛を可愛がる牛飼達」など，「いろいろな人生」が音ちゃんの前を通り過ぎて行きます。就中，音ちゃんは「遠くから来て遠くへ行くらしい人」を見ることが好きでした。それでも，これまでにユキちゃんほど遠くへ行く人の人生を見たことはありません。

　それでは，ユキちゃんは音ちゃんと心と心が通い合わないまま，音ちゃんの前をただ通過して遠くへ行ってしまうのでしょうか。

　ここで重要なことは，ユキちゃんが熱に浮かされながら「おつちやん」と発した言葉の意味です。もし，これがユキちゃんの〈叔父さん〉でなく〈音ちゃん〉を意味していたのであれば，ユキちゃんは人生の最後に音ちゃんを気にかけた，ということになります。つまり，ふたりの心は最後に通じ合った，と考えられるのです。

　月日が流れて青年となった音次郎には，高等教育を終えても職にめぐまれ
ず失意の日々を送っていた頃の南吉の心象が反映されています。そのため，
「音次郎は生きることに疲れてゐたので，記憶に蘇つて来たあの頃が美しく
見え，ユキちやんも妙に優しくあつたやうに思はれた」のです。たとえ一瞬
であっても心が通じ合ってさえいれば，美しい想い出となったことでしょう。
けれども，音次郎には美しい想い出が必ずしも真実であったとは限らず，む
しろそれは「感傷的な追憶」にすぎないことがわかっています。

　小説は「病気のあの子が呼んだのは，あの子の叔父さんだつたのか。又は
音ちやんだつたのか」という疑問で締めくくられます。こうして，音次郎は
「あの時の疑問を疑問として見た」のでしたが，何とも含蓄の深い一節です。
文学の価値は明確な結論や真理を読者に説くことによって生じるものではな
く，疑問を疑問として問い続けることによって生じるものだからです。

　なお，この小説は安城に下宿していた頃の作と思われます。だから，南吉
の生家の硝子戸越しの実景（常夜燈とその周辺）を背景に，この小説の構想
が練られたわけではないでしょう。物語は岩滑とは距離を置いた安城の地で，
南吉の心象中に再構築された虚構の世界を背景に創作されました。このよう
に，文学としての虚構性がより一層深化しているのです。

---

①　「校定新美南吉全集」第三巻（1980（昭和55）年7月31日　大日本図書）の【語注】によ
　　れば，この往還は「川沿いではない」とされている。しかし，古地図によればおおむね阿久
　　比川に沿って続いているように見てとれる。
②　「校定新美南吉全集」第三巻（前掲書）の【語注】によると1925（大正14）年度の生徒数
　　は約250人。
③　松田浩敬「明治・大正・昭和戦前期日本の身長推移」（「北海道大学農經論叢」Vol.59
　　2003年3月）
④　「校定新美南吉全集」第三巻（前掲書）の【語注】による。

▌異界への旅—喪失の物語「家」①

　小説「家」は「哈爾賓日日新聞」に10回分載で掲載されました。掲載の詳しい時期は不明ですが，1940（昭和15）年5月11日以降〜6月中旬と推定されています。

　また，この小説には南吉の自筆原稿が遺っています。この原稿の末尾には「一五・五・一〇」と日付が書かれているの

南吉の生家（屋内の店）

で，おそらく南吉はこの年の5月10日に「家」を書き終えていたことがわかります。

　ストーリーはきわめて単純です。主人公の〈子供〉が父と一緒に壊れた柱時計を修理するための小さな旅に出かけた後，自分の家に帰り着きます。ただそれだけの物語で，劇的な展開はどこにもありません。

　「花を埋める」や「音ちやんは豆を煮てゐた」の場合は，青年になった〈私〉や音次郎の行動を除けば，主人公が岩滑をモデルにした小さな世界から外の世界に出ることはありません。小さな世界の中だけの出来事として，ストーリーは完結しています。

　ところが，「家」の場合は違っています。〈子供〉は自分の世界（生まれ育った小さな世界）から外の世界（未知の大いなる異界）に出てまたもとの自分の世界に帰る，という冒険の旅が描かれています。

　ここではまず，旅の道筋に着目して，この小説を読み解いていきましょう。

　小説は「北の入り口に水車があり，南の出口に瓦屋のある，長つぽそい，ごく小さな村に子供は住んでゐる」という一文で始まっています。「校定新

美南吉全集」（以下「校定全集」）の【語注】^①によれば「岩滑の北の入り口近くの水車は，南吉が子どもの頃，米つきに行った」ようですし，「当時，岩滑の南の出口あたる字折敷田（現・岩滑東町五丁目）に杉浦製瓦場があった」ともいいます。これに加えて，〈子供〉は藤車をひっぱったり，乗ったりしながら小さな旅をします。藤車は藤で作った乳母車のことなので，南吉の生家の向かいにあった「藤場の仁いさ」の店を連想します。

　このように読み解いていくと，岩滑をモデルとして〈子供〉の村が描かれていることがわかります。

　さらに，父子は時計の職人の家に行く途中で「桜の並木道」を通ります。「校定全集」の【語注】によれば「当時，現半田市東洋町，東雲町あたりの阿久比川の堤防に桜並木があり，東雲橋近辺の東雲桜は半田八景の一つに数えられた」ということです。ここは新民謡「半田音頭」^②にも「春は東雲，橋辺の桜，酒は半田の，土地醸り」と歌われた名所で，岩滑から見て南東方向の半田市街に位置しています。そうすると，父子の小さな旅の道筋は岩滑から半田市街に伸びる往還を通る道筋がモデルになっている，ということになります。

　ところが，小説中では父子の旅する往還は「村の北の入り口の水車を通りすぎて，道は北へ続いてゐる」と描かれています。そうすると，父子の小さな旅の道筋は南吉の生家の前から阿久比方面に伸びる往還を通る道筋がモデルになっている，ということになります。

　また「道は或るところでは川に沿つてすゝみ，やがて川から外れてゆく。或る丘の裾をめぐつたかと思ふと，さつき別れた川と又一しよになつたりする」という描写も，北に伸びる往還のイメージと合致します。

　さらに，水車のある矢勝川を渡ると，そこはもう半田市域ではなくて阿久比町域になります。したがって，この川を越えて北に向かう旅からは，慣れ親しんだ自分の世界から異界に向けて旅するイメージを連想させられます。

このように考えていくと、小説中に描かれた往還は現実の往還とは一致しません。小説中の往還は南吉の心象中に存在する往還です。この往還を通って、〈子供〉は生まれ育った自分の世界と異界の間を往来します。

次に、〈子供〉が七歳になるまでの幼年時代に着目して、この小説を読み解いていきましょう。

幼年時代の自分の世界は、自分の家から近所へ、それから生まれ育った村へと、次第に広がっていきます。この時点では、〈子供〉が世界の拡がりを認識していくことは、まぎれもない〈歓び〉でした。小説中では「自分の家を知るといふ、それだけの事でさへ子供にとつてどんな骨折りと歓びであつたらう」とされています。

また、〈子供〉の住む村は、水車小屋と瓦屋によって画然と区切られた自分の世界でした。〈子供〉はこうした「住み馴れた明るい世界」に「自分がこの世界に現れてから、もはや数百年、数千年生きて来たやうな気がする」ほど、安住しています。このように〈子供〉の生まれ育った自分の世界が異界と切り離されている限り、自分の世界は〈獲得の歓び〉に充ち満ちていました。

そんな〈子供〉にとって、海水浴や花見のために、たまに通過する異界の存在は「夢の中で見る世界のやうに暗く考へられ」て苦痛であり、たえず自分を脅かす存在でした。幼年時代の〈子供〉は「遠い遠い所に、あゝした町や村や寺があり、そこに人々が集つてゐた……すると子供は心に痛い程の寂しさを覚える。まるで宇宙のはてを想ふほどの寂しさである。子供はやりきれなくなつてすぐ考へを外らす。あゝいふ町もあの人々も存在しなかつたと思ふ方がどれだけ気楽か知れない」と考えました。

ただ、水車小屋から瓦屋に至る自分の世界の中でさえ、〈子供〉はすべてのことを掌握できているわけではありませんでした。「彼のよく知つてゐる

家々，よく知つてゐる人々，よく知つてゐる木や石は或る限られた範囲のうちにとゞまる」のです。だから〈子供〉には，沈む夕日をみて「突如云ひしれぬ寂しさに捉はれる」時があります。それは幸福な幼年時代の崩壊を予感させる一瞬の訪れだからです。しかも，そういう感覚を「劫初の頃から何度も何度も味はつて来たやうに感じられる」というのですから，〈子供〉は幸福な幼年時代の崩壊を日常的に予感していたことになります。

　さらに，幼年時代に算盤を持って家の中を這いまわっていると「褐色の，どつしりした，少しよそよそしい感じを持つた陳列棚」に突きあたります。この陳列棚もまた幸福な幼年時代の崩壊を予感させる存在でした。小説中では，この予感について「子供はそれを見てゐて，硝子一枚をへだてたその中には，自分には未知の何か面白いやうな，しかし手を出すのは億劫な物が──つまり一つの別の世界があることに想到する」と描かれています。

　〈子供〉にとっては，安住する自分の世界の他に異界が存在することを知ることは〈面白い〉ような気がします。けれども，結局のところそれは〈億劫な〉ことでした。自分の世界認識が広がっていくことに〈歓び〉を感じることはないのです。

　以上のように，〈子供〉にとっては，自分の生まれ育った自分の世界こそが唯一絶対の世界です。しかも，自分の世界にどっぷり浸かって安住しきっているため，異界の存在を知ること自体に耐えられない苦痛を感じます。

　けれども，全体として見るならば，幼年時代の〈子供〉は次第に広がりゆくことに満足をしていたような印象を受けます。幼年時代の〈子供〉は，異界の存在について「考へまいと努め」「考へを外らす」ことによって，安住する自分の世界の崩壊を辛くも防いでいたのでした。

---

① 「校定新美南吉全集」第三巻　1980（昭和55）年 7 月31日　大日本図書
② 新民謡とは大正から昭和の初めにかけて流行した創作民謡のこと。「半田音頭」は井手蕉雨作歌，稀音家政二郎節調。1930（昭和 5 ）年にレコードが発売されている。

▍奇妙なかなしみ—喪失の物語「家」②

　ここでは〈子供〉の〈喪失〉の思いと奇妙な〈かなしみ〉に着目して，この小説を読み解いていきましょう。

　八歳のある日を境にして，〈喪失の物語〉の始まりが告げられます。

　それはまず，きわめてささいな事件に端を発しました。柱時計が突然故障して，幸福で安定した幼年時代の〈時〉を刻むことをやめてしまったのです。

　小説中には「柱時計は，かつて動いたこ

安城高女時代の南吉

とのない居場所から外された。帽子をぬいだ兵隊さんの額を見るやうに，時計の外されたあとには木の新しい色が残つてゐる。それを見るとこの家も一度は木の香の新しい時があつたことが想はれた」とあります。数百年数千年も変わらず同じだと思っていた自分の家にも，いまとは違った〈時〉，自分の知らなかった「兵隊さんの額」すなわち〈顔〉が存在していたことを初めて知りました。知りつくしていたはずだからこそ安住できていた自分の世界に，別の〈時〉や〈顔〉があったと認識することによって，幼年時代の崩壊に一層拍車がかかります。

　柱時計の故障は安定した幼年時代の崩壊を象徴する出来事でした。修理が終わって再び動きだしたとしても，もはやもとのままの〈時〉を刻むことはありません。再び動きだした柱時計は，〈喪失〉の思いを伴って，新しい時代の〈時〉を刻み始めたのです。

　柱時計修理の旅の後，〈子供〉は帰り着いた自分の家に違和感を抱きました。この家が本当の家でなく，両親が本当の両親ではない気がしてきます。

こうした〈子供〉の思いについて，この小説では次のように結ばれています。

　　子供には，まだ乳母車にのつて南へすゝんでゆく子供の方が，今ここ
　に横になつてゐる自分より，本当の自分のやうに思へる。ここに寝てゐ
　るのは，仮の自分のやうに感じられる。
　　しやんしやんしやらんと，時計は歌ひつづけてゐる。乳母車は白い道
　をとぼとぼと歩いてゆく。何処までゆくのだらう，それは。何処までゆ
　くと子供の，ほんたうの村，ほんたうの家，ほんたうの母さんがあるの
　だらう。
　　子供はやがて眠るまで一人とほくへかなしみつづける。
　　かうして子供の魂にはじめて懐疑の種がまかれた。彼の住む村は，彼
　の住む家は，もはやもと通りの村や家ではないのであつた。

　このように，「彼の住む村は，彼の住む家は，もはやもと通りの村や家で
はない」のです。なぜ帰り着いた村がもとの通りの村や家でないかというと，
「何物かゞ一つ欠けてゐる」ためでした。かくして〈子供〉は「その一つの
ものがないために，この家は子供が遠いよその村で，そこから帰つて来る
道々で，そしてこゝについた今も猶，恋ひ慕つてゐる自分の家とは違ふ」と
いう〈喪失〉の思いを無意識のうちに敏感に感じとったのです。
　では，帰り着いた家には何が欠けているのでしょうか。それは旅に出る前
の〈子供〉が「今までしつかと踏んでゐた地盤」であり，具体的にいうと次
の2つの〈喪失〉でした。

　第一に，〈子供〉はかけがえのない母さんを〈喪失〉しました。
　時計修理の旅で出会った時計屋の小母さんや駄菓子屋の小母さんは，〈子
供〉の母さんへの思いを激しく揺さぶる存在でした。

　　かけがへのない子供の母さんが，ともすると，よその村の時計屋の庭

で風呂を焚いてゐた小母さんや，腰かけてみかん水を飲めとすゝめてくれた駄菓子屋の小母さんのやうに思へるのだ。なるほどこれは自分の母親なのかも知れない。しかしそれならば母親といふものは今まで子供が信じてゐた様に，世界中にただ一人の存在ではなく，どこの村にもどこの家にも似通つた女の人がゐるのではないか。たまたまそのうちの一人が子供の母親となつてゐるのでもあらうか。

　母親に似ているような気がしても，時計屋の小母さんや駄菓子屋の小母さんはあくまでも「よその小母さん」です。旅に出る前の〈子供〉にとって，母さんとは世界でただ一人の「かけがへのない」存在でした。それに引き換え，時計屋の小母さんや駄菓子屋の小母さんは「つめたい頼りない知らない人」であるべきでした。
　ところが，旅の間にあれほど「恋ひ慕つて」いた自分の家に帰り着いてみると，〈子供〉は「きよとん」としてしまいます。それは，ひょっとするとあのような小母さんの一人がたまたま自分の母親になっているかもしれない，という思いを抱いたからでした。
　このようにして，〈子供〉は「寂しさのどん底で子供が自分の母さんは自分の父さんはかうだと，心に描いて，心にその温かさを感じてゐたのとは違つてゐる」という観念に取り憑かれるようになりました。〈子供〉は世界中にただ一人の存在であった母さんが，実はどこの村にもどこの家にもいる似通った女の人の一人でしかない，ということを知りました。そういうことを知ってみると，〈子供〉は「明るい家があり，やさしい温かいお母さんがゐる」という幼年時代の「しつかと踏んでゐた地盤」を〈喪失〉しました。〈子供〉は幼年時代のように自分の世界は唯一絶対の世界ではなく，実はどこにでもある世界の一つにすぎないのだ，ということに気がついたのです。
　考えてみれば，隣の家の小母さんは隣の子どもにとってみれば母さんであり，隣の子どもにとってみれば〈子供〉の母さんは小母さんです。こうしてかつては絶対的な存在であった母さんを，〈子供〉は相対化するようになり

ました。
　なお，南吉は幼少の頃に実母と死別して継母をむかえました。したがって，〈子供〉の母さんに対して抱いた感覚には南吉の体験が反映している，と考えることもできます。

　第二に，〈子供〉は子どもに特有の感覚を喪失しました。
　ここでは，時計が突然とまるという事件に対する〈子供〉と父親の反応の違いから，子どもと大人の感覚の違いについて考えます。
　まず，〈子供〉の反応についてです。
　時計がとまると，〈子供〉は「何といふ事が起つてしまつたのだらう。今までこつこつと動きつゞけて来たものが，突然動かなくなつてしまふ」と考え，急いで畑の方へ走って行きました。〈子供〉にとっては「それが，丈夫だつたお婆さんが突然病ひに倒れてしまつた程にも考へられた」からです。
　〈子供〉にしてみれば，時計がとまるという事態は，お婆さんが病気で倒れてしまうことに匹敵するほどの大きな驚きであり，重大な事件です。そこで〈子供〉は母親のところへ事件を告げに行き，さらに母親に言いつけられて父親のところへ走っていきました。

　次に，大人の反応についてです。
　父親は「ほうだかや」とはいうものの，菜種の蕾を摘む仕事を続けます。そして，顔もあげずにひとこと「油が切れただな」とだけいいました。そして小説中では「大人は滅多に感動しない。こんなことは彼等には何でもないのだ。彼等は大抵のことは知りつくしてゐる」と説明があります。
　このように，父親の反応は無感動きわまりないものでした。〈子供〉にとっては驚天動地の驚きであっても，大人にとってはささいでごくつまらない出来事にすぎなかったのです。
　子どもと大人の感覚の違いは，時計屋と父親との「長い退屈な会話」をめぐる態度にもあらわれています。大人同士の会話について「大人達の言葉の

一つでさへ，子供の世界に関係して来ない」ことが解ると，〈子供〉はもう聞く気がなくなってしまいます。そして，「父親が樹木や石のやうによそよそしい存在に見える」ということからも，子どもと大人の感覚の違いが読み取れるでしょう。

　こうした子どもと大人の感覚の違いは，子どもに特有の認識や発想の仕方を見ればより鮮明になります。
　〈子供〉は「自分の発見の正しかつたことを確かめるため，何度も同じ物を訪れ，同じ動作を繰り返す」ことが習性です。例えば「お宮さんの東の大きい松の幹から，それを平手で叩いてゐると兎や鶏や靴の形をした松の皮が剥がされて来る」ことを発見すると，翌日にも叩いてみて「昨日の松が自分を騙したのではないか調べてみる」と考えます。これが子どもの発想です。
　自筆原稿の推敲過程からは，この小説のタイトルに「幼年」または「子供の世界」が考えられていたことがわかります。つまり，子どもと大人の発想の違いに焦点をあてることは，当初から南吉の構想にあったことがわかります。

　ところで，翻訳家で作家の瀬田貞二は『幼い子の文学』①の中で，幼い子のための物語のごく簡単な構造上のパターンは〈行きて帰りし物語〉であると提唱しました。〈行きて帰りし物語〉とは，主人公が外の世界へ行って冒険などをした後にもとの世界まで帰ってくる，ということです。さらにこの提唱にわたし流に解釈を付け加えると，もとの世界に帰り着いた主人公は精神や生活の安定を得て物語は終わりを告げる，ということでしょう。
　翻って，外の世界へ旅に出てもとの世界に帰るという物語構造からしてみれば，小説「家」もまた〈行きて帰りし物語〉の一つだということになります。けれども，この小説の物語構造は旅に出て何かを獲得するというものではありません。逆に旅に出て何かを〈喪失〉して帰ってくる構造の物語，す

なわち〈喪失の物語〉だということになります。このようにして，もとの家に帰り着いた〈子供〉は安定を得るどころか，底しれぬ不安と寂しさを感じて物語は終わりを告げる，ということになります。

　一般に〈成長〉とは，子どもが何かを獲得することによって生じるものだと考えられています。しかし，この小説は〈成長〉とは〈喪失〉することである，という観点から描かれています。

　大人にとっては，子どもが〈成長〉することは，ものの見方や感じ方，身体や身体能力が育ち成熟していくことであり，喜ばしいことです。しかし，子どもの立場に立てば，〈成長〉することは幼児期に獲得したものの見方や感じ方を，ひいては幼児期に安住していた世界を〈喪失〉していくということでもあります。つまり，子どもが成長して大人になっていくということは，幼児期に備わった子どもに特有の性質を〈喪失〉していくことを意味しています。子どもが常に成長し続けるので，子どもにとっては〈喪失〉の連続です。

　こうした特異な成長観に関連して，旧制中学時代の南吉は「大人」[2]と題する短文中で，「子供の時の歌をだんだん忘れて了つた時が大人なのだ」と，記しています。

　それにしても，「家」は何とも奇妙な〈かなしみ〉に満ちた小説です。

　既に見てきたように，〈子供〉は二つの〈かなしみ〉を感じました。二つの異なる〈かなしみ〉をつなぐものは，〈子供〉が旅に出ることをきっかけに味わった〈喪失〉の思いでした。かくして，〈子供〉は幼年時代に「しつかと踏んでゐた地盤」を〈喪失〉したのです。

　小説「家」が奇妙な〈かなしみ〉を湛えている印象を与えることに成功しているのは，この小説が〈喪失の物語〉だからでしょう。

---

[1]　瀬田貞二『幼い子の文学』1980（昭和55）年 1 月23日　中央公論新社
[2]　『文芸自由日記』所収　1930（昭和 5 ）年 3 月24日（推定）

▌悲劇の連鎖—異界からの侵入者「ごん狐」①

　童話「ごん狐」は，雑誌「赤い鳥」の1932（昭和7）年1月号に掲載されました。この童話は南吉が旧制半田中学校を卒業後，母校の半田第二尋常小学校の代用教員（臨時教員）をしていた時に，雑誌「赤い鳥」へ投稿されたものです。

　「赤い鳥」版とは別に「権狐（ごんぎつね）」と題された〈草稿〉が存在します。これは南吉が《スパルタノート》と呼ばれているノートに書き遺したものです。タイトル下に「赤い鳥に投ず」と書かれているため，南吉はこの「権狐」を清書して「赤い鳥」主宰者である鈴木三重（み）吉（えきち）のもとに送ったと考えられます。あるいは，南吉自身が「権狐」を下敷きにしていったん原稿を書き直してそれを三重吉のもとに送り，送られてきた原稿にさらに三重吉が添削を加えたのかもしれません。三重吉は芥川龍之介のように売れっ子の有名作家であっても，手もとに送られてきた原稿には容赦なく赤インクで添削を加えました。

　このように，投稿に至る経緯は詳らかではありませんが，三重吉の手入れに南吉が異を唱えた形跡のないことは確かなので，ここでは「ごん狐」を底本にしてこの童話について論じ，必要に応じて「権狐」を参照します。

これは、私が小さいときに、村の茂平といふおぢいさんからきいたお話です。

むかしは、私たちの村のちかくの、中山といふところに小さなお城があつて、中山さま

といふおとのさまが、をられたさうです。

その中山から、少しはなれた山の中に、「ごん狐」と言ふ狐がゐました。ごんは、一人ぼつちの小狐で、しだの一ぱいしげつた森の中に穴をほつて住んでゐました。そして、夜でも畫でも、あたりの村へ出て来て、いたづら

一

ごん
狐
（童話）

新美南吉

「赤い鳥」1932（昭和7）年1月号

　さて，一口にキツネといっても，日本には２種類のキツネが棲息していま
す。このうち，キタキツネは北海道だけに棲息していたので，南吉が日常的
に見知っていた種はホンドギツネ（以下，単に「キツネ」という）です。こ
のキツネは北海道を除く各地の里山から高山まで，広い範囲に棲息していま
す。

　柳田國男は，キツネが《田の神が冬は山にあり，春は田に降って秋の収納
の終わりまで，稲作の守護に任じたまうという信仰》と結びつき，神の使令
（召使い）とみなされていた。その理由は《田の神の祭場として土を盛った
塚に，狐が山から降りて穴居し，食物をあさり仔狐を養う挙動》[①]にあった，
という趣旨のことを記しました。

　柳田のいうように，キツネは日本人の信仰や文化にも関わる身近な存在で
あったうえ，大正から昭和にかけての農村部には多数キツネが棲息していま
した。おそらく，南吉は夜毎に鳴き声を聴いたり，昼間でもよく姿を見たり
していたはずです。

　この節では，キツネの生態とごんの振る舞いを対比させながら，童話「ご
ん狐」の世界を読み解いていきましょう。

　第一に，キツネが繁殖や子育てをする期間は冬から春にかけてです。この
期間には複数の成獣が家族単位で行動します。子ギツネが生まれて１月ほど
たつと父ギツネが巣を離れ，夏頃にはその年に生まれた子を含めたすべての
キツネが巣を離れて単独生活をするようになります。

　ごんは一人ぼっちの〈小狐〉だという設定になっていますが，童話中には
〈子狐〉ではなく〈小狐〉と書かれていることに留意すべきです。ごんが子
どものキツネでなく体格の小さい成獣だとイメージしてみれば，この設定は
きわめて道理にかなっていることがわかります。

　なぜそうなっているのかというと，秋の長雨・百舌鳥・萩・秋祭り・ひが
ん花・松虫・栗・まつたけと，童話の世界では秋の風物が背景になっている
からです。秋になれば子ギツネは成獣に成長しています。だから，この季節

に子どものキツネを見かけることはありません。また，秋のキツネは単独行動をします。だから，ごんが一人ぼっちなのは当たり前です。

　なお，この童話では墓地に咲くひがん花を「赤い布のやうにさきつゞいてゐました」と，美しいイメージで描いています。それでも不吉なイメージがつきまとうのは，この植物が強い毒を持っているからかもしれません。飢饉のときには，球根を毒抜きして飢えを凌げますが，毒抜きが不十分だと死に至ることもあります。だから，昔の人たちは屋敷内には植えません。非常時に備えて，墓地や河川の土手や田畑のあぜ道などに植えたようです。

　ちなみに，この花は別名を〈キツネノカンザシ〉ともいい，どこか怪しげで不気味な響きを感じます。それは，人々がキツネを神の使令であると考えたり，祟りを恐れたりして，何となくキツネに近寄りがたいイメージを抱いていたことと関係があるのでしょう。他に，〈死人花〉や〈地獄花〉と呼ばれることもあります。

　また，最も有名な別名は〈曼珠沙華〉です。元来は天界に咲く花を指す語なので，悪いイメージはないはずです。それでも，北原白秋の童謡「曼珠沙華」[②]では，「ゴンシヤン，ゴンシヤン，何処へ行く。（中略）恐や，赤しや，まだ七つ」と，不吉なイメージで描かれました。南吉は敬愛する白秋童謡の影響を受けていたかもしれません。

　それから，キツネが土中に掘った穴の中に営巣するのは，繁殖期や子育て期に限られます。したがって，ごんが「しだの一ぱいしげった森」のような陰鬱な場所に掘った巣穴に閉じこもり秋の長雨をやりすごすという場面は，この物語の作り手のインスピレーションに基づいた虚構です。

　ごんは「二三日雨がふりつゞいたその間」に巣穴の外へ出られず，久しぶりに外へ出ます。すると，空はからっと晴れていましたから自然にうきうきした気分になるでしょう。そんな高揚した気分の時，ごんは兵十が川で漁をしているところに出くわしました。だから，「ちよいと，いたづら」がした

くなる気持ちもわからないではありません。しかし，これが悲劇の始まりでした。

　このように，読者をいったんごんの気持ちに同化させておいて，最終的には悲劇的な結末にまで導いていく。そんな構想のもと，あえてごんにキツネの生態に反した行動をとらせる，というつくりは実に巧みです。

　第二に，ごんの〈いたづら〉についてです。キツネは時としてニワトリなどの家禽類を襲うこともありますが，食物の多くは野ネズミで，他は野ウサギ・昆虫・木や草の果実などです。総じてそれほど悪いことはしない動物ですから，農民にとってはどちらかというと益獣であり，田の神の使令として畏敬される存在でした。

　ところが，ごんは〈いたづら〉ばかりしました。〈田の神の使令〉どころか，はたけへ入って芋をほりちらしたり，つるしてあるとんがらしをむしりとっていったりします。中でも，「菜種がらの，ほしてあるのへ火をつける」行為は最悪です。菜種がらはナタネ油を採るためタネをはたき落とした後の茎のこと。油分が多くて燃えやすいため焚き付けに利用されますから，こんなものに火をつけると大火事になりかねません。ごんは単なる〈いたづら〉のつもりの行動でも，人間にとってはとんでもない悪行です。この認識のすれ違いが，後に大きな悲劇を呼ぶことになります。

　兵十がはりきり網で漁をしていると，ごんはちょいと〈いたづら〉がしたくなって，びくの中の魚をはりきり網より下手の川の中を目がけて，ぽんぽん投げ込みます。はりきり網はＹ字型をした大きな網で，Ｖの部分で川をしきり，魚を「一ばんうしろの，袋のやうになつたところ」に追い込みます。川上に魚を投げ込まれたらまた捕まえることもできるでしょうが，川下に投げ込まれたらお終いです。さらに，ごんはうなぎが首にまきついたままで逃げましたが，兵十からはうなぎをねらった泥棒のように見えます。

　ごんは「つぐなひ」に，盗んだいわしを兵十の家に投げ込みました。おかげで兵十は泥棒と思われて，ひどい目にあいました。そこで，「栗やまつた

けなんか」を兵十の家へもっていってやります。しかし，それは神さまのしわざにされて，ごんの善意は通じません。それどころか，栗を持って兵十の家へこっそり入っていくところを兵十に見られ，ごんがまた〈いたづら〉をしに来たと誤解した兵十に火縄銃で撃たれてしまいます。このように，ちょっとした偶然の連鎖の結果，ごんは命を落としてしまいます。しかも，いわし泥棒の件について兵十はごんのしわざだとさえ気がついていないのにです。

「はりきり網」のジオラマ（新美南吉記念館提供）

　昔話の世界ではキツネが人を騙したり化かしたりすることはありますが，この種の悪質な〈いたづら〉をするという設定は，南吉童話に特有の虚構です。弱冠18歳にして，これほど深い意味を込めた構想を練り上げられたのは，南吉が並外れた才能の持ち主だったからでしょう。

　第三に，〈ごん〉という名前についてです。「校定新美南吉全集」の【語注】[3]によれば「一九二〇年代中期（大正時代）頃まで，中山の丘から北三〇〇メートル，阿久比町植大の権現山に，人家や山畑に出没する狐が住む。岩滑ではこれを『六蔵狐』と呼んだ。一九二六年（大正一五年）頃，中山の丘の東側の林で死に，そこの地主が村人と相談して祠を建立。三五年（昭和一〇年）頃まで，祠は残っていた」ということが書かれています。この逸話からは，岩滑の人々とキツネとの関係に，柳田國男の説く信仰や文化が色濃く反映していたことがわかります。南吉の中学生時代の日記[4]によれば，南吉

は「六蔵狐」と題する童謡を作ったようですが，内容まではわかりません。

　引用文中の「中山の丘」は，旧大野街道と県道の合流する場所から大野方面に向けて200mほど行ったあたりにあります。童話中では「中山から，少しはなれた山の中」にごんが棲んでいるという設定になっていますが，中山の丘から少し離れた山といえば権現山です。したがって，この山がモデルになっていると考えられます。スパルタノート版のタイトル「権狐」の〈権〉は，この山の名から一字を採ったのではないでしょうか。

　ただ，中山文夫は「私の『ごんぎつね』」[5]と題する一文を書き，〈ごん〉の名の由来について次のような説を紹介しました。

　すなわち，阿久比の西隣にあたる大興寺村（いまの知多市）の東の端に「鐘つき池」という池があった。この池に夕風が吹き始めると，池の底から「ごーんごーん」と鐘の音が聞こえてくる。そこで村人たちは「これはキツネが打つ鐘の音だ」といい伝え，そのキツネを「ごんぎつね」と呼んでいた，という説です。旧制半田中学校の2年生だった正八さん（南吉）は，この話を中山の母から何度も聞いたということです。これではスパルタノート版のタイトル「権狐」の〈権〉の字の説明がつきませんが，〈ごんぎつね〉という名の由来としては傾聴に値します。

　なお，中山は同じ文章の中で，中山の祖父が尾張藩の短銃組師範であったこと。中山家の2階の物置で，中学生の南吉が祖父の書き遺した火縄銃の分解図を見つけて興味を持った，ということを紹介しています。

①　柳田國男「狐塚のはなし」（「民間伝承」1948（昭和23）年12月／12巻11・12号＝通巻127-128号）ただし，《　》内は引用でなく要約。

②　詩集『思ひ出』（1911（明治44）年　東雲堂書店）に収録。童謡集『とんぼの眼玉』（1919（大正8）年　アルス）に再録された。

③　「校定新美南吉全集」第三巻　1980（昭和55）年7月31日　大日本図書

④　『昭和四年自由日記』1929（昭和4）年12月23日付

⑤　「新美南吉全集」第1巻（1973（昭和48）年11月30日15版　牧書店）の付録に掲載。中山は南吉の年下の友人で，「中山さま」の子孫にあたる。

南吉の心象風景─異界からの侵入者「ごん狐」②

旧大野街道を岩滑から岩滑新田に向かって進んでいくと，街道と即かず離れずの距離を保ちながら，矢勝川（背戸川）が流れています。この川は兵十がはりきり網で漁をしていた小川のモデルです。

矢勝川を遡るように街道をさらに進んでいくと，川の水源地であった半田池[①]の跡地を通過した後，大野

撮影スポット「ごんと見る権現山」

方面にまで通じています。いま，この池はすっかり姿を消していますが，かつては大規模なため池で，半田市・阿久比町・常滑市の3市町が互いに境を接する場所にありました。

なお，矢勝川の向こう岸には一面の田畑が広がり，さらにその向こうには小高い山が横たわっています。これが権現山です。前節で書いたように，この山がごんの巣穴のある山のモデルだ，と考えられます。

本題に入る前に，南吉が晩年に描いた少年小説「耳」[②]について取り上げます。ここでは主人公の子どもの住む村の地理と，子どもたちのごっこ遊びについて次のように描かれています。

　　この村は一本の県道をはさんで，南北にわかれてゐる。道の南側は段々に高くなつてゐて，終には村の南端の，運動山の頂にいたるのである。道の北側は反対に段々低くなってゆき終は背戸川にいたるのである。
　　そこで子供達が仲間を召集しようと思ふと，道に立つて，道の南にある家に向つては，仰向いて，背戸から呼び，道の北にある家に向つては，

下の方をむいて，家の正面から呼ぶのである。

このように描かれた小説中の村は，岩滑がモデルになっています。

「校定新美南吉全集」の【語注】③によれば，運動山とは「現・半田市平和町五丁目の県道南にある針葉樹林の広場。当時，子どもたちの遊び場，青年たちの軍事教練などに使われた」とあります。子どもたちは「南京攻略の模擬戦」をするつもりでしたから，お誂え向きの場所でした。

ただ，小説中の運動山は現実の運動山の位置より，もっと南側になければなりません。しかし，小説中の村はあくまでも岩滑をモデルに描かれた村であるため，必ずしも辻褄合わせをする必要はないでしょう。

それはともかく，「耳」に描かれた村は背戸川と運動山で区切られていました。背戸川は矢勝川の通称ですから，この川によって岩滑と阿久比の両地域が隔てられていることに着目すると，引用文は岩滑の子どもたちが描く自分たちの世界の認識を反映していることがわかります。

子どもたちにとって背戸川の向こうは異界です。大人にとっては何でもない隣町や隣村であっても，子どもにとっては自分の世界とは一線を画した異界になります。

この節では，ごんの行動の型（パターン）に着目して，童話「ごん狐」の世界を読み解いていきましょう。

ごんの行動を順を追って整理していくと，秋の長雨に閉じ込められた後に初めて出かける場所は〈小川の堤〉です。ここでは，兵十にうなぎ盗人だと誤解されました。それから十日ほどたって，ごんが〈村〉を通りかかると，兵十の家で葬式のあることを知り，〈墓場〉に先回りします。葬列を見て，ごんは自分の行いを後悔しました。そこで翌日，〈兵十の家〉に行きますが，いわし事件を引き起こしてしまいます。ごんの贖罪は続き，その次の日もそ

のまた次の日も栗やまつたけを持って〈兵十の家〉に行きます。ところが，月のいい晩には〈お城の下〉で兵十と加助の話を聞き，自分の思いが届いていないことを知って，がっかりします。そして最後に〈兵十の家〉へ行き，ここで兵十に撃ち殺されてしまいます。

　こうした動きを図示すると，小川の堤 → 村 → 墓地 → 兵十の家 → お城の下 → 兵十の家になります。すると，ごんは一定の往還を移動したりとどまったりすることなく，心の赴くまま無秩序に村のあちこちへ出没していることがわかります。

　これを人間の立場，とりわけ読者である子どもの立場から狐の動きを見ると，ごんはたえず小川の向こうの異界から村に侵入しては，村の社会の安定を掻き乱す存在です。人間たちにとってみれば，ごんはいつどこから自分たちの世界に侵入してくるかもわかりません。

　これは小説「家」を読み解いた際にも書きましたが，岩滑の背戸川の向こうは植大を含む阿久比村ですから，岩滑の子どもは自分の世界ではない異世界だと認識していました。少年小説や童話でも，その状況は同じです。

　ごんは異界からの侵入者であり，不可知な存在でした。そもそもが人間と狐という別種の生き物であるうえに，別世界に住む者同士です。こうした関係にある者が互いに理解し合うことのできるはずはありません。

　ところで，童話中には「むかしは，私たちの村のちかくの，中山といふところに小さなお城があつて，中山さまといふおとのさまが，をられたさうです」と書かれています。大石源三④によれば，この「おとのさま」は名を中山刑部大輔勝時といい，居城の岩滑城⑤を守るため，中山の地に砦を築いた。織田信長などに仕えたが，本能寺の変に際して二条御新造（二条城）で討死した——ということです。

　なお，中山の砦の跡と伝えられる場所は，いまの新美南吉記念館の敷地内にあり，「童話の森」として公開されています。

もし「中山といふところに小さなお城があつて」云々という描写を額面どおりに受けとるならば、童話「ごん狐」は戦国時代末期の話だということになります。すると、貧乏ではあっても母親思いで働き者の農民だ、というイメージは一変します。

中山さまにしたがって戦場に臨む

「童話の森」（新美南吉記念館提供）

ため、兵十の火縄銃はいつでも撃てるように準備されていた。普段は農業に従事しながら、戦さとなれば敵に向けて鉄砲を放つ。兵十はそんな猛々しい一面を持つ人物だった——ということになります。

ただ、この童話は時代考証にはまったくこだわりがありません。

例えば、兵十の家の前の赤い井戸についてです。これは井戸筒と呼ばれる常滑焼の井筒（井戸の地上の囲い）のことですが、これが用いられるようになるのは江戸時代からです。

また、兵十の家の前に赤い井戸のあることから、兵十が貧しい暮らしをしていることがわかります。これに比して、この地方の裕福な家では、黒い釉薬のかかった上等の井戸筒を用いていました。しかし、黒い井戸筒が登場するのは大正時代のことですから、これではますます時代が合いません。

さらに、前にも少し触れたように、兵十の村では菜種からタネを採ったあとの「菜種がら」を干しています。採ったタネからは油を搾って灯明用として売られましたが、菜種をそのような用途のために広く栽培するようになるのは、江戸時代からのことです。祭りや葬式などのときに、弥助の家内のようなお百姓の女性が「おはぐろ」をつけるようになる習慣も、江戸時代からのことです。

他に、大石源三によれば、兵十のモデルは南吉の時代に岩滑新田に住んで

いた江端兵重^{えばたひょうじゅう}だ，ということです。

　南吉は旧制中学生の頃，小学校の同級生で岩滑新田に住む都築栄男に「はりきり網」や兵重のことを尋ねています。兵重は猟（漁）が好きで，冬は雉や鴨を撃ち，出水の時ははりきり網に明け暮れていました。ただ，兵十のモデルになった兵重は1940（昭和15）年に亡くなった人ですから，これもまったく時代が合いません。

　ちなみに，兵十の獲物は〈きす〉や〈うなぎ〉でした。〈きす〉は標準和名でオイカワという淡水魚のことです。大石によれば〈うなぎ〉ははりきり網の最後の袋になった部分を両股ではさみ，網に入ったことがわかったらすぐに上げないと獲れません。せっかく苦労をして獲ったうなぎをまんまと泥棒狐に盗られたと思ったのですから，兵十はさぞかし立腹したことでしょう。

　また，兵十が川で漁をしたのは秋雨が続いて川が増水したためです。ごんは「兵十のお母は，床についてゐて，うなぎが食べたいと言つたにちがひない」と思いましたが，それは一方的な思い込みでした。かなり根拠が薄く，事実と異なる可能性が高いことだ，と考えられます。それでも，「兵十のお母」云々というごんの思い込みと，ごんは泥棒狐だという兵十の思い込みとが絡み合い，その結果は取り返しのつかない事態を引き起こしました。

　なお，「お母」を〈おかみさん〉だとする解釈は間違いです。童話中に「兵十が，白いかみしもをつけて，位牌をさゝげてゐます」とあるので，喪主が兵十だとわかるからです。南吉の頃には，夫が妻の喪主を務めません。

　また，人間の死は穢^{けが}れであり，家の中のかまどは神聖な場所ですから，葬式のための煮炊きは家の表に築いた臨時のかまどを使用しました。

　それから，岩滑の墓地は1933（昭和8）年まで旧岩滑街道を半田市街に向かう途中にありました。いまは岩滑コミュニティセンター（半田市岩滑中町5-20）の敷地になっています。それから，岩滑の光蓮寺⁶の前を通ってこの旧墓地に至る道のことを，岩滑の人たちは〈そうれん道〉と呼んでいました。〈そうれん〉を漢字で書くと「葬殮」で，葬式のことです。「白い着物を着た

葬列のものたち」の通る道は，そうれん道がモデルだと思われます。南吉の葬儀もこの寺院の住職が導師を務めました。

　いずれにせよ，「お母」「表のかまど」「葬列」は，南吉の時代に常識として行われていた習慣です。

　何よりも，童話「権狐」には「むかし，徳川様が世をお治めになつてゐられた頃に，中山に，小さなお城があつて，中山様と云ふお殿さまが，少しの家来と住んでゐられました」と記されています。この記述の通りなら，江戸時代に中山勝時の居城が中山にあったことになってしまいます。勝時の中山家は南吉の生家のすぐ隣にあり，南吉は文夫と親しく姉のちゑは後に恋人になるほどの仲でした。南吉が中山家の伝承や岩滑の歴史に無知であったわけではありません。

　おそらく，南吉は戦国時代とか江戸時代とか特定の時代にこだわらず，漠然とした〈むかし〉に心を馳せて，心象中にごんや兵十の活躍する世界を思い描いたと考えられます。

　そもそも，童話「ごん狐」は虚構（フィクション）です。南吉の見聞きした現実の世界がそのまま童話中に反映するわけではありません。あくまでも，南吉童話の世界は現実に見聞きした物事や人物を発想のヒントやモデルにして，南吉の心象中に再構成された世界だ，と考えておくべきでしょう。

---

①　1695（元禄8）年から2019（令和元）年まで存在した農業用のため池。跡地には太陽光発電所が建設されている。

②　南吉の死後，雑誌「少国民文学」（1943（昭和18）年5月号）に発表。

③　「校定新美南吉全集」第二巻　1980（昭和55）年6月30日　大日本図書

④　大石源三『ごんぎつねのふるさと　新美南吉の生涯』1987（昭和62）年1月23日　エフエー出版

⑤　岩滑にある西山（せいざん）浄土宗の甲城山常福院境内または西側に存在した。

⑥　真宗大谷派の尚英山光蓮寺は渡辺家の菩提寺ではないが，この寺院の住職が南吉の法名「釈文成（しゃくぶんじょう）」を授けている。

岩滑新田の養家―養子体験の意味①

　南吉の養家は，生家から３km足らずの距離を隔てた岩滑新田の地に位置しています。

　南吉の頃，この場所に至る道筋は次のようになっていました。

　生家を起点に旧大野街道を西（大野方面）に向かい，県道に出た後は中山からしんたのむね①を通ってさらに進みます。すると，生家から

養家の新美家（母家の正面）

2.5kmばかり離れた岩滑新田の地（いまの半田市平和町６丁目付近）に観音寺と神明社②が並び建っています。ここから集落の生活道路の往還を北へ200mばかり入って集落が尽きるところに養家の新美家があります。

　生家から養家までを大人の足で歩けば40分あまりですから，さほど遠い場所だとはいえません。それでも，まだ満８歳であった南吉にとっては，それなりの距離感があったことでしょう。

　ここではまず，南吉が新美家の養子になった経緯と，その後の人間関係に及ぼした影響について考察しましょう。

　第一に，なぜ渡辺家の長男が新美家の養子に入ったかについてです。

　南吉の戸籍を調べると，渡辺正八（南吉）は1921（大正10）年７月28日付で新美家の養子に入って新美姓となります。実際には入籍の少し前に養子縁組の儀式が催されたようですが，この頃から南吉は養家で義母志もと二人暮らしを始めました。

　ところが，正八はお婆さんとの二人暮らしになじめません。この年の11月には学校帰りに上級生にいじめられ，同級生の都築栄男と一緒に矢勝川堤を

歩いて生家に戻る，という出来事もありました。岩滑新田から矢勝川の堤を下流に向かって下っていくと，人目につくことなく岩滑に辿り着くことができます。翌12月には，養子の籍はそのままにして，生家に戻されました。

　養家は志もが1961（昭和36）年に亡くなった後，10年あまりも無人になって荒れ果てます。しかし，1973（昭和48）年に地元の有志が養家を買い取って修復整備しました。いまでは「かみや美術館」[3]の分館として，一般公開（有料）されています。

　なお，南吉の亡母りゑは新美家の長女でした。りゑの父（南吉の祖父）の新太郎は，りゑの生母ふんが1901（明治34）年に亡くなった後，志もと再婚しています。したがって，志もと南吉との間に血縁関係はありません。

　新太郎が1915（大正４）年に亡くなると，りゑの弟にあたる釜治郎が新美家の戸主になりました。ところが釜治郎は身体が弱く，子どものないまま1921（大正10）年２月に亡くなります。そこで，志もは釜治郎の嫁を実家に帰し，新たに渡辺家から正八を貰い受けて新美家の跡継ぎに定めたというわけです。

　第二に，新美家の暮らし向きについてです。

　大石源三の著書[4]によると，新美家は一町一反歩[5]の田，二反歩の畑，三〇〇坪の屋敷，六坪の蔵を所有していました。田畑の大部分を小作に出し，小作料だけで生活できる結構な身上（しんしょう）でした。

　ただ，旧民法の定めでは，渡辺家の嫡子である正八を他家へ養子に出せません。そこで，実父の多蔵は形式的に妻の志んと離婚。いったん自分と二人の息子の籍を岩滑新田の本家（南吉の祖父・六三郎の家）に入れて，岩滑の分家を廃絶。正八を新美家の養子に出した後，志んと再婚。妻と次男を連れて分家を立てる，という手続きを取りました。こんな面倒なことをしてまで南吉を新美家の養子に出すところに，多蔵の上昇志向を感じます。

　第三に，新美家の養子になったことが南吉と渡辺家の人々との人間関係に

及ぼした影響についてです。

　南吉としては，自分が養子に出された後，生家に戻されても一家の中で自分だけが新美姓であることに，疎外感を感じることがあったようです。けれども見方を変えると，正八は裕福な新美家の跡取り息子の地位を約束されています。よって多蔵の判断には塵ほどの悪意もありません。

　ちなみに，正八の腹違いの弟の益吉は，半田第一尋常高等小学校（いまの市立半田小学校）の高等科を卒業した後，父の跡を継いで職人の道に入りました。かつては，南吉は継母から疎んじられて他家へ養子に出されたとする受けとめ方もありましたが，それはあまりにも皮相な解釈だと思います。

　南吉と継母の志んとの関係については，続橋達雄が著書[6]で記しているように「時には継母の冷たさに実母の愛を思い，時には継母を実母のように慕っている」と解釈することに蓋然性があるように思います。

　ふだんの気持ちでいる時の南吉は「父か母の死ぬ日がやつて来る。それが一番恐ろしい。さうすると私の家はめちやになつてしまふ。私が病弱で無能だから」[7]と〈甘えん坊で，親思いの一面〉を示しています。けれども，時には「母は昨夜のことで朝から気嫌が悪い。何といふ狭量な己を抑へることの出来ぬ女だらう。（中略）彼女は一度も正当な理由で怒つたことはない。いつもひとりで理由をこしらへて怒つてゐる。実に不愉快な女だ」[8]と，継母への不満をあからさまに表明します。そのうえで，「もし母が生きてゐるなら本などももつとかひてくれようと思ふも」[9]と，不満のはけ口として優しい実母のイメージを求めることがあります。

　このように，南吉の継母への思いは複雑であり，一通りではありませんでした。

　次に，南吉の旧制中学への進学が周囲の人々との間にどのような軋轢（あつれき）を生じさせたか，旧制中学への進学と南吉が新美家の養子であったことがどのように関係するのかということについて考察しましょう。

　南吉は1926（大正15）年４月に愛知県立半田中学校（いまの県立半田高校）に入学しました。この頃，南吉の母校の半田第二尋常小学校から半田中学校に進む生徒は，例年１〜２名にすぎません。しかも，旧制中学への進学者は地域の旦那衆（有力者）の息子たちによって占められていました。

　大石源三は先に挙げた著書で，納税額を根拠に南吉の中学入学時の渡辺家の暮らし向きは「岩滑二百二十戸の中で四十三番目くらいの収入で，中の上ぐらいに当たります」と記しています。当時，こうした暮らし向きの渡辺家から旧制中学に進学することは異例なことでした。

　南吉は自らの旧制中学進学にまつわる経緯を，小説「塀」⑩の主人公で小学校６年生の〈新〉に投影して，詳細に描いています。

　新は旧制中学校へ進学したくてたまりませんが，畳屋と下駄屋を営む父母は，貧乏を盾に「中学校へは迚もやれない，高等科で沢山だ」と言い渡します。受持の辻先生や校長先生が「新の将来を有望だといつて頻りに中学校へ上げたがよい」と両親を説得しても許してもらえません。遂に母は「こんな貧乏な家で，中学校なんか行くものが何処にあらあずに」「第一他人様が笑ふぢやねいか」と言い放ちます。それでも進学を許してもらえたので，新はその吉報を同級生で地主の子の〈音治〉に告げました。さらに音治のお母さんにも報告しますが，「中学校へゆくと仰山金がいるんね」という冷たい声の返事が返ってきました。その瞬間，新はこれは「富有な人が貧しい人達を見下げ果てた侮辱の言葉」だと〈直観〉⑪したのです。

　南吉の頃の農村地域では，いまのわたしたちが想像する以上に強い同調圧力がかかります。他人様（地域社会）は，畳屋の小倅が中学に進むという分不相応なことを容易に認めようとはしません。

　それでも南吉の進学が可能であったのは，新美家の養子だからでしょう。

　学費については新美家が応分の負担をすることで解決できましたが，それよりも新美家が岩滑新田の旦那衆に連なる家格であることの方が重要であっ

たように思います。新美家の跡取り息子であってみれば、さすがの世間様も
しぶしぶ容認せざるを得なかったと思われます。

　なお、「塀」はプロレタリア文学の影響を受けた小説でありながら、複数
のプロットを複雑に交錯させながら全体として一つの物語を織りなしていま
す。南吉の小説の中では完成度の高い作品といえるでしょう。

　本筋となるプロットは地主と小作人の抜きがたい対立構造です。
　新は「地主と小作人の間には、取除くことの出来ない塀がある」こと、
「塀の中にゐるのは音右エ門の一家であり（中略）塀の外の人間は、村の
人々である」こと、村が「平和なのはたゞ表面だけで、一皮はげば、村人達
は、二手に別れて闘争してゐる」ことを知ります。ここで重要な役割を果た
すのが並はずれて背の高い竹馬です。これに乗った新は音右エ門の屋敷の裏
から人知れず《塀》の中の世界を覗き見ることができました。
　さらに、新は自分の父母が「きりきりと働いたり、履物を売つたり」して
も貧乏なのに、〈音治〉の父母は地主で「別に働くやうすも見えなかつたし、
ものを売つてゐるのでもないのだが、一体金はどうして儲けるのであらう」
と疑問を持ちます。それを母にぶつけると、母は「（旦那衆は）働かんでも
金はいくらでもあるぢや」と答えました。重ねて「その金は何処にあつたん
だい？」と問うと、母にもわかりません。母はしばらく考えて「田圃を人に
貸して、年貢をとり、それを売つて金を貯めたのだろ」と思い至ります。
　その後、村に小作争議が起こります。東京の学校で左翼運動に参加してか
ら偽装転向したと思しき〈青木さん〉の意見を受け、小作人の〈和二郎〉は
「村中の小作を一応一所に集め、中で代表二三人が音右エ門の所へ年貢米を
少くするやうに談判しにゆくことにしよう」といいました。ところが、和二
郎は仲間の小作人たちを裏切つて、音右エ門に密告をします。新は竹馬の上
から和二郎の「仲間の者を見捨てゝまでも、裏切つてまでも、自分は甘い汁

を吸ひたい貧乏人根性がつきまとつてゐる」姿を覗いて愕然としました。

　もう一つのプロットは新が音治の従妹〈那都子〉に抱く恋心の行方です。
　南吉がこの小説を脱稿した時期は東京外語在学中で，木本咸子と恋愛関係
にありました。「那都子も来年の三月にはきつと女学校にはひるに違ひない，
女学校を出た娘を嫁さんに貰ふには，どうしてもこつちは中学校を出てゐな
きやならない」云々は，南吉の正直な気持ちの反映です。木本家は100台近
くの織機を有する織布工場を経営しているため，《塀》の中の旦那衆に連な
っています。一方の渡辺家は《塀》の外の人々に連なっているものの，新美
家の跡取りの南吉は《塀》の中の旦那衆にも連なっている，ともいえます。
　また，新はしきりに「那都子が将来音治の嫁さんになるか」と気を揉んで
います。小説を書いた頃の南吉には，遠藤峰好という強力な恋敵がいました。
遠藤は岩滑きっての大地主の跡取りであり，中学校の先輩にもあたります。
一方の南吉は学歴こそ旧制高等専門学校在学中でしたが，遠藤家の財力には
とても太刀打ちできません。新の失恋はそんな予感の反映でしょう。

---

① 「新田の棟」の意味で，いまの岩滑西町4丁目付近。詳しくは本書の94ページあたりで述
　べる。
② 観音寺は西山浄土宗の寺院。神明社は天照大神を祭る神社。
③ 公益財団法人かみや美術館が運営。本館は有脇町10丁目8－9に所在。
④ 大石源三『ごんぎつねのふるさと　新美南吉の生涯』1987（昭和62）年1月23日　エフエ
　ー出版
⑤ 「反歩」は反を単位として田畑の面積を示す語。1町は10反，1反は30坪，1坪は約3.3㎡
　にあたる。
⑥ 続橋達雄『南吉童話の成立と展開』1983（昭和58）年12月20日　大日本図書
⑦ 1941（昭和16）年7月18日の日記
⑧ 1937（昭和12）年3月3日の日記
⑨ 『スパルタノート』1931（昭和6）年2月15日の記述
⑩ 生前未発表の小説。自筆原稿の末尾に「一九三四・二・一起稿　二・五脱稿」とある。
⑪ 直感ではなく直知の意。推理などの論理的な判断によらず，物事の本質を直接的に把握す
　ること。英語またはフランス語の intuition に相当する。

別の世界に生きる人たち—養子体験の意味②

　南吉の第二童話集『牛をつないだ椿の木』^①には、「小さい太郎の悲しみ」「手袋を買ひに」「草」「狐」「牛をつないだ椿の木」「耳」「疣」の７作が収録されています。すべて、生前未発表の作品です。

　南吉が兄と慕う巽聖歌の『新美南吉の手紙とその生涯』^②によると、童話集の刊行にあたって、おおよそ次のような経緯がありました。

　南吉に原稿の依頼があったのは1942（昭和17）年９月ごろのことです。この頃、巽は「大和書店の出版企画に参与」していたので、同社の「日本少国民文学新鋭叢書」の一冊にする企画を立てました。依頼に応じた南吉は７作の原稿を送ります。しかし、時あたかも太平洋戦争の最中でしたから、1943（昭和18）年３月22日に南吉が亡くなってから半年も経過して、ようやく刊行が実現しました。巽は「統制下における出版事情は、どうしても早くはならなかった」と臨終に間に合わなかったことを悔やんでいます。

　南吉は巽宛の手紙^③で「書留で、新しいのも古いのも、童話でないのも、ともかく今手許にある未発表のものを全部送りました。いいのだけ拾って一冊できさうでしたら作つて下さい」「さし絵画家の選択、校正など、いつさい大兄にお願ひします」と依頼します。この頃の南吉は持病の結核が悪化していたため、本作りの一切を巽に託すよりほかありませんでした。

　この時の手紙には「文章のいけないところも沢山あると思ひます。できるだけなほして下さい」「草稿のまゝで失礼とは思ひますが、もう浄書をする体力がありません」「もし他とのつりあひから、序あるひは跋が必要なら、それも、最後のわがまゝとして大兄の筆を煩はしたう存じます」という件があって、死を目前にした当時の南吉の切迫した状況が読み取れます。

　ここでは第二童話集に収録された作のうち、「小さい太郎の悲しみ」について読み解きましょう。

第一に，タイトルについてです。

通常，〈太郎〉は長男の名前です。既に書いたように，昔は跡取りの長男を養子に出すことはありませんでしたし，旧民法でもそのようになっていました。南吉としては，長男の自分が養子に出された実体験にこだわりがあって，あえて〈小さい太郎〉をタイトル中に組み入れたものと思われます。

養家裏の竹藪と山桃の木

また，自筆原稿には「一八，一，九，午後五時半脱稿，」「店の火鉢のそばで。」と書き込みがあります。南吉はおそらく前年の12月31日に安城高女へ最後の出勤をした後，岩滑で病気療養に努めています。死を覚悟したこの時期に，南吉は改めて自分の養子体験を振り返り，この少年小説中に自分の思いの丈を書き遺しておきたい，と考えたのでしょう。

しかし，南吉の遺志は生かされませんでした。巽聖歌が童話集の出版時にタイトルを「かぶと虫」に改めたからです。ただ，この小説中になぜ太郎がお婆さんと二人だけで暮らしているのかについては，何の言及もありません。そのうえ，原稿の書き直しについては南吉の依頼があったわけですから，あながち巽の判断を批判することはできないように思われます。

第二に，太郎とお婆さんとのすれ違いについてです。

物語の冒頭で，太郎は庭先のお花畑からうまやの角の方へ大きな蟲（むし）が飛び立つのを見ると，縁側からとびおりて蟲を捕まえました。その蟲がかぶと蟲であることを知ると，「ああ，かぶと蟲だ。かぶと蟲をとつた」と言います。けれども，「誰も何ともこたへません」でした。小さい太郎には兄弟がなくて「一人ぼつち」だったからです。こうして，太郎は「一人ぼつちということはこんなときたいへんつまらない」と思うのです。

そこで，縁側にいるお婆さんにかぶと蟲を見せます。ところが，お婆さんは「なんだ，がにかや」と言ったきり，何の関心も示さず居眠りをしてしまいました。子どもには大事件であっても，お婆さんにとっては「かぶと蟲だらうが蟹だらうが，かまはない」のです。こうして，小さい太郎と大人であるお婆さんの間では，まったく心が通じ合いませんでした。大人と子どもとでは，住む世界がまるで異なっているからでした。

ここでは兄弟がなくて〈一人ぼつち〉であることの寂しさが強調されています。この状況からは「ごん狐」の境遇が想起されます。そのうえで，自分が両親や弟のいる家から切り離されて〝一人ぼつちが寂しい〟と感じる南吉の心境が反映しているように思います。

第三に，現実の南吉と義母志もとの心のつながりについてです。
「校定新美南吉全集」（以下「校定全集」）の【語注】④によると，「新美家の前に五アールほどの畑があり，新美志もは市に出す野菜と花を作った」とあります。また，大石源三の著書⑤によると，いまはありませんが養家の母家の前に厩があったこと，南吉の生母りゑの弟の鎌治郎は「半田の町へ出るのにいつも馬に乗って出かけていました。高級車に乗って外出をしていたようなものです」と記されています。他に，いま公開されている養家の正面には広い日当たりのよい縁側があります。こうしたことから，冒頭の農家は養家がモデルであり，その家のお婆さんのモデルは志もで，小さい太郎のモデルが幼年時代の南吉であることは明らかです。

南吉が養子に出された日のことについては，無題の自筆原稿⑥に「常夜燈の下で遊んでゐるところへ，母が呼びに来て家につれられて帰ると，初といふ人が私を待つてゐた。少しの酒と鰯の煮たのとでさゝやかな儀式がすんで，私は新しい着物を着せられ，初といふ人につれられて，隣村のおばあさんの家に養子にいつたのだつた」と書かれています。

　この無題の自筆原稿では，小さな太郎とお婆さんが二人で暮らす家の様子が次のように描写されています。

　　おばあさんの家は村の一番北にあつて，背戸には深い竹藪があり，前には広い庭と畑があり，右隣は半町も距たつてをり，左隣だけは軒を接してゐた。そのやうな寂しい所にあつて，家はがらんとして大きく，背戸には錠の錆びた倉が立ち，倉の横にはいつの頃からあつたとも知れない古色蒼然たる山桃の木が，倉の屋根と舟屋の屋根の上におほひかむさり，背戸口を出たところには，中が真暗な車井戸があつた。納戸，勝手，竈のあたり，納屋，物置，つし裏など暗くて不気味なところが多かつた。家は大きかつたが電燈は光度の低い赤みがかつたのが一つしかなかつたので，夜は電燈のコードの届かない部屋にいく時，昔のカンテラを点してはいつていつた。

　　夜はもちろん寂しくて，裏の竹藪がざあざあと鳴り，寒い晩には，背戸山で貉のなく声がした。昼でも寂しかつた。あたりにあまり人が見られなかつた。

〈村の一番北の家〉〈背戸の竹藪〉〈錠の錆びた倉〉〈古色蒼然たる山桃の木〉〈中が真暗な車井戸〉〈納戸，勝手，竈のあたり，納屋，物置，つし裏⑦など暗くて不気味なところ〉という記述を手がかりにすると，大きいけれど暗く淋しい家の様子を窺い知ることができます。この家にお婆さんとまだ幼い子どもだけが暮らしていた様子を想像してみると，小説の下敷きになった幼年時代の南吉の心細い思いが痛いほどわかります。

　それでも，養家の〈車井戸〉には黒い釉薬を使って上部に花菱紋を入れた立派な常滑焼の井戸筒が使用されています。幼い子どもがうっかり井戸に落ち込もうものなら命に関わりますし，暗い井戸の底からはお化けが出てくるかもしれません。こうした状況は子どもにとっては恐怖の対象でしかありま

せんが，大人たちにとってはその家の暮らし向きが豊かであることのシンボルになっています。〈車井戸〉をはさんで母家と対するように建つ〈倉〉もまた子どもにとっては恐怖の対象であり，大人にとっては豊かさのシンボルです。このように，子どもと大人の感覚は違います。

養家の背戸口にある車井戸

　また，養家での南吉は志もとの二人暮らしになじめませんでしたが，志もとしても孤独で心の満たされない境遇であったようです。そんなお婆さんと，家族と引き離されてお婆さんとの二人暮らしになじめない子どもとの生活は，双方にとって不幸です。南吉は無題の小説（「校定全集」収録時の仮題は『常夜燈の下で』）で，次のように書いています。

　　　おばあさんといふのは，夫に死に別れ，嫁に出ていかれ，そしてたつた一人ぼつちで長い間をその寂莫の中に生きて来たためだらうか，私が側によつても私のひ弱な子供心をあたゝめてくれる柔い温（ぬくい）ものをもつてゐなかつた。

　このように作品中の〈お婆さん〉は辛い評価を受けています。ただ，実生活では新美家の跡取りとして南吉をそれなりに処遇していたことも事実です。
　巽聖歌は前掲書で「中学生当時は，ときたま養家さきのおばあさんから，五十銭一円と，小遣いをもらっている」と記しています。生家の父母は本や雑誌を買うために小遣いをくれませんでしたから，志もからもらう小遣いはもっぱら本屋で消費されたようです。
　少年時代の南吉は，ちゃっかり志もを利用していたという見方もできます。けれども，血のつながりがないとはいえ，実母の実家の祖母に甘えたい気持

ちのあったことも否定できないでしょう。

　志もとしても，旦那衆に連なる新美家の跡取りに恥をかかせられないうえに新美家の恥にもなる，という見栄から南吉に小遣いをくれたという見方もできます。当時の地主の跡取りは，将来の旦那衆としての威厳と心構えを持たせるために，それなりの小遣いを与えられていたものです。けれども，血のつながりがないとはいえ，亡夫の孫を可愛いと思う気持ちのあったことも否定できないでしょう。

　ここで明確にしておきたいことは，子どもと大人が互いに愛おしく思い合うことと，互いに相手を理解して心が通じ合うことは，あくまでも別だということです。そうした人間観に立つならば，子どもと大人とは実に不幸な関係にあるということになります。

　第四に，子どもと大人の住む世界の違いについてです。

　小さい太郎と大人であるお婆さんの間では，心が通じ合いません。大人と子どもとでは，まるで住む世界が異なっているのです。

　そこで，小さい太郎は心が通じ合う友達を探す《旅》に出かけます。

　まず初めに，〈金平ちゃん〉の家に行きます。しかし，金平ちゃんは病気になっていたので遊ぶことができません。

　次に，〈恭一君〉の家に行きます。しかし，恭一君は海の向こうの三河の親類へ養子に行ったので，遊ぶことができません。

　最後に，年長の〈安雄さん〉の家に行きました。けれども，安雄さんは既に大人の世界に移ってしまっていました。今日から家業の車大工を継ぐために，お父さんについて修行するようになったから遊べないのです。

　金平ちゃんとは病気が治れば遊べます。養子に行った恭一君とは盆と正月に帰ってきた時に遊べます。けれども，安雄さんの場合は，安雄さんが「一人前の大人になつた」から遊べないのです。二人の子どもの場合とは決定的な違いがあります。子どもの世界から大人の世界に移ってしまった人とは，住む世界が違うので，もう二度と心を通い合わせることはできません。

この時，小さい太郎の胸にふかい悲しみがわきあがりました。小説中には，次のように描かれています。

　　　安雄さんは遠くに行きはしません。同じ村の，ぢき近くにゐます。しかし，けふから，安雄さんと小さい太郎はべつの世界にゐるのです。いつしよに遊ぶことはないのです。
　　　もう，ここには何にものぞみがのこされてゐませんでした。小さい太郎の胸には悲しみが空のやうにひろくふかくうつろにひろがりました。

　このように，大人と子供は〈大人の世界〉と〈子供の世界〉というまったく〈べつの世界〉に生きる存在です。お互いの間には越えがたい隔たりがあります。こうして，「大人の世界にはいつた人がもう子供の世界に帰つて来ることはない」ということを知ると，「小さい太郎」は「泣いたつて，どうしたつて消すことはできない」という〈悲しみ〉をしみじみと味わいました。

　第五に，そうした隔たりのあることを知ることは〈悲しみ〉である，という感覚についてです。
　ここでは「哈爾賓日日新聞」に連載された少年小説「久助君の話」[8]などを手がかりに，〈悲しみ〉の感覚についてもう少し考えてみます。
　主人公の〈久助君〉が友達と遊ぼうとしましたが，どこにも見つかりません。すると，乾草の積みあげてあるそばで〈兵太郎君〉に〝ひよつくり〟出会いました。そして，半日〝くるひ〟続け[9]たのです。突然，久助君は相手の少年が「見たこともない，さびしい顔つきの少年」であるという思いに取り憑かれると，「何といふことか。兵太郎君だと思ひこんで，こんな知らない少年と，じぶんは，半日くるつてゐたのである」と「世界がうらがへしになつたやうに」感じます。ところが，「やつぱり相手は，ひごろの仲間の兵太郎君だつた」ことがわかりました。そして，最後は次のように結ばれます。

　　だが，それからの久助君はかう思ふやうになつた。——わたしがよく
　知つてゐる人間でも，ときにはまるで知らない人間になつてしまふこと
　があるものだと。そして，わたしがよく知つてゐるのがほんとうのその
　人なのか，わたしの知らないのがほんとうのその人なのか，わかつたも
　んぢやない，と。そしてこれは，久助君にとつて，一つの新しい悲しみ
　であつた。

　このように久助君は，日頃から確かに慣れ親しみ理解し合っていたはずの
仲間に，自分の知らない面のあることを発見します。すると，どちらが「ほ
んとうのその人」なのかわからなくなってしまい，〈悲しみ〉を感じるので
す。
　既に読み解いた「家」では，大人と子どもの認識の間にある越えがたい隔
たりを知ること，世界中にただ一人の存在であると思っていた母親が，実は
どこの村にもどこの家にもいる似通った女の人の一人でしかなかったことを
知ることに，２つの〈かなしみ〉を感じます。
　こうした２つの少年小説の創作を経て，自分の死期を悟った南吉は「小さ
い太郎の悲しみ」の創作によって，〝異なる世界に属する者どうしの心は交
わることがない〟という悲しい結末に思い至るのでした。

---

① 　新美南吉『牛をつないだ椿の木』1943（昭和18）年９月10日　大和書店
② 　巽聖歌『新美南吉の手紙とその生涯』1962（昭和37）年４月10日　英宝社
③ 　1943（昭和18）年２月12日付の封書
④ 　「校定新美南吉全集」第二巻　1980（昭和55）年６月30日　大日本図書
⑤ 　大石源三『ごんぎつねのふるさと　新美南吉の生涯』1987（昭和62）年１月23日　エフエ
　　ー出版
⑥ 　1935（昭和10）年１月14日付，自筆原稿。無題『常夜燈の下で』として校定全集第七巻に
　　収録。
⑦ 　屋根の下に丸木や大竹をわたし簀子（すのこ）を張って作った物置場。
⑧ 　掲載時期の詳細不明。遺された南吉のスクラップブックに「一四・一〇・一八」とあるた
　　め，1939（昭和14）年10月18日が創作日と考えられる。
⑨ 　〝くるふ〟は取っ組み合いをすること。

▌仏様のくにへ行く―人力車の行き交う街道①

　大野の海岸は古くから潮湯治の名所①でした。1881（明治14）年夏には愛知県医学校（いまの名古屋大学医学部）の校長兼病院長であった後藤新平がこの地を見分するなど，海水浴場の草分け的な存在②です。伊勢湾台風後に規模が縮小③されますが，いまも〈世界

大野の海水浴場（絵葉書／愛知県図書館所蔵）

最古の海水浴場〉を謳って集客を続けています。明治期に刊行された『尾張名所図絵』④には「大野町は古来海水浴を以て有名の地なり（中略）盛夏の候には浴客四方より茲に群集して熱塵を洗ふ」云々と記されました。

　ただ，1912（明治45）年2月に愛知電気鉄道（愛電）が開通⑤するまで，大野は鉄道の便に恵まれませんでした。そこで，名古屋方面からの避暑客は官鉄の武豊線を利用して半田駅まで行き，そこから人力車で大野へ行く，というルートを辿ります。そのため，明治時代の大野街道には，海水浴客やその他の客を乗せて，多くの人力車が行き交いました。半田市街から大野市街まで人力車で行くと，2時間ぐらいかかったようです。ちなみに，愛電の開通から2年後の調査⑥でも，半田町内の人力車は44台もありました。

　南吉の父方の祖父の渡辺六三郎は，岩滑新田で駄菓子屋を営んでいました。岩滑新田と大野の間には峠があったため，人力曳はこの店でよく休憩しました。南吉のノート「見聞録」⑦には，「父の話」と題して次の記載があります。

　　人力車は十円位で買ふことが出来た。まだゴム輪でなくガラガラと鳴る輪であつた。
　　名古屋から大野へ海水浴（潮湯治）にゆく金持連が半田まで汽車でき

て，そこから大野まで人力を雇つたものだ。でその頃半田にも大野にも
三十人位宛人力曳がゐた。
　　父の父は道ばたで駄菓子をしてゐて，そこでよく人力曳は休んだ。

　明治の頃の大野街道を人力車が往来する様子について父から聞いた南吉は，
大いに興味をそそられたようです。ここでは，人力車に着目して，童話「百
姓の足、坊さんの足」[⑧]を読み解くことにしましょう。

　物語の前半では，〈明治の御維新〉の前の出来事が描かれています。
　人々は丁髷を結い，街道には〈かご〉が往来していましたが，そのモデル
は江戸時代の大野街道だと思われます。
　貧しい百姓の菊次さんは，雲華寺[⑨]の和尚さんのお供をして，街道を歩き
ながら米初穂を集めて廻り，最後にふるまい酒の接待を当てにして，烏谷に
行くことにしました。モデルになった岩滑に「烏谷」という地名はありませ
ん。ただ，大野街道から南側の山地に向けて幾筋かの脇道の先に，童話「お
ぢいさんのランプ」などに登場する「深谷」を始め「北谷」「砂谷」「葭谷」
などと，〈谷〉の字のつく地域があります。そのあたりをモデルにしたもの
でしょうか。本街道から外れて片道で十五町（1.6kmあまり）もの距離を，
日が暮れてから歩いて行かなければなりませんから，二人はよほどの酒好き
だったと見えます。
　さて，烏谷からの帰り道のこと，檀家の人が二人を追いかけて一椀の御初
穂米を届けてくれました。しかし，酔った菊次さんがうっかりそれを道に落
としてしまいます。すると，和尚さんは菊次さんの落としたお米をけちらか
しました。菊次さんは和尚さんのこの振る舞いに眼をまるくしますが，酔っ
ていたため深い考えもないまま和尚さんのまねをしてしまいます。
　その後，菊次さんには〈ばち〉があたり，白米をけちらかした方の片足が
不自由になってしまいました。ところが，和尚さんには何の〈ばち〉もあた
りません。それどころか，お参りのお年寄りたちに「物は何でも大事にしな

ければならない」などと，心にもないことをしたり顔でお説教しています。菊次さんは「天が不公平だ」と天を恨みました。

スパルタノート版「権狐」では，お詫びの印に栗やまつたけを兵十の家に持って行くと〈神様のしわざだ〉と誤解されたので，権狐は〈神様がうらめしくなりました〉と思います。権狐の論理は菊次さんの〈恨み〉と同じです。

なお，南吉は「見聞録」[10]に「米をこぼした年寄りの百姓が，くやしさにふみにじつてゆく。すると足がうづく。ばちがあたつたのだと思ふ」と記しています。これがこの物語のヒントになったものと思われます。

ところが，やがて自分は百姓だからお米を取るのにどれほど苦労がいるかを知ったうえでお米をけちらかしたのだから〈ばち〉があたり，和尚さんはそういう苦労を知らずにしたのだから〈ばち〉があたらなかった，と気づきます。すると，天をうらむ気はなくなり，かえって天にお礼をいいたいと思うようになりました。死んで極楽往生する菊次さんに相応しい境地です。

また，菊次さんは彼の世への旅の最中に，死んでも自分の足が不自由なままであることを〈馬鹿らしいこと〉だと思います。生前には足の障害を〈天にお礼をいひたい〉と達観していたはずの菊次さんらしからぬ思考です。ただ，よく考えてみると，死んでも足が不自由であることがなぜ〈馬鹿らしいこと〉なのかわかりません。確かに，当人にとっては深刻な疑問ですが，理屈に合うようで合わない奇妙な論理には，つい可笑しみを感じてしまいます。

物語の後半では，〈明治の御維新〉の後の出来事が描かれています。

童話中では「街道をば，人を乗せて通つたかごがなくなり，そのかはりに人力車が走るやうになりました」と，人力車を文明開化の象徴として描いています。

「ある年の五月三日の午後」のこと，菊次さんは死にました。同じ日の午前には和尚さんも死にました。二人は「りやうがはに紫の菖蒲の花が咲いてゐる長い路」を彼の世に向かって歩き続けます。既に読み解いたように，「音ちゃんは豆を煮てゐた」のユキちゃんも死んで西方の〈遠い所〉へ行か

なければなりませんでした。

　南吉の生家から西へ伸びる道といえば大野街道で，矢勝川に沿うように西の方へ伸びています。〈紫の菖蒲の花〉はよく水辺で見かけますから，菊次さんと和尚さんの行く〈路〉は大野街道沿いの植生と同じです。そして，二人は端午の節句（５月５日）の直前に死んだので，〈紫の菖蒲の花〉の季節感に一致しています。後に童話「牛をつないだ椿の木」を読み解く中で詳しく述べますが，大野街道の途中につかれた人びとがのどをうるおして元気をとりもどす清水という泉のあることも，二人の行く〈路〉と同じです。

　また，菊次さんの「わしは子供の時分から，菖蒲の花とあやめの花とかきつばたの花の区別が，どうしてもつかんのです」云々という言葉は，微妙に読者の心に響いて面白く読めます。ちなみに，あやめは湿地に生えませんし，湿地に生えるかきつばたは花びらの根元が白一色で，菖蒲は花びらの根元に編目模様があるので，それぞれ容易に区別がつきます。

　さらに，菊次さんが「仏様のくにへ行く路なら，何もかう菖蒲ばかり植ゑなくても，ちつとは蓮を植ゑたらどうかと思ふのですがのイ」というと，和尚さんは「馬鹿なことをいふもんぢやない」と窘（たしな）めます。けれども，ここは菊次さんのいうことの方がもっともですから，つい笑ってしまいます。

　このような二人のやりとりに，南吉童話のユーモア性を感じます。南吉は持病の結核のため，人間の死については人並み以上に敏感でしたから，ブラックユーモアというべきでしょう。

　なお，菖蒲湯や屋根に飾る菖蒲（軒菖蒲）はサトイモ科の植物で，こちらの方が端午の節句に魔除けとして用いられた植物です。紫の花の咲く方の花菖蒲はアヤメ科の植物で，菖蒲とは別種の植物です。しかし，２種の植物は草姿が似ているため，混同されて端午の節句に用いられるようになりました。

　その後，菊次さんは足を痛めた和尚さんをおんぶするはめになりました。そのため，よろけながら歩いて行くと，「向かふから人力車が一台」やって来ます。そこで，和尚さんが「ははあ，迎へにおいでなさつたな。うまいうまい，ゴム輪の人力車と来てゐる」と言うと，人力曳は「お迎ひ⑪に参りま

した」と言いました。明治の頃に大野街道を往来した人力車はガラガラと鳴る重い鉄輪でしたから，上等のゴム輪の人力車は西方浄土からの「お迎ひ」に違いないと，さりげなく暗示する手法が見事です。何よりも，彼の世から人力車のお迎えが来るという発想自体が，いかにも明治の頃の大野街道に興味を持っていた南吉らしくユニークです。

　和尚さんは自分を極楽から迎えに来たとばかり思い込んでいましたが，人力曳の言うことと自分の死んだ時間や場所が一致しません。それでも「もつとしつかりきいて来なきや，だめぢやないか」と叱りつけて，そのままどつしりと車に腰を下ろしてしまいます。

　とうとう，「路が右と左にわかれてゐるところ」まで来ると，そこにはまた一人誰か立っていました。その人は「和尚さんは車からおりて下さい。菊次さんがのるのです」と言いますが，和尚さんは降りようとしません。菊次さんも「人力車みたいなものにのるとかへつて気持が悪くなります」と遠慮します。その人はしぶしぶ承知しますが，「菊次さんは右の方，和尚さんは左の方の路を行つて下さい」と言って，いくら菊次さんが和尚さんのお供をさせてほしいと頼んでも許してくれません。とうとう菊次さんは「お経一節ろくによめないやうなわしと，一生涯仏様につかへて来なさつた和尚さんと，同じところへ行けないのはあたりまへ」だ，と諦めました。ところが，人力車で左の方の路へ行った和尚さんが菊次さんの方を見ると，菊次さんのからだが「さんらんと金色に輝いてゐた」うえに「絵や彫物でよく知つてゐる仏様のすがた」になっていましたから，ようやく「あつちの路がごくらくへつづき，こつちの路がろくでもないところへつづいてゐること」を悟るのでした。

　人力車の行き交う大野街道から，彼の世に続く〈路〉に発想を転じてストーリーを展開していく創作方法は南吉文学の真骨頂であり，南吉の物語を織りなす技の非凡さが窺えます。

　ここで視点を変えて，「川」と題する2つの小説について読み解きましょう。

　「校定新美南吉全集」では，この2つを区別するために〈A〉〈B〉の記号をつけています。

　まず，「川」〈A〉について。この小説は未発表の自筆原稿で，1935（昭和10）年9月22日の完成と推定[⑫]されます。

　主人公は〈伸〉という少年で，「彼は半月前，学校が夏の休暇になるや直ちにおばあさんの家につれられて来た」云々，「彼は自分を温めるために，おばあさんに縋（すが）り」云々，「おばあさんは，少年の気持を解さない，けれども優しい老婆に可能な限りの愛でもって抱擁してくれた」云々という記述から，南吉自身がモデルだと思われます。ちなみに，近所のおばさんが「伸ちやは，いはば要らん子だ，後から来たおつ母ちやんに子供衆が出来なすつたで」と声をかける回想の場面があります。もし南吉の養子体験がこの場面の下敷きになっているとすれば，これは南吉にとって衝撃的な発言です。

　それはさておき，〈坂市〉と〈蓮造〉は，おばあさんからお菓子を貰って伸と遊んでやります。おばあさんから「危いとこい行つちやいかんぞや」と言い渡されていたものの，水の誘惑に負けて川へ行くことになりました。川では既に〈三郎〉が泳いでいたので，坂市と蓮造はもう〈欲情を堰きとめること〉ができません。そのうえで，伸も川の中に入れと誘ってきます。伸は「彼等のところにいけば一人ぼつちでなくなる」「温いものが得られる」と〈烈しい慾求〉を抱いて勇気をかき立てます。そして，「俺達が受けてやるでとびこめや」の声に励まされ，眼を閉じて川に向けて跳びました。しかし，冷たい水に触れた瞬間，〈頼つた腕はそこにない〉〈坂市と三郎は伸をだました〉〈ほんたうは水が立つことの出来ない程深いのを伸は初めから知つてゐた〉〈彼（三郎）は立ち泳ぎをしてゐたのも伸はよく知つてゐた〉，何よりも〈自分はこのまま溺れ死ぬだらう〉〈みんなみんな仕方のないことだ〉などと感じます。溺れ死んでも仕方がないという諦観は，自分の早死の運命をあまんじて受け入れざるを得ない南吉の境地の反映でしょう。

小説中の川のモデルは，岩滑新田あたりの矢勝川です。また，文中に三郎は「伸の家とは一軒置いて隣の，庭にみそはぎと花菖蒲で縁取られた小さい池のある百姓家の子だつた」とあります。このように《死》を描く中に《花菖蒲》を添える手法には，「百姓の足、坊さんの足」との共通点があります。

　次に，「川」〈B〉について。初出は雑誌「新児童文化」の創刊号[13]で，雑誌を編集していた巽聖歌の要請に応えて寄稿したものです。
　この少年小説中の子どもたちは，川の堤を日常的に遊び場や通路として利用しています。また，この川のモデルは岩滑附近の矢勝川です。
　秋も末に近い頃のこと，〈久助君〉〈兵太郎君〉〈徳一君〉〈音次郎君〉の四人が川の縁までできた時，音次郎君が大きな柿を一つ取り出して「川の中にいちばん長くはいつてゐた者に，これやるよ」と言うので，三人は我慢比べを始めます。すると，まず徳一君が水の冷たさに音をあげ，次いで久助君が「この遊戯はひどくばかげてゐる」と思つて岸に上がります。兵太郎君は勝つてもまだ我慢を続けるので，久助君は「かういふ点が，ほらふきの兵太郎君のばかなところである」と思います。そればかりか，徳一君と相談して兵太郎君がいないうちに賞品の柿を横取りしました。兵太郎君は「こすいぞツ」と叫んで川から上がりますが，「顔をしかめて，腹のところから体を折つた」のです。子どもたちは兵太郎君に騙されないように用心をしますが，どうやら本当のようでした。そこで，徳一君が兵太郎君を背負い，音次郎君がランドセルを，久助君が下駄を持つてやりました。
　その翌日から，兵太郎君は学校に来ません。三学期の終わり頃には，級友たちが「兵タンが死んだげなぞ」「裏の藁小屋で死んだまねをしとつたら，ほんとに死んぢやつたげな」と話しているのを聞き，久助君は悲しみを感じました。
　ところが，ある日のこと，兵太郎君は帰つてきました。「親戚の家にもらはれていつた」ものの，南吉のように「どうしてもそこがいやで帰つて来た」のです。こうして，久助君には「めつたなことでは死なない人間の生命

といふものが，ほんとうに尊く，美しく思はれた」のでした。南吉は自らの
短命を悟っているので，こうした感慨にはただならぬ力が籠もっています。

　このように，矢勝川と大野街道が並進する地を舞台にして，「川」〈A〉に
は《死をも受け入れること》，「川」〈B〉には《生に執着すること》への感
慨が込められています。「百姓の足、坊さんの足」では，菊次さんと和尚さ
んが《此の世の路》と《彼の世への路》を歩みますが，二人の振る舞いと行
き着く先はまったく対照的でした。

---

① 岡田啓・野口道直／撰　小田切春江／画『尾張名所図会』前編巻六（1844（天保15）年２
　月　菱屋久兵衛・菱屋久八郎／合梓）などに記載がある。
② 國木孝治・東川安雄「我が国における海水浴の受容・発展に関する研究─大野海水浴場
　（潮湯治場）─」（「レジャー・レクリエーション研究」第67号　2011年３月　日本レジャ
　ー・レクリエーション学会）
③ 1959（昭和34）年９月の伊勢湾台風で被害を受けるまでは「瑠璃ヶ浜」「千鳥ヶ浜」「砂子
　浜」の三ヶ所で開場されていたが，いまでは「瑠璃ヶ浜」のみが「大野海水浴場」として開
　場。後藤新平は「千鳥ヶ浜」を見分した。
④ 宮戸松斎編『尾張名所図絵』1890（明治23）年12月26日　金華堂・静観堂
⑤ 1912（明治45）年２月に愛知電気鉄道が伝馬駅（かつて名古屋市熱田区伝馬にあった駅）
　から大野駅（いまの大野町（おおのまち）駅）の間で部分開通。
⑥ 「校定新美南吉全集」第二巻（1980（昭和55）年６月30日　大日本図書）の【語注】によ
　る。1914（大正３）年の調査。
⑦ 「父の話」（「見聞録」1941（昭和16）年11月25日付に記載）
⑧ 初出は童話集『花のき村と盗人たち』（1943（昭和18）年９月30日　帝国教育会出版部）
　だが，童話集については表題作の童話を読み解く際に詳述する。
⑨ 童話中で報恩講（浄土真宗系の寺院で行われる法要）が営まれていることから，岩滑の光
　蓮寺（真宗大谷派の寺院）あたりをモデルにしたものか。
⑩ 「見聞録」1941（昭和16）年１月14日付に記載。
⑪ 南吉の頃，〈お迎え〉は〈お迎い〉ともいった。南吉が敬愛する北原白秋の童謡にも「ジ
　ヤノメ　デ　オムカヒ　ウレシイナ」とある。
⑫ 「校定新美南吉全集」第五巻　1980（昭和55）年10月31日　大日本図書
⑬ 季刊「新児童文化」創刊号　1940（昭和15）年12月30日　有光社

太郎左衛門の嘘—人力車の行き交う街道②

南吉の頃の子どもたちの移動手段は，概ね徒歩に限られていました。南吉の少年小説類で，子どもたちだけが連れ立って生活圏から外れ，遠くに出かけることはありません。半田第二尋常小学校の校区内であっても，岩滑の子どもは岩滑の域内で，岩滑新田の子どもは岩滑新田の域内で，それぞれ行動します。

長浦海岸を走る常滑線
（知多市歴史民俗博物館所蔵）

そのようなわけで，岩滑新田の子どもたちは，半田地域の西端に位置する半田池までが行動範囲でした。ここから先は，隣村の子どもたちの領域です。

ただ，少年小説「嘘」は例外です。岩滑の子どもたちが岩滑新田や半田池はおろか，その先の大野を越えて新舞子に至るまでの道を辿りました。ここでは，子どもたちの辿った街道に沿って「嘘」を読み解きます。

「嘘」は巽聖歌が編集する季刊「新児童文化」第三冊[①]に初めて掲載されました。さらに，南吉の第一童話集『おぢいさんのランプ』[②]の中にも収録されています。

少年小説の冒頭部では，〈久助君〉が〈お多福風邪〉で五日間学校を休みます。この病気は軽症で済むことがほとんどですが，感染力の強い伝染病なので，親しい仲間たちであっても久助君の家には寄りつきません。したがって，久助君はこの五日の間ずっと地域の子ども社会から隔離されていました。

そんな久助君が久しぶりに自分の教室に戻ってみると，教室内に見知らぬ少年がいます。久助君は「みんなの気持となじめないもの」を感じ，「自分はまちがつて，よその学校へ来てしまつたのではないか」という〈奇妙な錯

覚〉にとらわれました。久助君は南吉の少年小説に登場する優等生キャラクターで，しばしばこの種の〈奇妙な錯覚〉にとらわれます。この錯覚は，「久助君の話」や「家」に登場する主人公の感慨と共通しています。

　なお，南吉は当初この第一童話集のタイトルを『久助君の話』にしたいと思っていましたが，巽のアドバイスを受けてやむを得ず『おぢいさんのランプ』に変えたという経緯があります。それだけ，南吉は久助君のキャラクターに自信を持っていたことがわかります。

　この見知らぬ少年は，横浜から来た転校生でした。「君，あの花，何だか知つてゐる？」「君，いいもんあげよう。手を出したまへ」と言葉つきが都会風で，容貌の〈美しい少年〉です。そのため，久助君，徳一君，加市君，音次郎君のような「できのよい連中」（成績のよい子たち）は，みなこの転校生に心をひかれます。それは，成績優秀な自分は〝下卑た田舎者とは違う〟と思いたいからでしょう。

　また，この転校生は〈太郎左衛門〉という古風な名前を持つ少年でした。都会的でモダンな風貌と，あまりにも古風な名前との間に生じる落差が読者の興味を惹く面白い設定だと思います。

　やがて，太郎左衛門が奇妙な少年であることがわかってくると，太郎左衛門に対する評価は一変します。評価の変化は呼び名の変遷にあらわれます。初め同級生たちは太郎左衛門を尊敬して「太郎君」と呼んでいたものの，親しくなって「尊敬したりするのはふさはしくない」ことがわかると「太郎左衛門」と呼びます。さらに，「太郎左衛門はつきあつてもいつかう面白くない，つまらない奴だ」ということがわかってしまうと，どちらとも呼ばなくなります。そのうち，太郎左衛門が嘘を吐くというので，「あんな奴のいふことは何にも信用できん」と，〈あんな奴〉呼ばわりされてしまうのでした。

　それでは，太郎左衛門はなぜ嘘を吐くのでしょうか。この少年小説中に，その理由までは明らかにされていません。ただ，南吉の日記中に「嘘ばかりいふ子供。寂しいので」[3]という記載があります。この記述をもとに「嘘」が

書かれたとすると，太郎左衛門は〝寂しい〟ので嘘を吐くということになります。つまり，〝注目してもらいたい〟〝理解してもらいたい〟という欲求から嘘を吐いてしまうのでしょう。

　それにしても，太郎左衛門の嘘は巧みです。例えば，〈兵太郎君〉は「できのよい連中」の一人ではありません。「久助君の話」ではほらを吹くので〈ほら兵〉とあだ名が付いていたり，〈音痴〉だったりするものの，「みんなに嫌はれてゐない」少年です。そんな〝ほら兵〟でさえ，「いつぱい喰はされ」たと憤慨するほど，太郎左衛門の嘘には磨きがかかっていました。

　ここで，久助君のユニークな人間観察の視点が披露されます。それは「太郎左衛門の眼は，左右，大きさが違ふ」「大きい眼は美しいなごやかな，天真爛漫な心をのぞかせてゐるのに，小さい眼は陰険でひねくれてゐて，狡猾なまたたきをするのである」というものでした。その結果，太郎左衛門は「一人の人間ぢやなくて，二人の人間が半分づつ寄りあつて出来てゐるのぢやあるまいか」という考えにまで辿り着きました。このように一人の人間にはふだん見えている面があるという人間観を突き詰めていくと，〝ふだん見えていない面を知ることは悲しみである〟とする久助君に特有の思考にまで行き着くのでしょう。

　場面は変わって，「五月のすゐのよく晴れた日曜日の午後」のことです。とうとう「みんなが太郎左衛門の嘘のため，ひどい目に合はされるとき」が来ました。

　久助君，徳一君，加市君のできのよい連中に兵太郎君を加えた４人が退屈で困っていると，太郎左衛門がひょっこり姿をあらわします。そして，「みんな知つてゐる？　いつか僕等が献金してできた愛国号がね，新舞子の海岸に今来てゐて，宙返りやなんか，いろんな曲芸をして見せるんだつて」と言いだすのでした。

　〈愛国号〉は外地を含む日本全国の個人・団体・企業・新聞社・県民など

の献金によって陸軍に献納された飛行機で，海軍に献納された機には〈報国号〉という名称がつけられていました。愛国号は1932（昭和7）年1月献納の第1号機に始まって敗戦時まで，戦闘機・爆撃機・偵察機など少なく見積もっても1,700〜1,800機以上は献納されたと言われています。なお，「愛国第31（児童）号」は全国の小学生・幼稚園児からの献金によって，1932（昭和7）年6月に献納された軽爆撃機です。

　また，〈新舞子〉は大野町に隣接する知多郡旭村（いまの知多市）に属し，愛知電気鉄道（愛電）の開通に合わせて鉄道会社が開発した新興のリゾート地です。古来より白砂青松で名高い兵庫県の名勝「舞子の浜」に似ていることから，開発の際にそう名づけられました。

　南吉の頃には，白砂青松の海水浴場，テニスコート，潮干狩場，別荘地などが整備され，多くの避暑客を集めました。そのうえ，安藤飛行機研究所[④]の設置する水上機用飛行場や格納庫もありましたから，太郎左衛門に〈愛国号が新舞子で宙返りなどの曲芸飛行を見せる〉という意味のことを言われてみると，さも本当らしい話に聞こえてしまいます。

　ただ，岩滑から新舞子まではかなりの距離があります。少年小説中には「新舞子といへば，知多半島のあちら側の海岸なので，峠を一つ越してゆく道はかなり遠い。一二三粁（キロメートル）はあるだらう」と書かれています。けれども「みんなの体の中には，力がうずうずして」いましたから，出発当初の思いは「道は遠ければ遠いほどよかつた」とばかりに呑気なものでした。

　この少年小説で子どもたちが辿る街道は，明治の頃に人力車が辿った旧街道に概ね重なっています。

　まず，岩滑から大野に向けて大野街道を進むと，中山，しんたのむね，岩滑新田を通過して，半田池に至ります。南吉の生家から起算すると4粁足らずの行程になります。

　次に，池の南側の縁に沿って屈曲するこの街道をさらに1粁ほど行くと，

半田の市域に別れを告げ，知多郡三和村（いまの常滑市）の村域に入ります。さらに山中の上り坂を1粁余り登りつめると，後は下り坂です。本職の人力曳でさえ，南吉の祖父の店で休憩をとって峠道に備えるほどでしたから，この峠（いまの常滑市久米附近）が大野街道中で最大の難所でした。いまでは

愛国第31（児童）号（東京文化財研究所所蔵）

舗装された県道として整備されているので〈難所〉というには少し大袈裟な気もしますが，自動車でこの地を通過しても上り下りの厳しさがわかります。童話中には「半田池をすぎ，長い峠道をのぼりつくした頃から，みんなは沈黙がちになつて来た」と書かれています。この〈沈黙〉は山中の坂道を登る大変さに加えて，自分たちの生活圏から外れて心細くなってきたことに起因しているように思われます。それでも，峠さえ越してしまえば大野の町まで4粁余りの距離ですから，何とか辿り着くこともできるでしょう。ところが，目指す新舞子はまだ2粁も先でした。

　なお，童話「おぢいさんのランプ」には，潮湯治の客は「半田から知多半島西海岸の大野や新舞子まで人力車でゆられていつた」とあります。しかし，日露戦争の頃の旭村は，まだリゾート地としては未開発でした。そのため，大野の隣村にまで足を伸ばす避暑客は稀ではなかったか，と思います。

　南吉の頃，愛電に乗ると〈大野町駅〉⑤の次の駅が〈新舞子駅〉です。けれども，おそらく子どもたちは電車賃を持っていません。したがって，大野街道から常滑街道に入ってから北へ2粁ほども歩かなければなりません。このようにして，子どもたちが疲労困憊しながら新舞子の海岸に辿り着いたのは，「まさに太陽が西の海に没しようとしてゐる日暮れ」のことでした。

　子どもたちは「愛国号はゐなかつた。また太郎左衛門の嘘だつた！」とわかって，ひどく失望します。もし，これが日暮れでなく日曜日でもなければ，

そして運がよければ，水上飛行機の飛行訓練が見られたかもしれません。ところが，このような状況では，そんなわずかの気散じでさえ望むべくもないのですから，子どもたちの絶望ぶりが痛いほど伝わってきます。

　絶望に打ちひしがれて張りつめた気持ちがいったん折れると，「たとひ愛国号がそこにゐたとしても，みんなはもう見ようとしなかつたらう」という気にさえなってしまいます。喧嘩の一番強い徳一君が真っ先に「わツ」と泣きだすと，他の子も一斉に泣きだしました。ただ，久助君が「泣きながら，ちよいちよい太郎左衛門の方を見て，太郎左衛門もいつしよに泣けばよいのに，と思つた」というのは，いかにもこの子らしい人間観察です。いつもどこか醒めている子どもの心理を描かせると，南吉の右に出る者はいません。

　この時，太郎左衛門が「僕の親戚が大野にあるからね，そこへゆかう。そして電車で送つてもらはう」と言いだします。ただ，新舞子から大野まで歩いて行くとすれば，疲れた足を引き摺ってさらに2粁ほども常滑街道を戻らなくてはなりません。悲しいかな，それでも太郎左衛門の言葉に一縷の望みをかけるしかないのです。けれども，さすがにみんなは「不安でたまらなく」なります。「ほんとけ，太郎左衛門？」と何度聞いても，太郎左衛門を信じることができませんでした。そんな子どもたちの疲労困憊した姿と心細い気持ちが，簡潔な文章の中で巧みに表現されています。

　結局，太郎左衛門の言葉は本当でした。子どもたちは太郎左衛門の親戚で時計屋の小父さんに連れられ，電車で岩滑まで帰り着くことができたのです。南吉は，明治の御代には〝本職の人力曳が力の限りに踏破する〟ような街道であっても，昭和の御代には〝太田川経由の電車で行き来する〟という新旧の経路の落差から，この少年小説のストーリーを発想したのかもしれません。

　以上の経緯を経て，この少年小説の結末は，次のような人間観を語ることで締め括られています。

　　人間といふものは，ふだんどんなに考へ方が違つてゐる，訳のわからないやつでも，最後のぎりぎりのところでは，誰も同じ考へ方なのだ，

つまり，人間はその根本（ねもと）のところではみんなよく分りあふのだ，といふことが久助君には分つたのである。すると久助君はひどく安らかな心特になって，耳の底に残つてゐる波の音をききながら，すつと眠つてしまつた。

こうして，〈人間はその根本のところではみんなよく分りあふのだ〉という楽天的な人間観が高らかに謳われました。けれども，久助君たちは本当にわかり合うことができたのでしょうか。

なるほど，切羽詰まった土壇場の状況では，さしもの太郎左衛門も嘘は吐きませんでした。しかし，そうだからと言って，「どんなに考へ方が違つてゐる，訳のわからないやつ」でも「根本のところではみんなよく分りあふ」のだ，ということにはならないように思います。

もし土壇場の状況で嘘を吐いてしまうと，太郎左衛門自身も破滅します。太郎左衛門は〈わが身の破滅は避けたい〉という打算的な思惑から嘘を吐かなかったにすぎません。自分に危害が及ばない状況であれば嘘を吐くかもしれないのです。このように突き詰めていくと，太郎左衛門が嘘をつかなかったことと，〈人間は根本のところではよく分りあう〉という結論の間には，論理の飛躍があるように思うのです。

ただ，そうだからといって，この少年小説が駄作だとは言えません。どこか醒めた目で友達を見ている久助君，勉強が苦手で〈ほら兵〉とあだ名されてもみんなから愛されている兵太郎君，優等生で喧嘩が強いくせにいざとなると泣き虫の徳一君，寂しがり屋で嘘吐きの太郎左衛門など，ユニークで個性あふれる子どもたちの行動や心理をリアルに表出した少年小説として，十分に高く評価されるべきものだと思います。

ところで，南吉は童話集『おぢいさんのランプ』の「あとがき」で，「この童話集は，まつたく私一人の心から生まれたものです。久助君，兵太郎君，

徳一君，大作君達は，みんな私の心の中の世界に生きてゐるので，私の村に
だつてそんな少年達がじつさいにゐるのではありません」と，わざわざ言わ
ずもがなのことを記しています。ただ，子どもたちのキャラクターが〈私一
人の心から生まれた〉ということは，これらの子どもたちの行動や思考が南
吉の人生観や人間観と切っても切れない関係にあることを意味しています。

　南吉が活躍した頃，リアルな子どもを描いて定評のある作家といえば，坪
田譲治でした。代表作の「魔法」[6]では，わが子をモデルに〈善太〉〈三平〉
というキャラクターを生み出して，空想の世界を自由に遊ぶ姿を生き生きと
描いています。ただ，坪田の描く子どもは，どこまでいっても〈よい子〉の
範疇に収まります。

　これに対して，南吉の生み出したキャラクターは，よい子でも悪たれでも
ありません。南吉はふるさとの半田地域の風物や歴史を背景に，一癖も二癖
もある個性的な子どもたちが空想したり遊んだりする姿を生き生きと描きな
がら，自らの人生観や人間観を読者に向かって語りかけました。

　なお，「校定新美南吉全集」の【語注】[7]によると，〈榊原徳三〉は南吉と小
中学校で同級生でしたが，1928（昭和3）年から数年間，岩滑の森医院の養
子になっていました。南吉は実在の〈森医院の徳三君〉から〈森医院の徳一
君〉を思いついたのかもしれません。また，久助君が太郎左衛門の家を訪ね
た時，お姉さんが女学校の学芸会で上演する劇の練習をしていますが，劇の
脚本は南吉が安城高女の生徒のために書き下ろした「ランプの夜」[8]でした。
徳一君の名前や劇の脚本の件は，南吉のちょっとした悪戯心でしょう。

---

① 　季刊「新児童文化」第三冊　1941（昭和16）年7月25日　有光社
② 　新美南吉『おぢいさんのランプ』1942（昭和17）年10月10日　有光社
③ 　1940（昭和15）年7月8日付の日記
④ 　飛行家・政治家の安藤孝三が開設。パイロットの養成や定期航空路の運営などを行った。
　新舞子にはメインの水上機滑走路と格納庫があった。
⑤ 　愛知電気鉄道の開通当初は「大野駅」であったが，ほどなく「大野町駅」と改称され，い
　まに至っている。
⑥ 　「赤い鳥」1935（昭和10）年1月号
⑦ 　「校定新美南吉全集」第二巻　1980（昭和55）年6月30日　大日本図書
⑧ 　「ランプの夜」1941（昭和16）年2月7日作

志を抱くみなしご―人力車の行き交う街道③

　童話「おぢいさんのランプ」は，南吉の第一
童話集『おぢいさんのランプ』[1]に収録されまし
た。この童話集への掲載が最初の発表です。童
話集には，表題作の他「川」〈B〉「嘘」「ごん
ごろ鐘」「久助君の話」「うた時計」「貧乏な少
年の話」が収録されています。

　巽聖歌の『新美南吉の手紙とその生涯』[2] に
よると，童話集の刊行にあたって，おおよそ次
のような経緯がありました。
　巽は自らの童謡集『春の神さま』[3]の刊行や季
刊「新児童文化」の編集・刊行を通じて有光社

童話集『おぢいさんのランプ』

と関係ができました。その後，「有光社で新人童話集を出すことになり，関
英雄『北国の犬』，下畑卓『煉瓦の煙突』，新美南吉『おじいさんのランプ』
が，まず決定した」というわけです。南吉の童話集の挿画と装幀は，当時気
鋭の版画家であった棟方志功が担当しました。南吉は巽宛ての書簡で，本造
りが「案外　よく出来てゐるので喜ばしく思ひました」[4]と記しています。童
話集が1942（昭和17）年の10月10日付で刊行されると，思わぬ印税が入って
上機嫌の南吉は，安城高女の用務員に鳥飯を炊いてもらって職員全員に振る
舞い，職員室にラジオを寄附した[5]そうです。なお，巽聖歌によって童話集
の出版祝賀会が計画されましたが，実現しませんでした。その理由は，南吉
の健康状態がかなり悪化していたからだと思われます。
　この頃は戦時体制下において言論統制を所管する当局による指導[6]が強め
られていました。ただ，統制の当初は低俗な読物を一掃したり，優れた文学
作品の出版を奨励したり，新人作家の発掘をしたりすることを旗印にしまし
た。その結果，あくまでも一時的な現象ですが，南吉の世代の新人作家たち

に出版のチャンスが回ってきます。日本児童文学史では，これを〈芸術的児童文学の復興現象〉などと呼んでいます。

　ここでは，人力車に着目して，童話「おぢいさんのランプ」を読み解きましょう。

　この童話の冒頭では，〈東一君〉が「珍らしい形のランプ」を見つけます。物語の最後の方でこれは〈台ランプ〉というものだと，さりげなく明かされました。これは畳の上に置いて使用するランプで，童話の山場の場面で木に吊るせないために遺ったものかもしれません。いかにも子どもの興味をひきそうな道具を適所に配置する南吉の手腕は巧みです。

　童話の中では，このランプの発見をきっかけにして，〈おぢいさん〉がランプにまつわる過去の出来事を語り始め，語り終わった後は時間を〈現在〉に戻して物語の全体を締め括ります。いわゆる額縁形式の物語です。

　おじいさんの話は「今から五十年ぐらゐまへ，ちやうど日露戦争のじぶんのことである。岩滑新田の村に巳之助といふ十三の少年がゐた」で始まります。南吉としては珍しく，〈日露戦争〉という《時》，〈十三の少年〉という主人公の《年齢》，〈岩滑新田〉という実在の《場所》が明記されています。ただし，この物語はノンフィクションの類ではなくフィクションですから，主人公の〈巳之助〉または〈おぢいさん〉にモデルは見当たりません。

　人力車は日本人の発明です。1870（明治3）年に和泉要助が発明すると，たちまち全国の隅々にまで普及[7]しました。ただ，明治末年に愛知電気鉄道（愛電）が開通してからは，次第にその役割を終えていきます。そのため，人力車の最も華やかなりし頃に《時》を設定したものと思われます。

　《年齢》は出版当時の学制でいうと，国民学校初等科6年[8]修了後に該当します。もっとも，日露戦争時の尋常小学校は4年制でした。南吉としては時代考証の細部にこだわらず，主人公の子どもの年齢を童話集の読者対象より

やや上に設定したのではないでしょうか。

《場所》の岩滑新田には，父の実家や，南吉の養家があります。

南吉の「メモ＆日記」[9]によると，1935（昭和10）年3月14日に岩滑新田の従姉の〈おかぎ〉[10]が結婚式を挙げました。この婚礼には，もともと南吉の父母が招待されていましたが，諸事情から東京外国語学校に在学中であった南吉が代理で出席することになります。ただ，岩滑の生家と岩滑新田の親戚との関係は複雑でした。「メモ＆日記」には「私の母はおかぎ一家を父の系統に属するが故に軽蔑してゐる」とあり，「親父はその反対で岩滑新田へいくといふと見栄を張る」と記されています。南吉はというと，「私は最初代理にいつて見ないかといはれた時，例の無智な人々のなす無意味な繁雑な形式のことを考へていやだと思つた」のでした。このように，岩滑新田の父方の親戚の人たちについて，南吉はあまりよく思っていなかったようです。

この頃，婚礼は通常夜に行われるものでした。南吉は昼間のうちにおかぎの家に行きましたから，途中で退屈してさっさと〈平井のおばあさん〉[11]こと新美志もの家へ遊びに行ってしまいます。「メモ＆日記」には，志もは突然の訪問にもかかわらず南吉を歓待して「私の実母の娘だつた頃のことや私の叔父さんの少年であつた頃のことなど話されてゐるうちに日暮に近くなつた」と記されています。このように，志もは南吉を《孫》として遇し，愛しんでいたことがわかります。

やがて日が暮れると，嫁入り先の家で婚礼が始まります。この時，南吉は「私は内心得意であつた。若くてしかも教養をうけたものといつては私一人だからである。私はこの無智な逞ましい人々の中でやさしさに於て異彩を放つてゐるに違ひあるまい」とか，「三々九度がすむと嫁菓子が見物人達の頭上にばらまかれた。（中略）私はそれを餓鬼のやうにあさましいことであると思つて見てゐた」と記しています。これをして鼻持ちならないエリート意識のあらわれと見ることもできますが，学校の勉強がよくできることや上級の学校に進学することによって，〝自分は田舎の下卑た人たちとは違う人でありたい〟と願う南吉の心情がよく伝わってきます。

　それでも，南吉は「私は彼等の逞しい肉体をうらやましい」「私は一種の
ひこばえの如きものかもしれない」と思いますから，自分が身体虚弱である
ことに劣等感があったことも事実です。ただ，「不幸なことには生活力のな
いひこばえが人一倍思考力を持つてゐるのだ」と記すことも忘れません。こ
のように，純農業地帯の岩滑新田は，南吉の劣等感と優越感のないまぜにな
った感慨を喚起する場所でした。

　ところで，巳之助は「父母も兄弟もなく，親戚のものとて一人もない，ま
ったくのみなしご」でしたから，〈よその家の走り使ひ〉〈子守〉〈米搗〉な
ど「少年にできることなら何でもして，村に置いてもらつてゐた」という身
の上でした。それでも「男子は身を立てねばならない」という，志を抱いて
います。こうした感慨は〝畳屋の小倅風情が志を抱いて旧制中学校から旧制
専門学校に進む〟という南吉の生き様に共通するものを感じます。

　さて，「或る夏の日のひるさがり」のことです。巳之助はチャンスを得ま
した。街道を行き来する〈人力車の先綱〉を頼まれます。童話中では，その
経緯について，次のように記されています。

　　　その頃岩滑新田には，いつも二三人の人力曳がゐた。潮湯治（海水浴
　　のこと）に名古屋から来る客は，たいてい汽車で半田まで来て，半田か
　　ら知多半島西海岸の大野や新舞子まで人力車でゆられていつたもので，
　　岩滑新田はちやうどその道すぢにあたつてゐたからである。
　　　人力車は人が曳くのだからあまり速くは走らない。それに，岩滑新田
　　と大野の間には峠が一つあるから，よけい時間がかかる。おまけにその
　　頃の人力車の輪は，ガラガラと鳴る重い鉄輪だつたのである。そこで，
　　急ぎの客は，賃銀を倍出して，二人の人力曳にひいてもらふのであった。
　　巳之助に先綱曳を頼んだのも，急ぎの避暑客であった。

もし巳之助が手っ取り早く身を立てることを望むのであれば，先綱曳から

始めて人力曳（人力車夫）になればよかったはずです。しかし，巳之助は人力曳でなくランプ屋になる道を選びました。

　人力車は文明開化の象徴的存在であり，人力曳も世の中になくてはならない職業です。ただ，人力曳の上得意のお客は，避暑に来た名古屋あたりのお金持ちでした。貧しい人々にしてみれば，自分たちは汗水たらして働いてその日をおくっているのに，名古屋あたりから汽車に乗り，さらに人力車まで雇って避暑に行くのですから，まことに〝結構な御身分〟です。とりわけ〈急ぎの避暑客〉は〝早く避暑に行きたい〟というだけのことで，わざわざ賃金を倍出してでも人力車を急がせようとします。貧しい人力曳たちは，そういう〝結構な御身分〟の人々のお役に立つことを生業にしていました。

　なお，おかぎの婚礼では，半田市街から自動車が呼ばれました。南吉は花嫁のつきそいの人たちのことを「自動車などにのつたことのない人々なので子供のやうにはしやいで」云々と記しています。また，花嫁の父親が「一世一代のことだから自動車でおかぎを連れていきます」と嫁入り先に言うと，先方では「そのやうなことはやめて貰ひたい，当分が上るから」と言ったそうです。〈当分〉は〈当歩〉とも書き，区（地方の行政単位）で徴収する区費や寄付金などの額を決める目安のことで，当分が上がれば徴収額が増えます。そこで，花嫁一行は嫁ぎ先の村のはずれで自動車を降り，行列を作りました。貧しい人々にとっては，婚礼の際でさえ，自動車は分不相応な乗り物でした。おそらく，明治の頃の人力車も同様の乗り物であったと考えられます。

　一方，ランプ屋はというと，富める人にも貧しき人にもあまねく文明開化の恩恵を及ぼす仕事です。巳之助は初めて見た大野の町が「龍宮城かなにかのやうに明かるく」感じられて，「今までなんども，『文明開化で世の中がひらけた。』といふことをきいてゐたが，今はじめて文明開化といふことがわかつたやうな気がした」のでした。童話中には，「巳之助の胸の中にも，もう一つのランプがともつてゐた。文明開化に遅れた自分の暗い村に，このすばらしい文明の利器を売りこんで，村人たちの生活を明かるくしてやらうと

いふ希望のランプが──」と記されています。

　商売の仕組みについて，巳之助は誰に習ったわけでもありません。しかし，
草鞋作りも巳之助の生業の一つでしたから，村の雑貨屋に買ってもらいによ
く行きました。「村の雑貨屋は，巳之助の作つた瓢箪型の草鞋を卸値の一銭
五厘で買ひとつて，人力曳たちに小売値の二銭五厘で売つてゐた」から，
「物には卸値と小売値があつて，卸値は安いといふこと」を知っています。
　なお，〈瓢箪型の草鞋〉は形が粋だというので，今日も祭りなどでよく用
いられます。南吉のノート「見聞録」⑫には，次のように記載されています。

　　　人力曳は瓢箪草鞋といふのを買つて穿いた。底が瓢箪のやうに中ほど
　　　でぐつとくくれてゐて軽く穿けた。その代り二銭五厘だつた。普通の
　　　わらじは一銭五厘だつた。人力曳達はこれから峠を一つこすといふので，
　　　まだ切れてゐない草鞋を棄てゝ新しいのを穿いてそこから出かけたもの
　　　だ。

　このように，人力曳の愛用する〈瓢箪草鞋〉のことや売価のこと，〈普通
のわらじ〉の売価のことを南吉は父から聞いて「見聞録」に記載し，童話の
中に生かしたことがわかります。南吉の生家は畳屋の他，下駄屋をも兼ねて
いましたから，父は草鞋の種類や売価に至るまで，詳しく話してくれたもの
と思われます。
　また，巳之助は生まれながらにして商才に長けた人物として描かれていま
す。村の人たちにランプを買ってもらうためには，ランプの便利なことを知
ってもらわなければなりません。そこで，巳之助は村で一軒きりの〈あきな
ひや〉にランプを持って行き，「ただで貸してあげるからしばらくこれを使
つて下さい」と頼み込みました。その結果，ランプの便利なことを知ると，
村人たちは挙ってランプを買い求めるようになります。
　ちなみに，南吉の父の多蔵も商売上手でした。大石源三によると，南吉の

生家は「十余年の間に二倍の等歩」[⑬]になりました。南吉は日記などで多蔵の金儲けや立身出世に執着する姿をしばしば批判的に書いていますが，その商才については舌を巻き，反発しながらも高く評価していたのではないでしょうか。南吉は商家の息子らしく，一人のみなしごが商いのコツを掴み，次第に商売の手を拡げていく状況をこと細かに記しています。

棟方志功の挿画

　ただ，巳之助は金儲けに執着せず，志を抱き続けます。嘘がきらいで，正直な商売を心がけました。ランプを売るたびに「文明開化の明かるい火を一つ一つともしてゆくやうな気」がします。また，研究熱心でランプの下で新聞が読めると聞くと，自分で試してみます。すると，確かに新聞の細かい字はよく見えましたが，肝心の字の読み方がわかりません。そこで巳之助は，「ランプで物はよく見えるやうになつたが，字が読めないぢや，まだほんとうの文明開化ぢやねえ」というと，「毎晩区長さんのところへ字を教へてもらひにいつた」のです。そして「熱心だつたので一年もすると，巳之助は尋常科を卒業した村人の誰にも負けないくらゐ読めるやうになつた」のでした。

　巳之助は商売が成功すると，やっかいになっていた区長さんのところの納屋を出て自分の家を造り，お嫁さんをもらい，子どもも二人できました。すると，「自分もこれでどうやらひとり立ちができたわけだ」と「心に満足を覚える」ようになります。かくして，巳之助には慢心が生まれました。

　やがて，大野の町に電気の引かれる時がきます。

　愛知電気鉄道が開業すると，愛電が電気供給事業も兼業しましたから，知多半島では西海岸の大野や常滑の町に最初の電燈が燈ります。それは，1912（明治45）年2月のことでした。こうして，かつては文明開化の象徴であったランプ屋と人力曳が同時に仕事を奪われることになりました。

　それでも，巳之助には「電燈がランプよりいちだん進んだ文明開化の利器

であるといふ」ことがわかりません。童話中では，物語の語り手が顔を出して「りこうな人でも，自分が職を失ふかどうかといふやうなときには，物事の判断が正しくつかなくなることがあるものだ」と，その心得違いを指摘します。そして，遂に岩滑新田にも電気の引かれることが決まります。巳之助は区長さんを怨み，区長さんの家に火をつけようとしました。ところが，どうしたわけか家でマッチが見つかりません。仕方がないので，火打の道具を持って行き，火をつけようとした時のことです。ほくち㉓がしめっているのか火がつきませんから，「こげな火打みてえな古くせえもなア，いざといふとき間にあはねえだなア」とつい言ってしまいます。この時，巳之助は「自分のまちがつてゐたことがはつきりとわかつた」のでした。

　巳之助はランプ屋が世の中の役に立たなくなったことを悟ると，きっぱり商売をやめました。童話中に記されているように，〈深谷〉などの僻地ではまだランプは売れましたが，それでも「日本がすすんで，自分の古いしやうばいがお役に立たなくなつたら，すつぱりそいつをすてるのだ。いつまでもきたなく古いしやうばいにかじりついてゐたり，自分のしやうばいがはやつてゐた昔の方がよかつたといつたり，世の中のすすんだことをうらんだり，そんな意気地のねえことは決してしない」という，自分の〈意気〉を東一君に語ります。

　このような経緯でランプ屋をやめた巳之助は，町に出て本屋になりました。それは字が読めるようになって〈ほんとうの文明開化〉を知ったからです。もともと巳之助は高い志を持っていたため，本屋が文明開化の恩恵をあまねく世の中に行き渡らせる商売だと理解できたのでした。

　ところで，巳之助はランプ屋をやめることを決意した時，「寝てゐるおかみさんを起して，今家にあるすべてのランプに石油をつがせ」て〈半田池〉のふちの木に吊し，火をともした後に，反対側の岸辺から石ころを投げてランプを破りました。ここでも，実在の地名が登場しています。

道が西の峠にさしかかるあたりに，半田池といふ大きな池がある。春のことでいっぱいたたへた水が，月の下で銀盤のやうにけぶり光ってゐた。池の岸にははんの木や柳が，水の中をのぞくやうなかっこうで立ってゐた。

　半田地域を始め知多半島に溜池の多い理由は，半島内に大きな河川がなく，農業用水が得られにくかったからです。そこで，山裾の谷間に堤防を築いて湧き出す水を溜め，農業用水として利用することが広く行われました。中でも半田池は最大級のもので，「一六九五（元禄八）年，矢勝谷（現・半田市奥町四丁目）の水をせきとめて築堤。周囲二・五キロ」[⑮]を誇っていました。しかし，愛知用水の開鑿（かいさく）によって農業用溜池としての使命は終わります。

　けれども，南吉の時代には岩滑の農業を支え，岩滑の風景を代表する大舞台です。そこでランプを破るシーンは，童話中で最大の山場になります。

　　ランプ，ランプ，なつかしいランプ。ながの年月なじんで来たランプ。
　「わしの，しゃうばいのやめ方はこれだ。」
　それから巳之助は池のこちら側の往還に来た。まだランプは，向かふ側の岸の上にみなともつてゐた。五十いくつがみなともつてゐた。そして水の上にも五十いくつの，さかさまのランプがともつてゐた。立ちどまつて巳之助は，そこでもながく見つめてゐた。
　　ランプ，ランプ，なつかしいランプ。
　やがて巳之助はかがんで，足もとから石ころを一つ拾つた。そして，いちばん大きくともつてゐるランプに狙ひをさだめて，力いっぱい投げた。パリーンと音がして，大きい火がひとつ消えた。
　「お前たちの時世はすぎた。世の中は進んだ。」
　と巳之助はいつた。そして又一つ石ころを拾つた。二番目に大きかつたランプが，パリーンと鳴つて消えた。

　わたしは満々と水を湛えていた頃の半田池を知っています。けれども，この池はあまりにも大きいため，岸辺から石を投げても対岸に届かないかもしれません。まして，対岸に吊るしたランプを割ることは，野球の選手でも無理でしょう。したがって，〈半田池〉という実在の場所であっても，現実そのままではありません。あくまでもフィクションの世界での大舞台です。

　古くさいランプ屋が世の中のお役に立たなくなった時，巳之助はきっぱり廃業して，世の中のお役に立つ本屋になりました。けれども，結核で死期の近い南吉には巳之助のように人生をやり直す時間が残されていません。そこで，自分自身に〈いまなすべきことは何か〉を問いかけます。その回答として，南吉はもう一つの童話を書きました。それが「牛をつないだ椿の木」です。次節では，この童話について読み解きましょう。

①　新美南吉『おぢいさんのランプ』1942（昭和17）年10月10日　有光社
②　巽聖歌『新美南吉の手紙とその生涯』1962（昭和37）年４月10日　英宝社
③　巽聖歌『春の神さま』1940（昭和15）年12月20日　有光社
④　巽聖歌宛書簡　1942（昭和17）年10月17日付
⑤　「新美南吉年譜」（「校定新美南吉全集」別巻Ⅰ　1983（昭和58）年９月30日　大日本図書）
⑥　内務省警保局「児童読物改善ニ関スル指示要綱」1938（昭和13）年10月
⑦　石井研堂『明治事物起原　五』（「ちくま学芸文庫」版　1997（平成９）年９月10日による）
⑧　1907（明治40）年の小学校令改正によって，尋常小学校の修業年限が４年から６年に延長される。1941（昭和16）年の国民学校令によって国民学校初等科に制度が改編された。
⑨　「メモ＆日記」1935（昭和10）年３月14日付
⑩　渡辺かぎ。実際には祖父六三郎の弟の娘で，父多蔵の従妹にあたる。
⑪　戸籍上は義母でも南吉はおばあさんと呼んでいる。平井は養家のある地名。
⑫　「父の話」（「見聞録」（1941（昭和16）年11月25日付に記載）
⑬　大石源三『ごんぎつねのふるさと　新美南吉の生涯』1987（昭和62）年１月23日　エフエー出版
⑭　ほくちは「火口」と書く。火打ち石で打ち出した火を移しとるもの。
⑮　「校定新美南吉全集」第二巻（1980（昭和55）年６月30日 大日本図書）の【語注】による。

海蔵さんの残した仕事—人力車の行き交う街道④

　童話「牛をつないだ椿の木」は，雑誌「少国民文化」の1943（昭和18）年６月号に初めて掲載されました。1943（昭和18）年９月10日刊行の童話集『牛をつないだ椿の木』[①]にも表題作として収録されています。ただ，南吉は同年３月22日に没していますから，雑誌も童話集も死後の発表ということになります。

しんたのむね（新美南吉記念館提供）

　また，先に「小さい太郎の悲しみ」を読み解く際にも触れましたが，南吉は巽聖歌に原稿を送るにあたって童話集刊行に関わる一切を託していました。しかし，戦時下の出版事情から童話集の刊行が大幅に遅れ，とうとう出版より先に南吉が亡くなってしまいました。そこで，巽は童話「牛をつないだ椿の木」だけでも先行して発表したいと，「少国民文化」誌に原稿を持ち込んだものと考えられます。

　なお，巽によれば，この童話は1942（昭和17）年５月19日の作[②]ということですから，巽から童話集『おぢいさんのランプ』[③]の出版の話があった後に執筆されたことになります。

　この童話では日露戦争前の頃の出来事が描かれていて，大野街道を行き来する人力曳たちの全盛期とちょうど重なります。「百姓の足、坊さんの足」を読み解く際に触れたように，1914（大正３）年の統計[④]によると，半田町内には人力車が44台，荷牛馬車が34台もあって，大野街道や周辺の往還を忙しく行き来していました。

　物語の冒頭，人力曳きの〈海蔵さん〉と牛曳きの〈利助さん〉がしんたの

むね附近で人力車と牛車を置き，山中を1町ばかり（100mほど）分け入っ
て泉の水を飲みます。ところが，その間に利助さんによって椿の若木につな
がれていた牛が柔らかい葉っぱをすっかり食べてしまいました。

　ちょうどそこに，自転車で通りかかったのは「この附近の土地を持つてゐ
る，町の年とつた地主」です。利助さんは「申しわけに，牛の首つたまを，
手綱でぴしり」と打ちましたが，地主さんは「さあ，何でもかんでも，もと
のやうに葉をつけてしめせ」と無理難題を言います。そこで，海蔵さんは
「まんぢゆう笠をぬいで，利助さんのためにあやまつて」やるのでした。

　この事件によって，読者には3つのことがわかります。

　第一に，牛車について。

　わが国でトラックが普及し始めるのは大正の時代になってからのことです
から，この時代に荷物を陸送するためには，人力で荷車を曳くか，馬車か牛
車を曳くしかありません。わが国ではどちらかというと馬車よりも牛車の方
が多く利用されたのは，牛の方が持久力があるうえに，大人しくて扱いやす
いからでしょう。現に，利助さんが〈牛の首つたま〉を手綱で〈ぴしり〉と
打っても，大人しくしています。

　また，半田市街と大野市街の間には乗合馬車が走っていました。「最後の
胡弓弾き」[5]に「それは木之助の村から五里ばかり西の海ばたの町から，木之
助の村を通つて東の町へ，一日に二度づつ通ふ馬車であつた」とあります。
「校定新美南吉全集」（以下「校定全集」）の【語注】[6]によると，1921（大正
10）年頃から1927（昭和2）年頃まで，馬車は一日に2往復運行されていま
した。ただ，〈五里〉は岩滑と大野市街の間の距離にしては長すぎますから，
南吉は虚構性をより強めてこの童話を創作したものと思われます。なお，榊
原文三の証言[7]によると，小学生だった南吉と文三がこの馬車にただ乗りし
ようとして，御者にひどく叱られたことがあったそうです。

　第二に，地主の自転車と無理難題について。

童話中には「自転車を持つてゐる人は，田舎では旦那衆にきまつてゐました」とあります。ただ，日露戦争の前のことですから，田舎に限らず都会でもよほどの金持ちでなければ自転車を買えません。国産の自転車に使い物になるものがないため，もっぱらアメリカ製の自転車が使われていたからです。

　ちなみに，『値段の明治大正昭和風俗史』[⑧]によると，1899（明治32）年の自転車の価格は200〜250円もしました。1903（明治36）年の大工手間賃が日給85銭，1897（明治30）年の巡査の初任給（手当を含まない基本給）が月給9円ですから，いかに自転車が高価であったかがわかります。また，この地主は自分の所有地を自転車で見廻り，無理難題を押し通そうともします。それはこの人が半田市街に住んでいて，しんたのむねまで徒歩で通うのがきついほど歳をとっていたことと，日頃から農村部の庶民と親しまず尊大に振る舞っていたことを意味しています。

　なお，南吉は小説「坂道」[⑨]で「父が十何年も前に，しかも中古で買つたといふ古風な自転車」について書いています。これは「俗に『ふみきり』といふペタルで，つまり普通の自転車のやうに，或る程度の惰性がついたらペタルの上で足を休ませてゆくといふことが出来ない。自転車が走つてゐる限り，ペタルも足も廻つてゐなければならない」云々という代物で，ブレーキもついていません。主人公の学生はこの自転車で坂道を下る際に危うく死ぬほどの目にあいます。昔の安物の国産自転車は，この程度のものでした。

　第三に，利助さんのために海蔵さんがあやまってやったことについて。

　牛は利助さんのものであるうえ，椿の木につなぐような不用意なことをしたのも利助さんです。海蔵さんは利助さんのしでかしたことに関係はないので，本来は謝る謂れがありません。しかし，それでも〈まんじゆう笠〉をぬぎ平身低頭して地主さんに謝りました。それは，海蔵さんが地域の小権力にひれ伏す卑屈な人だからでなく，〝自分のためにではなく他人のために動く人〟だからです。なお，〈まんぢゆう笠〉は漢字で「饅頭笠」と書き，饅頭を横に半分に切ったように丸く浅いかぶり笠のことです。

　その一方で，利助さんも自分のしでかした失敗をお詫びする常識は持ち合わせていました。けれども，海蔵さんに山林で儲けたのだから井戸を掘るための費用を「ふんぱつ」してくれるように頼まれても，「おれだけがその水をのむなら話がわかるが，ほかのもんもみんなのむ井戸に，どうしておれが金を出すのか」と言葉を返します。

　このように，利助さんは〝他人のためにではなく自分のために動く人〟でしたが，吝嗇家とまでは言えません。むしろ常識的な人ですが，無類の善人の海蔵さんには，そこのところがどうも理解できません。頼みを断られてから，ようやく「利助さんが，夜おそくまでせつせと働くのは，じぶんだけのためだといふことがよくわかつた」のでした。

　場面は変わって，海蔵さんが「人力曳きのたまり場」に顔を出すと，〈大きな声〉が特徴の井戸掘りの新五郎さんこと〈井戸新さん〉がいました。童話中には「人力曳きのたまり場といつても，村の街道にそつた駄菓子屋のことでありました」とあります。わたしは南吉の祖父の駄菓子屋を下敷きにした店と思っていますが，大石源三[10]によると岩滑の集落の西端にあった〈ヤリクリ屋〉という店がモデルだということです。それはともかく，海蔵さんと井戸新さんのやりとりが次のように書かれています。

　　「井戸つてもなア，いつたいいくらくらゐで掘れるもんかイ，井戸新さ」
　と，海蔵さんは，じぶんも駄菓子箱から油菓子を一本つまみだしながらききました。
　　井戸新さんは，人足がいくらいくら，井戸囲の土管がいくらいくら，土管のつぎめを埋めるセメントがいくらと，こまかく説明して，
　　「先づ，ふつうの井戸なら，三十円もあればできるな」
　と，いひました。

「ほォ，三十円な」
　と，海蔵さんは，眼をまるくしました。それからしばらく，油菓子をぼりぼりかじつてゐましたが，
　「しんたのむねを下りたところに掘つたら，水が出るだらうかなア」
　と，ききました。

　劇の脚本のように，会話文とト書き風の簡潔な文を組み合わせてストーリーを進行させていく手法は，南吉童話の特徴の一つです。短い会話のやりとりでも，読者は〈海蔵さんはお金を用意するつもりだ〉とすぐに気がつきます。
　そこで，海蔵さんはまず利助さんに費用の負担を頼みますが断られ，次にしんたのむねに喜捨箱を置きますが誰も喜捨してくれません。そんなわけで，海蔵さんには「けつきよく，ひとは頼りにならん」ことがわかりました。そこで，「今までお菓子につかつたお金を，これからは使はずにためておいて，しんたのむねの下に，人々のための井戸を掘らう」と決心します。

　ちなみに，かつおきんや（勝尾金弥）の『風をみた人』[11]によると，勝尾は1976（昭和51）年の秋に実在の〈井戸新さん〉を訪ねてインタビューをしています。インタビューの核心部分は，次の通りです。

　　その井戸新さんこと榊原新一さんは日露戦争後のお生まれで，最初に自分の井戸として掘りあげたのは，一九二七年四月だとのことでした。以来五十年間の仕事のことを，大きな声で立てつづけに話をされた末，この作品についての私の疑問に答えてくださいました。ここに出てくる井戸新というのは名まえだけの存在で，実際には，着流し姿の南吉が井戸新さんの家へふらっとやって来たのは，井戸新さん三十五歳の春，つまり「昭和十七年の三月の末頃」だったそうです。その時，南吉――というペンネームのことは井戸新さんは知らず，正八さんと呼んでいたそ

うです──が，井戸を掘るのには費用がどのくらいかかるか聞いたので，「人足がいくらいくら，井戸囲の土管がいくらいくら，土管のつぎめをうめるセメントがいくら」と細かく説明した上で，三十円かかると答えたのだそうです。

　現実の井戸新（榊原新一）さんは，南吉に「三十円かかる」と答えましたが，人力曳きの海蔵さんが活躍した時期は日露戦争前の頃です。したがって，南吉はこの間の物価の変動を考慮して，然るべき金額に換算すべきでした。
　ところが，南吉は1942（昭和17）年頃に聞いた費用を，そのまま日露戦争前の頃に当てはめてしまいます。童話中には，井戸新（新五郎）さんが「三十円もあればできるな」と答える場面がありますが，明らかに高すぎます。
　ちなみに，『値段の明治大正昭和風俗史』によると，1905（明治38）年には1銭でアンパン1個が買えましたが1938（昭和13）年には5銭になりました。大工手間賃は1903（明治36）年の85銭が1940（昭和15）年には3円36銭，巡査の初任給は1897（明治30）年の9円が1935（昭和10）年には45円になりました。つまり，日露戦争の頃の30円は，大工が休日なしで35日間以上，巡査が100日間も生活費ゼロで働かなければならない金額に相当します。
　参考までに，現代では防災用に井戸を掘ることが流行っていますが，20〜40mの深さの井戸で20〜50万円程度（ポンプ代を含まず）の費用[12]がかかるようです。
　もし，南吉がもっと年配の人に取材するか，何らかの資料に当たっていた場合には，童話中の新五郎さんの答えは「三十円」よりずっと低い金額になったはずです。したがって，新五郎のモデルは榊原新一の他になく，南吉は他の文献資料にも当たっていなかったことになります。
　また，勝尾のインタビュー中にある「着流し姿の南吉が井戸新さんの家へふらっとやって来た」云々からは，南吉が生家から榊原新一の家（いまの半田市新生町）まで大野街道（県道乙川大野線）を徒歩で往復しながら「牛をつないだ椿の木」の構想を練ったことがわかります。

なお，榊原新一は「ごん狐」の〈兵十〉のモデルとされる〈江端兵重〉の弟にあたる人です。

　ここで注目しておきたいことは，南吉の「見聞録」[13]にある次の記載です。

　人力曳きは体に無理をさせるからよく体をこはしてしまった。
　岩滑新田の，えいたんぼと熊七といふのがその頃人力曳きをしてゐた。二人共新田から大野まで避暑客をのせて一度ゆけば三十五銭ほどのよい銭になるので意気込んでやつた。二時間程で大野へ行つて来れた。
　二人は若気のいたりで走つた。走つては体に無理だといふのに。
　しかしえいたんぼはおつちよこちよいで，どら（「怠け者」の方言）だつたので，儲けた銭を飲み食ひしてしまつた。それだけ体にえやう（「栄養」の方言）をさせたわけだ。だから体がもつた。
　熊七はしまつで，三十五銭もうけてくるとそれをそつくり，ちやらアんと甕[14]（ママ）の中へ入れるといはれてゐた。で体をせめる一方だつたので，二年もすると体を壊してしまひ，もう人力商売は出来なくなつた。

　童話中の海蔵さんは，お菓子代を倹約して，２年後には30円ほども貯めます。しかし，〈熊七〉は２年もしまつを続けると身体を壊してしまいました。昔の日本人の栄養状態はその程度のものです。海蔵さんはフィクションの中の人物だったからこそ，こんな無茶な節約ができたのでしょう。

　ただ，結核持ちの南吉にしてみれば，〝海蔵さんのように強健な身体が欲しい〟という願望の現れであったとも考えられます。

　この童話に描かれた〝善意の車曳き〟の生き様は，あくまでも南吉が理想的な人物として心象中に思い描いた人物の生き様でした。

　次に，〈しんたのむね〉について考察します。

　しんたのむねとは，大野街道で結ばれた岩滑と岩滑新田の真ん中あたりにある場所で，馬の背のような地形になっています。「校定全集」の【語注】[15]

には「現・半田市岩滑西町四丁目。旧・岩滑新
田（中略）への入り口に当たる。馬の背に似た
台地で水利が悪く開発も遅れ，一六九一年（元
禄四年）の検地で耕作地として認められる。
『新しい田の棟』の意。『むね』は『峰』が訛っ
たものとの説もある」云々と記されています。
また，〈棟〉には「屋根のもっとも高い所」「転
じて，屋根の棟に当たるような部分の名称」
（『精選版　日本国語大辞典』小学館）という意
味があります。ただ，南吉の頃の大野街道は
「県道乙川大野線」として整備改修されていま
すから，ここでは改修以前の明治期の地形図を
参照しながら論を進めましょう。

まんじゅう笠の人力曳き

　旧大野街道は岩滑の集落を過ぎるとまもなく緩い斜面を上り始め，しんた
のむね附近で頂点に達すると，一転して岩滑新田の集落に向けて緩い斜面を
下っていきます。このような地形ですから，しんたのむね附近は周囲より標
高が高くて水利が悪いのです。そこで，旧街道の南側に位置する丘陵の背後
に東午ケ池を開削し，そこから水を引いて新田を拓きました。

　大石源三の『ごんぎつねのふるさと　新美南吉の生涯』によると，この新
田を〈多聞新田〉といい，1825（文政8）年に検地がありました。したがっ
て，「校定全集」の【語注】の「一六九一年（元禄四年）の検地」云々は誤
りでしょう。ちなみに，南吉の頃の地図にも，大野街道をはさんで北側に北
多聞，南側に南多聞という地名があります。

　また，大石によれば，1965（昭和40）年に耕地整理が行われるまで，しん
たのむねの下の旧道から少し入ったところに湧き水があり，茶碗が2つ置い
てあった，ということです。

　けれども，現実のしんたのむねは，童話中に書かれているほどの山の中で

もなく，急な坂道でもありません。つまり，この童話に描かれた大野街道や
しんたのむねは現実の街道筋とは同じではないのです。あくまでも南吉が心
象中に思い描いた街道でした。

　なお，東午ケ池は少年小説「嘘」で兵太郎君が太郎左衛門に「いつぱい喰
はされた」場所です。兵太郎君は「午ケ池[16]の南の山の中に深くゑぐれた谷
間がある。両側の崖がちやうど屏風を二枚むかひあはせて立てたやうになつ
てゐる」ので，「おーイ」と一声呼びかけると木霊が響き合っていつまでも
その一つの「おーイ」は消えないのだ，と太郎左衛門に騙されました。〈屏
風を二枚〉云々の記述については，現実の〈午ケ池〉の地形と合致します。

　それから2年の後，苦労の甲斐があって，井戸掘りの費用がだいたい用意
できました。そこで海蔵さんは，「半田の町に住んでゐる地主」に井戸を掘
る許可を求めます。けれども，何度頼みに行っても承知してくれません。

　そして，「牛が葉をたべてしまつた椿にも，花が三つ四つ咲いたじぶん」
のある日のこと，海蔵さんが地主の老人の家を訪ねると，一昨日から「しや
つくりがとまらないので，すつかり体がよはつて，床についてゐる」という
ことでした。律儀な海蔵さんのことですから，わざわざ地主の枕もとまでお
見舞いに行くと，「しやつくりがもうあと一日つづくと，わしが死ぬさうだ
が，死んでもそいつは許さぬ」といわれてしまいます。

　仕方がないので海蔵さんが門を出ようとした時，地主の息子さんが後を追
ってきました。そして「そのうち，私の代になりますから，そしたら私があ
なたの井戸を掘ることを承知してあげませう」といってくれます。親の死を
願う不謹慎な発言ですが，息子さんがここまでいうのは，海蔵さんが心優し
く無類の善人であることに心を打たれたからでしょう。

　このように，誰もが考えもしなかったストーリーの意外な展開によって，
読者はこの童話の面白さに引き込まれていきます。

　ただ，〈しゃっくりがとまらない病気〉については2つの解釈ができます。

　第一は，南吉童話のユーモア性があらわれているとする解釈です。

　いまでも〈しゃっくりが100回続いたら死ぬ〉という迷信があります。心優しい海蔵さんは，この頑固な老人のお見舞いに行った折にでさえ〝自分には何もできないけれどせめてものことに〟とばかり「しやつくりにきくおまじなひ」を教えてやります。それは「茶わんに箸を一本のせておいて，ひといきに水をのんでしまふこと」でした。この類のおまじないはいまも伝わっていて，〈茶わんに箸を一本のせておいて，茶わんの反対側から水を飲む〉とか〈茶わんに箸を十文字にのせておいて水を飲む〉とかいうものもあります。つまり，南吉はそういう類の迷信を用いて，因業地主が死の床につく様子をユーモラスに描こうとしたのではないか，という解釈が成り立つのです。

　第二は，南吉は死の床につく老人をリアルに描いているとする解釈です。

　まさかしゃっくりで人が死ぬことはありませんが，しゃっくりがとまらないのは深刻な病気の症状だからということはあり得ます。しゃっくりがとまらない病気としては，結核の他，脳疾患や消化器の癌などが考えられます。中でも，結核は南吉にとって深刻な病気でした。

　こうした2つの解釈のうち，どちらを取るべきかはもう少し先を読んでいくと，自ずと明らかになって行きます。

　海蔵さんは老人の息子さんの言葉を聞いて「これはうまい」と思ってしまいましたが，家に帰ってからお母さんに「悪い心になつただな」と言われて我に返りました。そこで，次の朝早く地主の家に行って，自分が「鬼にもひとしい心」になったことを詫び，「井戸のことは，もうお願ひしません」から「どうぞ，死なないで下さい」と頼みます。

　海蔵さんの言葉を聞くや，さしもの因業地主もすっかり改心します。そして，〈どんな井戸でも掘りなさい〉〈もし水がでなかったらどこにでも掘らしてあげよう〉〈費用がたりなかったらいくらでも出してあげよう〉〈わしは死ぬかも知れんから遺言しておいてあげよう〉という意味のことをいってくれました。無類の善人の海蔵さんは，その言葉を聞いて返事のしようもありま

せん。童話中には「死ぬまへに，この一人の慾ばりの老人が，よい心になつたのは，海蔵さんにもうれしいことでありました」と記されています。

このように，この童話は一人の善人が無償の善意を貫くことをテーマにしています。そのような物語の中で，死の床に臥した老人を茶化すような設定をすることは不自然です。やはりここは〝結核など深刻な病気が原因でしゃっくりがとまらない〟と読み解くべきだと考えます。

かくして，物語は大詰めを迎えます。

童話中には「しんたのむねから打ちあげられて，少しくもつた空で花火がはじけたのは，春も末に近いころの昼でした」とありますが，これはいまの子どもたちにはなかなかわかりにくい状況です。ただ，南吉の頃の子どもたちにとって，出征兵士を送るために花火が打ち上げられることは日常的な出来事でした。

さらに，この文に続けて「村の方から行列が，しんたのむねを下りて来ました。行列の先頭には黒い服，黒と黄の帽子をかむつた兵士が一人ゐました。それが海蔵さんでありました」とあります。行列が〈村の方からしんたのむねを下りて来る〉ということから，海蔵さんの一行は岩滑新田から大野街道を歩いて半田駅へ向かっていることがわかります。〈黒い服〉は日露戦争の頃の兵士の軍服です。〈黒と黄の帽子〉は鉢巻が黄（赤は近衛連隊）という意味ですから，おそらく海蔵さんは名古屋の歩兵第六聯隊に入営するのでしょう。また出征時に軍服を着ているため，予備役の召集に応じたことがわかります。南吉の頃の子どもは昭和の軍服を見慣れていても，明治の軍服とは大きく違うため，南吉は細部にまで気を遣っていることがわかる描写です。

ここで，椿の木が登場します。童話には「しんたのむねを下りたところに，かたがはには椿の木がありました。今花は散つて，浅緑の柔かい若葉になつてゐました」とあります。

椿は花全体が付け根から落ちるため，首が落ちるようで縁起が悪いと言わ

れます。また，山中の椿ということは，おそらく日本に自生するヤブツバキですから，花の色は赤です。しんたのむねの風景にさりげなく添えられた椿の木ですが，この場面は海蔵さんの戦死を予感させる不吉な情景です。

　なお，この場面は「ごん狐」の墓地の場面と同じ手法であるように思います。この童話中には「墓地には，ひがん花が，赤い布のやうにさきつづいてゐました」云々とか，「人々が通つたあとには，ひがん花が，ふみをられてゐました」云々とあって，ごんの死が予感されます。

　このようなイメージで椿の木が描かれている中で，「もういつぱうには，崖をすこしえぐりとつて，そこに新らしい井戸ができてゐました」と，海蔵さんの井戸が立派に完成していることが明らかになります。「校定全集」の【語注】によると，「古老の話では『しんたのむね』の下に一九六〇年ごろまで井戸があった」ということです。ひょっとすると，南吉は実在の井戸の由来を語るという形式を借りて，名もない人力曳きの擬似的な伝説を創りあげたのではないでしょうか。

　海蔵さんは井戸から水を汲んで「うまさう」に飲み干すと，「わしはもう，思ひのこすことはないがや。こんな小さな仕事だが，人のためになることを残すことができたからのオ」といいたいところでしたが，口には出しません。この童話の要諦は名もなき人が立派な仕事を残すことですから，ここで海蔵さんが自分のなした仕事について自慢げに語ってしまうと，せっかくの仕掛けが台無しになってしまいます。

　最後に，この童話の締め括りについて考察します。

　ここに，南吉の人生観が実によくあらわれているからです。そこで，次に締め括りの箇所の全文を引用します。

　　つひに海蔵さんは，帰つて来ませんでした。勇ましく日露戦争の花と散つたのです。しかし，海蔵さんのしのこした仕事は，いまでも生きてゐます。椿の木かげに清水はいまもこんこんと湧き，道につかれた人々

は，のどをうるほして元気をとりもどし，また道をすすんで行くのであります。

　ここにいう〈道〉を人生の道と見なしてこの童話を読み解くと，海蔵さんの「しのこした」仕事は，人生に疲れた人々に潤いを与えて元気を取り戻させ，また人生の〈道〉を歩ませる尊い仕事であったことがわかります。

　ただ，この部分を読んで「しのこした」にひっかかる人があります。「未完成のまま，何を仕上げないで残したのか？」と疑問に思うようです。

　しかし，これは文脈の上から判断するべきでしょう。引用したラストの文章の直前に海蔵さんは「わしはもう，思ひのこすことはないがや」と思っています。だから，この言葉を素直に受けとめればよいのではないでしょうか。また，海蔵さんは「こんな小さな仕事だが，人のためになることを残すことができたからのオ」とも思っています。したがって，「しのこした」が〈中途はんぱでやめてしまう〉という意味でないことは，文脈上明らかでしょう。

　また，『精選版　日本国語大事典』（小学館）には「手本となるようなものを作りあげて，それを後世に残す」という意味もあると記され，用例として菊池寛の「藤十郎の恋」が示されています。

　なお，「しのこした」の〈し〉は誤植であって「のこした」が正しいのではないかとする解釈があるかもしれません。これについては「少国民文化」に掲載された形態と童話集『牛をつないだ椿の木』に掲載された形態がいずれも「しのこした」になっているので，誤植の可能性は低い[17]ように思います。

　以上のことから，童話「牛をつないだ椿の木」は〈善人による無償の善行〉の物語であると解釈できます。初期の南吉は下卑た田舎の人たちを見下し，都会文明に憧れていました。しかし，晩年には自らの心象中に海蔵さんのような善意の人が普通に暮らす田舎を理想の社会として描くようになります。このような世界を描く南吉の童話群は〈民話的メルヘン〉[18]と呼ばれ，晩

年の南吉が到達した境地を反映しています。

　なお，南吉は「私は死ぬ。けれど，私の仕事は死なない」[19]という都築弥厚（つづきやこう）の言葉を好んでいました。海蔵さんは自分の戦死を覚悟して出征して井戸を遺し，弥厚は後の明治用水の計画を遺します。彼らと同様に，南吉も自分の死後には文学の業績を残したかったのではないでしょうか。

　ところで，南吉は善人の人力曳きを主人公にしたこの童話と概ね同時期に，善人の牛曳きを主人公にした童話を書いています。それが「和太郎さんと牛」です。こちらの童話については後ほど詳しく読み解くことにしましょう。

① 新美南吉『牛をつないだ椿の木』1943（昭和18）年9月10日　大和書店
② 「新美南吉全集」第3巻　1973（昭和48）年6月15日13版　牧書店
③ 新美南吉『おぢいさんのランプ』1942（昭和17）年10月10日　有光社
④ 「校定新美南吉全集」第二巻（1980（昭和55）年6月30日 大日本図書）の【語注】による。
⑤ 「哈爾賓日日新聞」1939（昭和14）年5月17日〜5月27日
⑥ 「校定新美南吉全集」第三巻　1980（昭和55）年7月31日　大日本図書
⑦ 大石源三『ごんぎつねのふるさと　新美南吉の生涯』1987（昭和62）年1月23日　エフエー出版
⑧ 週刊朝日編『値段の明治大正昭和風俗史』1981（昭和56）年1月30日　朝日新聞社
⑨ 「哈爾賓日日新聞」1940（昭和15）年5月23日〜5月31日
⑩ 大石源三「南吉の暮らした岩滑」（「南吉研究」第29号　平成3年10月30日　新美南吉研究会）
⑪ かつおきんや『風をみた人』1992（平成4）年12月25日　民衆社
⑫ 「比較biz」より https://www.biz.ne.jp/matome/2003037/（最終閲覧日：2022年6月27日）
⑬ 「父の話」（「見聞録」1941（昭和16）年11月25日付に記載）
⑭ 〈壅〉は〈甕（かめ）〉の誤字か。
⑮ 「校定新美南吉全集」第二巻　1980（昭和55）年6月30日　大日本図書
⑯ 東午ケ池と西午ケ池の2つの池が近接しているため，兵太郎君は2つの池を総称して〈午ケ池〉と呼んでいる。
⑰ 「校定新美南吉全集」第二巻（1980（昭和55）年6月30日　大日本図書）の【解題】を参照のこと。
⑱ 浜野卓也『新美南吉の世界』1973（昭和48）年6月30日　新評論
⑲ 1941（昭和16）年12月6日付の日記より。都築弥厚は江戸時代（文政・天保年間）に後の明治用水を立案した歴史上の人物。

第2章
大道から紺屋海道への往来

宮池とビール工場に挟まれた一本道

半田市街のうち，概ね官鉄武豊線の西側が〈上半田〉で，東側が〈下半田〉です。旧岩滑街道は，岩滑から上半田の中心部に回り込むような形で下半田に通じていました。下半田には港や運河があり，醸造蔵や紡績工場などが建ち並んで，産業が発達しています。主な官公庁や銀行なども下半田の方に多く立地していま

宮池沿いの大道と赤レンガ建物
（撮影：知多デザイン事務所）

したから，こちらの方が半田市街の中心地でした。

なお，南吉の頃に岩滑から半田市街に行く交通手段は，知多鉄道[①]の半田口駅から知多半田駅の間を電車で行き来する方法があります。ただ，南吉の日記類や小説類によれば，体調の思わしくない場合を除いて，この区間の電車は利用していないようです。

ここでは，次の３つの観点から岩滑と半田市街を結ぶ往還と南吉の関わりを考察します。

第一に，岩滑と半田市街を結ぶ街路の概略について。

南吉の頃には〈県道卯坂半田線〉が整備されていました。この往還のことを，地元では〈大道〉と呼んでいて，いかにも新道らしく直線的に伸びる往還です。ただ，〝大道〟とはいっても，２台の普通乗用車が譲り合えば問題

なくすれ違える程度の道幅しかありません。それでも、開鑿当時の地元の人たちの感覚では、〝大きな道〟の部類に入っていたのでしょう。この往還の開鑿によって、わざわざ上半田の中心部を経由することなく下半田まで行けるようになりました。

　県道卯坂半田線は、阿久比方面から岩滑の南吉の生家前を通過して半田市街に至ります。本書ではこれまで、旧大野街道、旧岩滑街道、阿久比に通じる生活道路が生家の前で合流していると説明してきました。ただ、この県道は旧岩滑街道の一部や生活道路を取り込んで整備されているため、行政が名づけた県道名と地元の人たちの呼び方は必ずしも一致しません。

　南吉の頃の県道卯坂半田線の経路は次の通りです。

　生家前の県道を南下して岩滑の集落が尽きると、知多鉄道の踏切がありました。ここで踏切を渡ると、左側に半田商業学校（いまでは市立半田中学校の敷地）があるので、大道はその敷地に沿って南下していきます。

　商業学校の敷地が尽きるとまもなく、大道はやや右に屈曲します。屈曲する地点の右側には〈入水神社〉[2]の鳥居があり、その先には〈宮池〉が続いています。ここから大道は宮池の堤の上の往還となって、左側には広大な〈カブトビール〉[3]の工場が広がっていました。つまり、このあたりは宮池とビール工場に挟まれた一本道だったのです。

　宮池が尽き、さらにビール工場の敷地も尽き果てたあたりからは、昔ながらの風情を留める紺屋海道に接続しています。「紺屋」は普通「こうや」と読みますが、地元ではこれを「こんや」と読み慣わしています。昔はこのあたりに船の帆を染めた染物屋があったことから、この名がついたと伝えられ、江戸時代には上半田と下半田を結ぶ往還として賑わっていました。海道をさらに行くと、その先は半田市街の中心地です。

　第二に、宮池とビール工場について。
　宮池は半田地域を代表する名所の一つで、既に紹介した新民謡「半田音

103

頭」にも「半田よいとこ，住吉様の，宮のお池の，水もすむ」と歌われています。ここにいう〈住吉様〉は入水神社で，〈宮のお池〉は宮池のことです。

　旧半田町は醸造業の伝統のある地域です。ビール工場は1898（明治31）年にこの地に新築された赤レンガ造りの建物で，1943（昭和18年）に閉鎖されるまでビールの醸造が続きました。いま，その一部は整備保存され，「半田赤レンガ建物」として半田市のランドマークになっています。

　このように，宮池とレンガ造りのビール工場に挟まれた堤の上の一本道は，南吉にとって村（農村地域の岩滑）と町（小都会の半田市街）をつなぐ通路に当たっています。この通路は南吉が生家と半田市街を行き来する際に頻繁に通りましたから，南吉の小説や童話にたびたび登場します。

　小説「音ちゃんは豆を煮てゐた」（既出）には，結末部のあたりに宮池をモデルにした〈大きい池〉が登場しています。

　　　音ちゃんがユキちゃんのことを憶ひ出したのは，青年になつた音ちゃんが，木枯の吹く寒い午後町の外の池の畔を歩いてゐたときだつた。
　　　もう誰も音ちゃんと呼んではくれない年齢で，すでに一つの恋愛に失敗してをり，又専門学校は出たけれども，丁度社会はひどい不況時代で，生活してゆくことの苦しみも充分知らされてゐた。
　　　その日もつまらぬ事で年寄つた父と口争ひして家を飛び出し南の町の喫茶店へいつてお茶を喫んで，その帰るさだった。大きい池の向う岸近くで千鳥の波に揺られてゐる黒い小さい姿を見ながら歩いてゐたら，ふいに憶ひ出したのだつた。

　〈池の畔を歩いてゐた〉の畔は，宮池の堤の上に開鑿された大道がモデルです。〈南の町の喫茶店〉のモデルは半田市街にあった〈カガシヤ〉でしょう。南吉は失意の帰郷の頃から喫茶店に通い始めたようです。腹違いの実弟の渡辺益吉，幼馴染で後に恋人になった中山ちゑ，ちゑの弟の中山文夫，友人の畑中俊平などを誘って，よくこの店や〈ベニヤ〉に通いました。行きつ

けの書店である〈同盟書林〉の他，〈新美書店〉もあって，市役所，警察署，税務署，銀行，芝居小屋，シネマ館，写真館，運動具店，醸造所，自動車店（タクシー会社），新聞社，新聞店，旅館，食堂，市場など，ひと通りのものが揃っていました。南吉のかかりつけの〈中野病院〉や〈仁羽病院〉といった医療機関もありました。

　それにしても〈木枯の吹く寒い午後〉〈千鳥の波に揺られてゐる黒い小さい姿〉云々は，何とも陰鬱で寂寥感にあふれた風景です。宮池は「ちんとろ祭り」で知られていますが，賑やかな祭りの情景とは凡そ対照的な風景描写です。

　なお，〈専門学校は出たけれども〉は，この当時の流行語〈大学は出たけれど〉[④]のもじりでしょうか。

　既に読み解いたように，この小説の主人公は南吉自身がモデルで，木本咸子との失恋体験，高等教育を終えていながら職に就けない挫折感，父の期待に応えられず諍いが絶えないことなど，不遇の時代が背景になっています。

　思えば，南吉の人生は成功と挫折を交互に体験することの連続でした。

　1931（昭和 6）年 3 月に中学を卒業した後，愛知県岡崎師範学校本科第二部を受験しますが，体格検査で不合格。仕方なく母校の半田第二尋常小学校の代用教員（臨時教員）となり，翌年 3 月には学費の要らない東京高等師範学校を受験しますが，またもや不合格と，挫折の連続です。しかし，巽聖歌の勧めで東京外国語学校英語部文科文学を受験して，見事に合格しました。

　すると，「音ちゃんは豆を煮てゐた」の下敷きになる挫折体験に陥るほんの 5 年前には，将来に希望を抱いて上京し，都会での勉学生活と北原白秋を始めとする文学者たちとの交流の夢が実現していました。

　小説「坂道」（既述）では，主人公の〈金太郎〉が「自分が専門学校生徒である誇りにうっとり」して，「専門教育を受ける人間は現代日本では六十人に一人の割合である」と，「以前に誰からか聞かされたことのあるのを思ひ出し」ています。また，小学校の恩師の山下先生が「金太郎の入学を喜んでくれた時，この町で一番偉くなつてゐるのは××大学の教授をしてゐられ

る林信助さん，その次に偉くなるのは君だとみんなが云つてるから，しつかり勉強したまへ，と言つた言葉を憶ひ出し」て，悪い気持ちはしませんでした。

　けれども，在学中の1934（昭和9）年2月下旬には最初の吐血をしました。この時は健康を取り戻したかに見えましたが，以後は生涯にわたってこの病気に苦しめられることになります。

　第三に，東京外語卒業後の不遇の時代について。

　南吉は1936（昭和11）年3月に東京外国語学校を卒業しますが，病弱で軍事教練の単位が取れません。そのため中等学校教員免許を取得できず，卒業時には中学校や女学校など中等学校の教員になれませんでした。

　そこで，せめて東京で文学活動を続けたいと思ったのでしょうか。就職活動に奔走した結果，ようやくこの年の5月になって東京商工会議所内の〈東京土産品協会〉に就職が決まりました。ここでの仕事は〈幻の東京オリンピック〉⑤で来日する外国人向けの英文カタログの制作です。しかし，この年の10月9日に二度目の喀血をしたため，退職せざるを得ません。病状はかなり悪かったようですが，巽聖歌夫人で画家の野村千春から懸命の看護を受けて何とか小康状態を得て，11月16日に帰郷することができました。

　ただ，両親は南吉に東京で高等教育を受けさせるため，経済的にかなり無理をしていました。それだけに，南吉にかける期待は大きかったでしょう。ところが，ようやく卒業した矢先，喀血によって帰郷したのですから，その落胆ぶりが察せられます。こうして，親子関係には深刻な亀裂が入りました。南吉は故郷に錦を飾るどころか，しばしば自殺を考えるようになります。

　ここでは1936（昭和11）年に書かれたと思われる小説「帰郷」⑥を手がかりに，この頃の南吉の境遇や感慨について考察します。

　この小説は「息子は電車からおりた。その停留場でおりたのは彼一人だった」という書き出しで始まります。具体的な地名は出てきませんが，「ホーム──と言っても土を盛ったにすぎない，土堤の体裁をよくしたようなも

の」云々，「村は電車線路の西側にかたまっていた」云々，「県道はとりもな
おさず村の本道といってよかった。そこには村の商店が殆んどすべて集まっ
ていた。駄菓子屋，仕立屋兼薬屋，せんべや，荒物屋，などで全部で十の指
に足りなかった」云々と，当時の半田口駅や岩滑の町並みを彷彿とさせる描
写がこれに続き，南吉の失意の帰郷について実体験を下敷きにした記述が
綿々と綴られています。「息子は自分の村が，つい昨日まで彼が生活してい
た東京とくらべてどんなに見すぼらしいかに驚くのであった。（中略）彼は
久しぶりに見る村がなつかしくもあった」云々，「病に仆れ，希望と職を失
って帰って来た自分を村人に見られることを恐れてもいた」云々は，この頃
の南吉の正直な感慨であったと思われます。

　翌朝，〈息子〉が眼を覚ますと「すでに牛乳は温められ」てあり，「ラジオ
にはスイッチが入れて」ありました。また，「離れ家は美しく掃除され」て
いるうえ，「蟹の手のようなシャボテンの鉢」までが置かれてありました。
これらはすべて父親の心遣いだったのです。

　ただ，父親はこのように優しい一面を見せながら，「きさんのようなもの
は家も親達も，何もかも喰ってしまうだ」とか，「みんな喰ってしまうだ。
親も家も」と，病に倒れて帰郷した息子を厳しく責め立てます。その一方で，
村の神社改築には百円もの大金を気前よく寄進しているのでした。

　とうとう，息子は遺書を書きました。ここには「父上，あなたは私を専門
学校にまでやったことを悔いておられた。まさしくあなたは悔いるべきであ
る。このような肉体とこのような精神に教育を施したとて何になるものぞ」
と，自虐的な感慨が綴られています。

　また，継母に向けては「母上，あなたは父の家に幸福と不幸を持って来ら
れた。あなたは右手に白い花，左手に黒い花を持って来られた。あなたは機
嫌のよい時父を和げ，私にも愛嬌をふりまいてくれた。そういう時私の家は
天国のように平和だった。併しあなたが一度不機嫌になるとあなたは天使か
ら悪魔に変じてしまう。あなたの口からは毒が迸り，私達の周囲を地獄にし
てしまった」と記しています。

さらに，父母に向けて「私達の不幸をここまで導いて来たのは，あなた方の無知であった。あなた方は無知であるために，私の精神の芽をつみ，私の肉体をくさらした。又あなた方が無知であったが故に，私はあなた方を批難することはできない」云々と記します。そして「私に浴せるあのいやみ，ぐち，——あれらが如何程私の心を刺したか知るまい。あれらは私の弱っている心を踏みやぶった。そのために私は熱が出，十二時を越しても寝られなかった。私は今日熱をはかって見て，東京にいた時より容態が悪化していることを知った。私はこのままあなた方のいやみと愚痴をきいていたら遂には肺を犯され死なねばなるまい」と畳みかけます。こうして，息子は自死しました。

　巽聖歌は『新美南吉の手紙とその生涯』[7]で，「この作品は事実の羅列であって，ちっともおもしろくない」と書いていますが，これは正鵠（せいこく）を射ています。加えて「専門学校を卒業し，人の教師になろうとしている大の男が，帰郷一ヵ月にしてそこまで思いつめ，それがどんな些細なことから起こるかということは，普通の家庭にそだった人は想像に苦しむであろう」云々，「百円の寄附は手紙[8]のとおりだし，父母もまったくこのとおりであった」云々ということに注目すべきでしょう。この小説の主人公が限りなく南吉自身に近いことがわかるからです。

　以上のように，南吉は自殺を考えるところまで追い詰められていましたが，転機が訪れます。それは知多郡河和町（いまの美浜町）の河和第一尋常高等小学校に代用教員として勤め，同僚の山田梅子と恋に落ちたことです。かくして，南吉は束の間の幸福感を得て，失意のどん底から救われました。

　ところで，岩滑から半田市街に行くには岩滑街道を通るルートもあります。知多半田駅に行くには，むしろこちらの方が近道でした。

　南吉の生家から旧街道を南下し，知多鉄道の踏切を渡らずに直進すると，まもなく右側やや離れた方向に半田中学校，左側すぐに半田農学校がありま

す。農学校のさらに左側には知多鉄道の線路と農学校前駅があり，なおも直進すると〈星名池〉[9]のほとりに出ます。この池は「半田音頭」に「影を映して，みだるゝ蛍，籠に飛ばして，ほし名池」と歌われる半田の名所の一つでした。池に沿って少し進んで知多鉄道の踏切を渡った後，直進すれば知多半田駅，左折すれば官鉄の知多駅に至ります。

　南吉の日記によると1937（昭和12）年8月30日の夜，山田梅子と逢引をした後，この往還を知多半田駅まで送って行きました。また，中山ちゑとは頻繁にこの往還を通って半田市街に出かけます。日記によれば1938（昭和13）年3月13日の夜のこと，南吉とちゑはベニヤでデートをした後，この往還を歩いて帰ります。すると，「農学校の横の土手で腰を下して休んだ」時に，ちゑは〝青森の温泉へつれていきたい〟と南吉に求愛しました。その時，南吉は「この道は去年の八月山田さんを送つていつた道だとふいと思ひ出し，いやになつて」適当にお茶を濁した，という意味のことを書いています。

　このように，南吉の周辺の人たちは半田市街に出かける際には，よく旧岩滑街道を利用していました。しかし，興味深いことに，南吉の童話や小説に岩滑と半田市街の間の移動を描く際には，決まって大道を下敷きにした街路を通る設定にしています。もしかすると，恋人たちとのデートのことが念頭にあって，世間を慮（おもんぱか）ったのかもしれません。

---

① 　南吉の最晩年の1943（昭和18）年2月に名古屋鉄道へ吸収合併。
② 　入水神社は戦後に〈住吉神社〉と名を改めているが，混乱を避けるため，本書では入水神社で統一する。
③ 　カブトビールは1889（明治22）年発売の〈丸三ビール〉を起源とし，サツポロ・アサヒ・ヱビス・キリンと並ぶ5大ブランドの一角を占めていた。
④ 　1929（昭和4）年9月公開，小津安二郎監督，高田稔・田中絹代他出演，松竹キネマ配給の映画「大学は出たけれど」に由来している。
⑤ 　東京オリンピックは1940（昭和15）年に開催予定であったが，日中戦争のため中止となった。
⑥ 　生前未発表の小説で，原稿は現存しない。初出は巽聖歌の『新美南吉の手紙とその生涯』（後述）で，1936（昭和11）年12月13日に書かれたという。
⑦ 　巽聖歌『新美南吉の手紙とその生涯』1962（昭和37）年4月10日　英宝社
⑧ 　1936（昭和11）年11月18日付で，新美南吉から巽聖歌に宛てた封書。
⑨ 　いまは埋め立てられて，小公園中の小さな池だけが名残をとどめている。

狐にばかされた和太郎さんの〈村〉と〈町〉

　童話「和太郎さんと牛」は〈民話的メルヘン〉と呼ばれる童話群の一つで，童話集『花のき村と盗人たち』[①]に初めて掲載されました。

　主人公の〈和太郎さん〉は牛曳きを生業にしています。牛曳きといえば童話「牛をつないだ

牛車（旧碧海郡安城町）

椿の木」にも〈利助さん〉が登場していますが，同業者ではあっても取り立てて悪人でもなく善人でもない，ごく普通の人でした。これに対して，和太郎さんは車曳きの海蔵さんと同じく無類の善人です。

　「校定新美南吉全集」（以下「校定全集」）の【語注】[②]によると「当時，岩滑地方で，力の強い和牛と牛車とをもち，農閑期に牛車曳きをしていた人が数名あった」ようです。和太郎さんも，普段は農業に従事して牛に鋤を曳かせ，依頼があれば運送業に従事して牛に牛車を曳かせていたのでしょう。

　なお，巽聖歌・滑川道夫編の「新美南吉全集」[③]には，童話のタイトル下に「昭和十七年五月作」とあります。ただし，根拠は書かれていません。もっとも，制作年については，1942（昭和17）年4月6日付の南吉の日記に「牛は三歳まで年齢をいふ。あとはいはない。よぼよぼになるまで使ふつもりなら三十年でも使へる。父の話」と記されていることが手がかりになります。この時の父の話をヒントに，和太郎さんとよぼよぼ牛のコンビが生まれたとすれば，「新美南吉全集」の記述と時期的な矛盾はありません。

　また，和太郎さんの〈村〉については「村の人達はいい人ばかりなので」云々と記述されているように，理想的な村落共同体でした。他にも，1942（昭和17）年4月19日付の南吉の日記に「百姓達の村には，ほんたうに平和

な金色の夕暮をめぐまれることがある」という記述があって，これが童話中の「百姓ばかりの村には，ほんたうに平和な，金色の夕暮をめぐまれることがあります」という記述に転用されています。このように，南吉は現実の岩滑の風景を下敷きにして，自らの心象中に存する理想の村の風景を描いていることがわかります。

　ここでは，童話「和太郎さんと牛」を読み解く中で，晩年の南吉が心象中に思い描いた理想の村の有り様を探ります。その手がかりとして，次の3つの観点からこの童話を読み解くことにしましょう。
　第一に，酒癖の悪い和太郎さんとよぼよぼ牛のコンビについて。
　和太郎さんは無類の善人ではあるものの，一つだけ悪い癖がありました。それは馴染みの茶店にふらふらとはいって〈ちよつといつぷく〉するつもりが，〈もうちよつと，もうちよつと〉とついお酒を呑みすぎたあげく，ひどく酔っぱらってしまうことです。和太郎さんがいつもお酒を呑む馴染みの茶店については，次のようなユーモラスな筆致で説明がなされています。

　　村から町へいくとちゆう，道ばたに大きい松が一本あり，そのかげに
　　茶店が一軒ありました。ちやうどうまいぐあひに，松の木が一本と茶店
　　が一軒ならんであるといふことが，和太郎さんにはよくなかつたのです。
　　といふのは，松の木といふものは牛をつないでおくによいもので，茶店
　　といふものはお酒の好きな人が，ちよつといつぷくするによいものだか
　　らです。

　この茶店について，「校定全集」の【語注】には「当時，入水神社（現・半田市宮路町）の道一つへだてた東に茶店（現・半田市住吉町四丁目）が一軒あり，駄菓子・だんご・飲物類を売っていた。茶店の前，道の中央に樹齢三〇〇年くらいの松の大木があり，そこに牛の手綱を結び，茶店で休む牛方

が多かった」と説明があります。

　南吉の頃の入水神社について，当時の写真や絵葉書類を見ると，樹木が鬱蒼と茂っています。殊に，大道に面した神社の入り口附近は，松の林になっていました。「校定全集」の【語注】の住所を地図上に落としてみると，岩滑から見て宮池の堤の上の一本道にさしかかる直前に件の茶店があったことがわかります。つまり，この茶店は村と町を隔てる通路にさしかかる直前の場所に位置している，ということになります。つまり，茶店は村に属しているため，およし婆さんも善良な人です。酒癖の悪い和太郎さんに嫌な顔ひとつせず，牛の手綱をといてやったり，小田原提燈に火をともして牛車の台のうしろにつるしてやったりと，あれこれ世話を焼いてやります。

　ちなみに，南吉は牛が好きだったようです。従姉の〈おかぎ〉の婚礼の際には，「夕方になるまで私はすることがないので，牛小屋を覗いたり」[④]した云々と，日記にあります。他にも，牛を題材にした童謡や詩や童話があります。

　例えば，童謡「牛」[⑤]では「牛の／お目目に／うつるは／何ぞ／まろく／光つて／うつるは／何ぞ，／／牡丹／さいてる／ひかげに／立つて，／／うすい／ひかげに／お鼻が／ぬれて／／ぬれた／お鼻に／匂ふは／何ぞ／／牛よ／しづかな／やさしい／牛よ。」と，愛らしい牛の姿を活写しています。

　詩「牛」[⑥]では，牛車を曳く牛に同情を寄せ，「牛は重いものを曳くので／首を垂れて歩く／／牛は重いものを曳くので／地びたを睨んで歩く／／牛は重いものを曳くので／短い足で歩く／／牛は重いものを曳くので／のろりのろり歩く／／牛は重いものを曳くので／静かな瞳で歩く／／（中略）／／牛は重いものを曳くので／黙つて反芻してゐる／／牛は重いものを曳くので／休みにはうつとりしてゐる」と，和太郎さんの〈よぼよぼ牛〉を彷彿とさせる牛の姿が描かれています。

　さて，童話「和太郎さんと牛」では，次の書き出しで物語が始まります。

　牛曳きの和太郎さんは，たいへんよい牛を持つてゐると，みんながい
つてゐました。だがそれは，よぼよぼの年とつた牛で，お尻の肉がこけ
て落ちて，あばら骨も数へられるほどでした。そして空車を曳いてさへ，
ぢきに舌を出して，苦しさうに息をするのでした。

　書き出しからわかるように，和太郎さんの牛はよぼよぼの年とった牛にし
か見えませんが，和太郎さんにとってはたいそうよい牛でした。それは和太
郎さんが酔っぱらって牛車に乗り込んで寝入ってしまっても，牛車を曳く牛
は道をよく知っているので間違いなく家へ戻ってくれるからです。
　ところが，ある春の夕暮れ時に，積荷の酒樽から地面へ酒の滓がこぼれる
事件が起きました。そこで，和太郎さんは〈一生にいつぺんの御恩返し〉の
つもりで牛に心行くまでなめさせる一方で，〈けふだけはじぶんがお酒を飲
むのをよさう〉と決心します。牛が酔っ払ってしまうと，牛の世話になるわ
けにはいかないからです。
　このように，和太郎さんと牛の心は互いに通じ合っていました。しかし，
一本松と茶店の前を通りかかった時，和太郎さんはつい欲望に負けて，お酒
を呑んでしまいます。かくして，茶店のおよし婆さんはすっかり酔っ払った
和太郎さんと牛をいつものように見送りました。けれども，その日に限って
牛車の輪がたてる〈からからといふ音〉がじき聞こえなくなり，それきり和
太郎さんとよぼよぼ牛は行方がわからなくなってしまいました。

　第二に，〈ろつかん山〉の狐にばかされることについて。
　和太郎さんが神隠しにあう四十年くらい前，「村の一文商ひやが，坂谷ま
で油菓子の仕入れにいつたかへり，ろつかん山の狐にばかされて，迷子にな
つたといふ事件」がありました。村の〈富鉄爺さん〉はこの話をよく知って
いて，村人の皆んなに細かく説明しました。南吉は「それもそのはずで，狐
にばかされたのは自分のことだつたのです」とユーモラスに落ちをつけます。
「ろつかん山では，いまでもよく，狐のちらりと走りすぎるのが見られます」

云々とか，「村の中だつて，寒い冬の夜ふけには，むじなの声がきける」云々という記述もあります。ただ，ここで重要なことは〝和太郎さんの村は狐やむじなにばかされることが当たり前に起きる世界だ〟ということです。村の男たちは，お寺の鉦や火の用心の太鼓，吉野山参りの法螺貝，青年団のラッパなどの鳴物を鳴らしながら，行方が知れない和太郎さんを捜索します。和太郎さんの村に限らず民話の世界では，狐にばかされたり神隠しにあったりした人を捜す場合には，昔からそのようにする習慣があるからです。

　ろっかん山のモデルは武豊町にある六貫山でしょう。この山は官鉄武豊線の終点〈武豊駅〉からは西南方向に直線距離で２粁（km）足らず，知多鉄道の知多武豊駅からは同じく１粁ほどの距離があります。〈山〉というよりは〈丘陵〉というべきかもしれません。戦前刊行の「五万分一地形図　半田」[7]によると，東側斜面に桑畑が切り開かれている他はほぼ山林でした。いまではほとんどが住宅地になっていますが，「校定全集」の【語注】によれば「明治・大正期には狐が多く住んでいた」ということです。

　和太郎さんが狐にばかされた証拠もあります。それは，よぼよぼ牛の前あしのつめの割れめに一房の黄色い花がはさまっていたことです。仕事柄こういうことに詳しい植木職人の〈安さん〉によると，これは〈えにしだ〉の花で，このあたりではろっかん山のてっぺんにだけ咲いているということでした。

　実際には六貫山まで行かずとも，えにしだは岩滑や岩滑新田のあたりに生えています。幼年童話「ひよりげた」[8]では「ジョウフクインの　うらの　やぶの　なかに」は，たぬきが「こどもの　たぬきと　いっしょに，えにしだの　木の　ねもとの　あなの　なかに　すんで　いました」と，岩滑の常福院の裏に生えています。また，「牛をつないだ椿の木」には，車曳きの海蔵さんが「椿の木に向かひあつた崖の上にはらばひになつて，えにしだの下から首つたまだけ出し」云々と記されているように，しんたのむねに生えています。してみると，安さんは神隠し事件とろっかん山の狐をかなり強引に結びつけたことになりますが，村の人は誰一人としてそういうことを問題にし

ません。ろっかん山の狐には40年前に富鉄爺さんがばかされ，久しぶりに和太郎さんがばかされたことは，疑いようもない〈事実〉だからです。

　町の理窟では，和太郎さんのふところから鮒とげんごろう虫と亀の子が出て来ても，牛車が池の中を通ったわけはなく，牛のひづめにえにしだの花がはさまっていても，牛車が道もない山に登ることもあり得ません。

　しかし，村の理窟では当たり前のことなのです。和太郎さんは〈お母さんに心配させたくなかったから〉池の中を通ったことを認めませんが，えにしだの花という動かぬ証拠を突きつけられてしまうと，〈しかたがない〉ので「面目ないケンが，どうやら，そこへも行つたらしいて。ばかにりつぱな座敷があつてのう」云々と，狐にばかされたことを白状します。

　それでも，結局のところ，和太郎さんの「何しろ申しわけねエだな，牛もおれも酔つてをつたで」の一言で，神隠しの一件にけりがついてしまいました。何しろ，民話的メルヘンの世界では，狐にばかされたり神隠しにあったりすることは当たり前ですから，誰もそれ以上の詮索をしません。

　ところで，滑川道夫は「晩年（戦時中）の創作活動とその作品群」[9]で，この童話について，次のように評しています。

　　民話的なふんい気と和太郎さんの純朴な人物像を同調させているのは南吉らしい才腕である。さずかった和助も，おそらく離縁したチヨの産んだ和太郎さんの実子であろうと，読者にそれとなしに想像させるようにしているのも南吉の趣向であろう。趣向におぼれず，また，狐にばかされた俗な「おとぎばなし」にせず，みごとに児童文学の世界を創りだしている。

　ただ，滑川の記述の中の〈さずかった和助も，おそらく離縁したチヨの産んだ和太郎さんの実子であろうと，読者にそれとなしに想像させるようにしている〉については，少し吟味が必要です。チヨを離縁したのは和太郎さん

の〈若かつたとき〉のことです。しかし、牛車の上には「ひとつの小さな籠がのつてゐて、その中に、花束とまるまる太つた男の赤ん坊がはいつてゐた」のですから、いくら民話的メルヘンの世界であつても、チヨの産んだ子と考えることは、かなり無理筋です。しかも、この籠については当の和太郎さんにも〈てんでおぼえがなかつた〉と、会話文ではなく地の文に明記されていますから、読者はこれを前提にしてこの童話を読むべきでしょう。

　高森邦明は「『和太郎さんと牛』論――拾い子実子説をめぐつて――」[10]で、「もし和助実子説をとつたならば、和太郎さんは世間の目をごまかそうとして大へんこみ入つた手段をとつたというふうにしなくてはならない。牛車がゆれて鏡板が破れたことから始まつて、赤ん坊が入つた籠を持ち帰るまで、そういう世間の目をごまかすためのしばいだつた、としなくてはならないのだが、そう読むのがはたして適当かどうか」と疑問を呈しています。そのうえで、「子どもがほしいと思つている者には、だれかがそれをかなえてくれるという、人間世界への素朴な楽観的な心情を表現した民話的作品だと考えるならば、持つて回つて面白く読もうと構えるような読み方はこの作品にふさわしくないだろう」と、結論づけています。

　高森の説は炯眼ですが、わたしはもう一歩進んで〈天から授かつた和助君〉のストーリーは昔話研究でいう〈異常誕生譚〉[11]を意識したのではないかと思います。この童話を町の理窟で解釈しようとすると、隘路に踏み入ります。桃太郎が桃から生まれたことは疑いようのない事実ですから、「世の中は理窟どほりにやいかねえよ。いろいろ不思議なことがあるもんさ」という和太郎さんの言い分をそのまま受け入れるべきでしょう。

　第三に、和太郎さんの村に住む人たちについて。

　和太郎さんは若かつたとき〈ひとなみにお嫁さんをもらひました〉が、まもなく実家へ帰しました。離縁の発端は、和太郎さんのお母さんの片目がつぶれているのを見ていては〈ごはんがのどを通らない〉と漏らしたことです。

　小野敬子は『南吉童話の散歩道』[12]で、和太郎さんを「おかあさんとお嫁さ

んとの二者択一を迫られれば，親に孝という社会的モラルと感性に従って，家の中が花が咲いたように明るくなるお嫁さんを離縁し，お嫁さんの心を思いやることがない。その上，種の保存という本能に近い既成観念にとらわれて，跡取りの子どもがほしいと虫のいいことを願う」と批判し，「南吉は，愛すべき善良な農民である和太郎さんの，感性と既成の社会的モラルに知らずにとらえられている矛盾＝悲劇を書きこみ，人間のかなしみを見つめているのである」と評しています。

　けれども，この童話は民話的メルヘン中の一編です。民話の世界では，悪をなす者は罰を受け，禁忌を冒す者は共同体から去らなければなりません。〝お嫁さんは理想的な村落共同体の一員たる資格を喪失したから実家に帰された〟と素直に読んでおけばよいのではないでしょうか。

　和太郎さんの〈お嫁さんはいらないが，子供がほしい〉という考えについても，〈種の保存〉という本能ではなくて，旧民法に規定された〈家〉の存続のためでしょう。南吉も新美家の存続のために新美家へ養子に入りました。昔話の世界では，家に娘しかいない場合には婿をとり，息子には嫁をとります。いくら民話的メルヘンの世界であっても，その世界なりの社会規範まで否定してしまうと，村の存続基盤が壊れてしまいます。

　また，村には南吉のように高等教育を受けた人はいません。南吉のように学問や知識といった村の外の理窟で村の平和を掻き乱す者は，村落共同体の一員の資格を喪失している，ということでしょうか。

　ただ，利口もんの〈次郎左ヱ門さん〉は「若い頃，東京にゐて，新聞の配達夫をしたり，外国人の宣教師の家で下男をしたりして，さまざま苦労したすゑ，りくつが好きで仕事がきらひになつて村に戻つた」という人です。〈東京にいた〉〈外国人〉〈さまざま苦労した〉という設定は，東京外語に学んだ南吉を暗示して南吉が自分自身を〝中途半端な知識を身につけた人〟と卑下して自虐的に描いたようなキャラクターです。

　そして，和太郎さんが帰ってきた時には「おれ達，村のもんは，ゆうべひとねむりもせんで，山から谷から畑から野までかけずりまはつて，おぬしを

探した」と非難しますが，本当は捜索に加わらずについさっきまで家で寝ていました。つまり，建前としては村落共同体に溶け込んでいますが，隙あらば村の外の理窟（町の理窟）を村に持ち込もうとする存在です。

　例えば，「酔つて歩いてゐるうちに天から子供を授かるやうなことなら，世の中に法律はいらないことになる」という言い分は町の理窟です。ただ，天から赤ん坊を授かることは〈法律〉とは関係がなく，町の理窟に合わないだけですから，次郎左ヱ門さんこそ《理窟に合わない理窟》を振り回す人だということになります。自分のように中途半端な利口もんを笑い飛ばす南吉のユーモア精神のあらわれでしょう。

　利口もんの次郎左ヱ門さんが町の理窟を当てはめようとする人であるとすれば，駐在所の〝お巡査さん〟の〈芝田さん〉は町の理窟と村の理窟に折り合いをつける存在です。和太郎さんが村に帰ってくると，「それで，無燈で歩いとつたのか」と当時の巡査らしく町の理窟で厳しく咎めます。すると，和太郎さんは水で濡れ上半分しか残つていない小田原提燈を示して言い訳しました。これではかえって無燈であったことを自白するようなものですが，いつの間にかこの件については不問に付してしまいます。また，赤ん坊のことは「捨子ぢやらう」と決めつけるだけで捜査しようともせず，ただ調査書を書いて本署に届けるだけです。本署には〈捨子を和太郎さんが養子にした〉とでも記して書類を整えておけば，町の理窟との折り合いはつきます。

　なお，物語の締めくくりには「和助君は和太郎さんのあとをついで立派な牛飼になりました。そして，大東亜戦争がはじまるとまもなく応召して，今ではジヤワ島，あるひはセレベス島に働いてゐることと思ひます」と記されています。

　ここで〈ジヤワ島，セレベス島に働く〉とあるのは，この童話が戦時下の発表を予定して執筆されたことから，時局に便乗する意志のあったことが考えられます。ただ，時局に関する論及はあくまで付け足しという位置づけで，

民話的メルヘンの世界の人々の生き様を描くというテーマ自体を変質させることはありません。

　それでも，ジャワ島やセレベス島という具体的な地名までを明記するのはあまりにも場違いで唐突すぎはしないか，という印象を受けます。

　実は南吉の年下の幼馴染である中山文夫が応召して，これら南方の戦地に赴いていました。「校定全集」の【解題】⑬によると，中山が「一九四二年東南アジア方面戦線に出征中，南吉から慰問袋が送られてきて，その中に，中山文夫君が名誉の戦死となっても君の名がいつまでも残るように『和太郎さんと牛』に君のことを書いておいた，という意味の手紙があった」とのことです。つまり，これは「嘘」に登場する〈森医院の徳一君〉のように，童話中に友人の名をさりげなく記しておく手法と同じです。南吉の悪戯の一種と思えばよいのではないでしょうか。

　ところで，牛曳きの和太郎さんや植木職人（庭師）の〈安さん〉は，少年小説「ごんごろ鐘」⑭にも登場します。この小説中に描かれる村と民話的メルヘン中に描かれる村とは，まったく異質の存在であるうえ，村の出来事はきわめてリアルに描かれています。

　戦時中の日本では，戦時物資の不足を補うために，金属類回収令⑮に基づいて金属の回収が実施されていました。これには各地の銅像や門扉から一般家庭の鍋釜や子どものベーゴマなどまでが対象になりました。この時，多くの寺院の鐘も供出の対象となっています。

　小説中の村では，尼寺の鐘が金属として献納されることになりました。小説中に描かれた地名や地形などから，尼寺は岩滑新田の入り口に位置する観音寺，村は岩滑新田の集落がモデルだと思われます。庵主さんは「村の御先祖たちの信仰のこもったものだから」とか，「ご本山のお許しがなければ」とか言っていましたが，結局は〈気まへよく〉献納することになりました。いよいよ献納の日がくると，大勢の年寄りたち，大人たち，子どもたちに惜

しまれながら，鐘は〈出征〉して行きます。

　出征にあたっては，庵主さんの発案で鐘供養が営まれました。その後，庭師の安さんたちが鐘を吊りあげると，その下へ和太郎さんが牛車をひきこんで，うまい具合に牛車の上に乗せます。こうして鐘は手際よく牛車に積み込まれ，しんたのむねを越して，町の〈国民学校〉の校庭まで運ばれて行きました。この学校は半田市街にあった半田第一国民学校（いまの市立半田小学校）がモデルかと思われます。

　その翌日のこと，きこりのような男の人が爺さんを乳母車にのせて尼寺へやって来ました。この爺さんは〈深谷〉の人で，男の人は爺さんの息子でした。深谷は「おぢいさんのランプ」にも登場する辺鄙な山の中の集落です。童話中では「僕たちの村から，三粁ほど南の山の中にある小さな谷で」云々，「電燈がないので，今でも夜はランプをともすのだ」云々などと，詳しく紹介されています。爺さんは鐘の出征の日を一日間違えてしまって，ついに鐘にお別れができなかったことをたいそう残念がりました。

　それを知った村の子どもたちは，爺さんを乳母車に乗せたまま町の国民学校に押して行き，鐘にお別れをさせてあげました。それからまた，乳母車を押して深谷まで帰してあげます。なお，岩滑新田がモデルの村からしんたのむねを通って半田市街がモデルの町に行くまでの経路は，小説中にはっきり記されていません。ただ，子どもたちはお爺さんを右へ右へと曲がる癖のある乳母車に乗せ，押して進まなければならないうえ，村から町までは片道2時間もかかるため，わざわざ遠回りして行ったとは考えられません。やはり，大道がモデルの近くてまっすぐな往還を往来したのでしょう。

　最後に，この小説のラストのあたりには「ちやうどそのとき，ラジオのニュースで，けさも我が荒鷲⑯が敵の〇〇飛行場を猛爆して多大の戦果を収めたことを報じた」云々という記述があり，「古いものは新しいものに生れかはつて，はじめて役立つといふことに違ひない」と締め括られています。

　この部分は戦後になってから，巽聖歌によって「ちやうどそのとき」以下の記述が削除され，かわりに「今はもうない，鐘のひびきがした」[17]の一文が付け加えられました。このように南吉の戦争協力の形跡が消されましたが，これではこの小説のテーマがまったく違う方向に変わってしまいます。

　以上のように，民話的メルヘン「和太郎さんと牛」では，平和で美しく理想的な村の人々の生き様が主たるテーマとして描かれ，時局に関する記述は付け足しのような位置づけでした。一方の少年小説「ごんごろ鐘」では，尼寺の鐘にまつわる人々の思いが時局認識と一体不可分の関係にあるため，文学性に欠ける小説にならざるを得ませんでした。

①　新美南吉『花のき村と盗人たち』1943（昭和18）年9月30日　帝国教育会出版部
　　童話集の詳細については，童話「花のき村と盗人たち」を読み解く際に詳述する。
②　「校定新美南吉全集」第三巻　1980（昭和55）年7月31日　大日本図書
③　「新美南吉全集」第3巻　1973（昭和48）年6月15日13版　牧書店
④　「メモ＆日記」1935（昭和10）年3月14日付
⑤　「メモ＆日記」に記載。1935（昭和10）年6月の作と思われる。
⑥　「詩稿ノート」に記載。表題の下に書かれた日付によれば，1939（昭和14）年2月13日の制作と思われる。
⑦　参謀本部（陸地測量部）刊行の地形図。刊行年不詳だが，知多鉄道が書き入れられているので，同鉄道開通後の刊行である。
⑧　南吉の死後，童話集『きつねの　おつかい』（1948（昭和23）年12月5日　福地書店）に発表。
⑨　「新美南吉全集」第3巻（前掲書）
⑩　「日本児童文学別冊・新美南吉童話の世界」通巻246号　1976（昭和51）年7月10日　日本児童文学者協会編　ほるぷ教育開発研究所発行
⑪　稲田浩二ほか編『[縮刷版] 日本昔話事典』1994（平成6）年6月15日　弘文堂
⑫　小野敬子『南吉童話の散歩道』1992（平成4）年7月5日　中日出版社
⑬　「校定新美南吉全集」第三巻（前掲書）
⑭　南吉の生前に未発表。原稿の末尾に「一七・三・二六」の日付がある。
⑮　1941（昭和16）年8月30日公布の勅令
⑯　大日本帝国陸海軍機や搭乗員の比喩的表現
⑰　「新美南吉全集」第3巻（前掲書）

東京外語時代から書き継いだ童話──母さん狐の問いかけ①

　童話「手袋を買ひに」は新美南吉の代表作の一つに数えられています。死後の1943（昭和18）年9月10日付で刊行された童話集『牛をつないだ椿の木』①に初めて掲載されました。ただ，南吉自身が校正を見ていることから，この童話集を生前の刊行物に準じて扱うことができます。

　北吉郎「小学・中学校教科書掲載　新美南吉作品の変遷」②によれば，この童話は1954（昭和29）年度版の小学校3年生用国語科教科書（大阪書籍）に初めて掲載されました。以来，途切れる期間はあるものの，長年にわたって3年生用の教科書に掲載されています。なお，「ごんぎつね」が

東京外語時代の南吉
（新美南吉記念館提供）

国語科の教科書に初めて掲載されるのは，1956（昭和31）年度版の小学校4年生用教科書（大日本図書）です。全社の教科書への掲載という点では「ごんぎつね」に劣るものの，教科書教材としての歴史は最長になります。ちなみに，最も早く教科書に載った南吉童話は，1953（昭和28）年度版の中学校1年生用教科書（東洋書籍）に掲載の「おじいさんのランプ」（ママ）です。

　ここでは，次の3つの観点から童話「手袋を買ひに」を読み解きます。

　第一に，自筆原稿の成立と改稿の変遷について。

　この童話には自筆原稿が現存していて，その末尾に「一九三三・一二・二六よる」という記入があります。したがって，1933（昭和8）年12月26日には，いったん原稿が完成していたことになります。以下，この時点で成立した形態については〈初稿〉と呼びます。なお，この折の南吉は弱冠20歳。ほぼ無名の文学青年で，東京外国語学校に在学中でした。

　初稿が成立した12月26日には，南吉に時間的なゆとりはあまりなかったようです。「校定新美南吉全集」（以下「校定全集」）の【解題】[③]では，遺された日記[④]の記述を参照しながら，初稿の成立について，次のように考証しています。

　　　この日（12月26日―引用者）の日記には，この作品については何一つ語られていない。日記によるとこの日，南吉は一日巽聖歌の家にいて，原稿の整理を手伝い，昼食から夕食までごちそうになった。しかも翌二七日には帰郷の予定で，そのため「夜おそく行つてプドルのおばさんにも別れをつげた。」というのだから，この作品を書くだけの時間はかなり制限されていた。さらに翌日の日記によると，「未明に起きて」帰郷の旅立ちをしたというのだから，一層，時間的余裕はなかったことになる。

　ただ，初稿は一日で書きあげられたものではなく，この日が完成日であった，ということも考えられます。しかし，わたしはかつて初稿を実見した機会があって，筆勢から判断すると，そのようには見えませんでした。
　また，南吉は自筆の評論「童話に於ける物語性の喪失」[⑤]に「昔からよい作品は霊感によつて生まれるといはれてゐる。霊感は，又『閃く』といふ述語をいつも従へてゐる」と記しています。このように，南吉が創作過程における〈閃き〉を重視していることも勘案すると，この童話は〈閃き〉を得てから短時間のうちに一気に書きあげられたものだ，と判断できます。

　ところで，現存する「手袋を買ひに」の原稿には，自筆原稿の他に，他者が転写した原稿に南吉自身が加筆訂正を加えた原稿が存在します。以下，この原稿を〈転写稿〉としますが，童話の後半部分にあたる何枚かは失われて現存していません。また，「校定全集」の【解題】によると，この転写稿は「いつ，だれが，何のために転写したのかは不明」ですが，「本文に対する加

筆の他に，題名の右肩に『童話』，右下に『新美南吉』の加筆があり，どこかへ送稿するつもりだったと考えられる」ということです。

この転写稿が成立するまでの経緯については，「校定全集」の【解題】で，次のように考証されています。

まず，転写稿における加筆訂正と自筆原稿に加えられた加筆訂正を比較すると，「転写のために使用されたテキストは，南吉の自筆原稿で，それも推敲以前のものだったと考えられる」と推定できます。

次に，転写稿への加筆訂正に用いられたスカイブルーのインクは「限られたもののみに使用されており，その時期は一九三八年八月から一九三九年の五月までに集中している」ということで，これは南吉が安城高女の教員をしていた時期にあたります。

なお，わたしは転写稿についても実見する機会があって，その折の印象では若い女性の筆跡のようでした。おそらく，南吉の教え子の一人によって原稿の転写が行われ，その後に南吉がスカイブルーのインクによる加筆訂正を加えた，と考えられるでしょう。

以上のような経緯で転写稿は成立しました。しかし，南吉の童話集『牛をつないだ椿の木』[6]に「手袋を買ひに」が収録されるにあたって，転写稿は使用されませんでした。南吉生存中に転写稿をもとにした出版物が刊行された事実も確認されていません。

さらに，これも年代は不明ですが，自筆原稿には南吉自身の手によって加筆訂正が行われました。以下，この自筆原稿の形態を〈決定稿〉とします。

この決定稿の形態には，初稿成立時に加えられたブルーブラック・インクによる加筆訂正の他に，ルビの部分のみやや黒味のかかったインクによる加筆が存在します。

したがって，自筆原稿への加筆訂正は少なくとも二度にわたって行われました。童話集『牛をつないだ椿の木』への掲載形態は決定稿に基づいていることから考えて，あるいはこれらの加筆訂正は童話集収録時に行われたもの

なのかもしれません。

　以上のことから，南吉は初稿から転写稿の成立までの足かけ5～6年にわたって手を加えたことがわかります。初稿から決定稿の成立まではおそらく9年あまりにわたって手を加えました。むろん，転写稿の成立と加筆訂正，初稿に加筆訂正を加えて決定稿が成立した時期については，それぞれ明確な決め手がありません。それでもこの童話が初稿の成立から決定稿の成立に至るまで何度も加筆訂正が加えられ続けた，ということに疑問の余地はありません。

　こうして，初稿は短時間で一気に書きあげられていても，その後，長期にわたって加筆訂正が繰り返されたことから，南吉としては愛着のあったことがわかります。また，南吉は，まず転写稿による発表，次に決定稿による発表と，少なくとも2回にわたってこの童話の発表を企図しています。しかも，現存する原稿のうち，南吉の自筆の署名がある原稿はたいへん珍しいということからも，南吉としては自信作であったと考えられます。

　第二に，母さん狐が子狐だけを町へ行かせることについて。

　童話「手袋を買ひに」を読み解くに当たっては，〝なぜ母さん狐は危険を承知で子狐だけを町へ行かせたのか〟ということがよく問題視されます。子狐は初めて雪を見たり，洞穴から出た時にはお母さんのお腹の下へ入り込んだり，雪あかりの野原を〈よちよち〉やって行ったりするほどの幼さです。よりによって，そんな幼い我が子だけを危険な町へ行かせるのですから，母さん狐の行動は尋常ではありません。

　　その町の灯を見た時，母さん狐は，ある時町へお友達と出かけて行つて，とんだめにあったことを思出しました。およしなさいつて云ふのもきかないで，お友達の狐が，或る家の家鴨を盗まうとしたので，お百姓に見つかつて，さんざ迫ひまくられて，命からがら逃げたことでした。
　　「母ちやん何してんの，早く行かうよ。」と子供の狐がお腹の下から言

ふのでしたが，母さん狐はどうしても足がすゝまないのでした。そこで，しかたがないので，坊やだけを一人で町まで行かせることになりました。

　母さん狐が子狐だけを町へ行かせる場面は，以上の通りです。
　こうした母さん狐の振る舞いについて，西郷竹彦は「『手袋を買いに』論——矛盾はらむ母親像——」[7]（以下，西郷論文とする）で，「読者である子どもたちにとって，不可解なのは，人間が〈ほんとうにおそろしいもの〉であり，〈どうしても足がすすまない〉なら〈しかたがない〉から，〈ぼうやだけをひとりで町までいかせる〉のでなく，たかが手袋ぐらい，断念すればいいのではないか。自分自身，〈足はすくんで〉一歩もすすめないほどの危険な場所になぜ，かわいい子狐を〈ひとりで町までいかせることに〉したのか。〈しかたがないので〉というが，なぜ〈しかたがない〉のか」と評しています。
　西郷はこのように記した後，「南吉は一方の手で『天使』的な母親像をまさぐり求めながら，他方の手では『悪魔』的な母親像にふれないわけにいかなかった―その矛盾が，この童話の母親像のなかに矛盾と分裂をもたらしている」ことを指摘します。そのうえで，「作者南吉の生いたち，人となりとの関係における南吉の描く母親像の解明」を行うとして，「南吉が幼少（四歳）にして生母を失い，継母とのあいだに心理的葛藤があった」ことに母親像が「矛盾をはらんで分裂していること」の原因を求めています。
　ただ，〝作家が継母をむかえた幼児体験をそのまま当てはめて作品を読み解こうとする方法論は有効か〟ということについては，作品を読み解く際に常に注意しなければなりません。もとより，作家論を否定するものではありませんが，作品というものはあくまでも作者である南吉からは自立した存在であって，作品を論じることと作家を論じることを混同してはいけません。例えば，南吉周辺から作品のモデルとなった人物や場所を特定しただけでは，作品を読み解いたことにはなりません。なぜなら，〝モデルを特定することが作家の生涯や作品の解釈や芸術的価値の探究にいかなる意味があるのか〟

についてまで，踏み込んで考証されなければならないからです。

　それでも，〝この童話には〈矛盾をはらむ母親像〉が〈裂け目を露呈している〉ために構造的な欠陥が存在する〟という西郷の指摘は慧眼です。そのような観点から，この童話中に描かれている母さん狐の愛情表現に，どこかよそよそしいものが感じられることについて考究することは，童話を読み解くうえで必須でしょう。

　童話中では「何と云ふやさしい，何と云ふ美しい，何と言ふおっとりした声なんでせう」云々とか，「坊やが来ると，暖い胸に抱きしめて泣きたいほどよろこびました」云々のように，母さん狐の愛情についてかなり誇張した描写が目につきます。しかし，母の愛情というものは誇張した描写で表現しなくてはいけないものでしょうか。また，童話中では〈母さん狐〉の呼称が〈母ちゃん〉〈お母さん〉などと一定ではなく，なかんずく〈お母さま〉には違和感を覚えます。母と子の関係はそれほどまでに他人行儀なものでしょうか。こうした描写を目にするたびに，どうしてもそんな疑問を感じてしまいます。

　南吉と継母の関係をことさら持ちださずとも，童話中で母と子の愛情が誇張して描写されればされるほど，どことなくぎこちないものを感じざるを得ません。まして，子狐を一人で危険な人間の世界に送りだすという母さん狐の行為については，実に不可解な行動であることは否定できません。

　ところで，「手袋を買ひに」には南吉自身の手による構想メモが残されています。この構想メモでは，登場人物として，はじめは「母狐」「子供の狐」「帽子屋のご主人」「帽子屋のお内儀さん」「窓の中の母親」「窓の中の子供」と書かれていましたが，後に「帽子屋のご主人」が削除されて「帽子屋の娘さん」が挿入されています。結局，この構想メモの「帽子屋のお内儀さん」「帽子屋の娘さん」という構想を生かした作品は遺されていないのですが，それでも後に述べる理由から，構想メモ中の登場人物がすべて母と子の関係

になっていることには注目しておきたいと思います。

　ちなみに，この構想メモの性格については，「校定全集」の編集委員の一人でもある続橋達雄は「戯曲に書き直そうとしたらしいことを思わせる」[8]と推定しています。

　その一方，「校定全集」の【解題】では，初稿の成立より前に構想メモが書かれていたと推定されています。すなわち，構想メモの裏面が作品「チユーリツプ」の自筆原稿第二枚目に転用されているため，「『チユーリツプ』の執筆が一九三四年の一〇月二七日であるから，この構想メモがそれ以前に書かれたことは明らかだが，『手袋を買ひに』の執筆が一九三三年の一二月二六日なので，常識的には当然，このメモはさらにそれ以前に書かれたものと推定できる」とされています。けれども，構想メモが初稿以前に作成されたことが，なぜ〈常識的には当然〉なのか，わたしにはわかりません。その根拠については何も記されていないからです。

　ただ，「新美南吉全集」（以下「牧書店版全集」）では「メモによると初めは劇にするつもりであったようだ」[9]と，〈劇にするつもりの物語を童話の形式に変更して執筆した〉と推定されています。つまり，「牧書店版全集」では，「校定全集」の【解題】と同様に〈初稿成立より前に構想メモが成立していた〉と推定しています。

　なお，〈戯曲形式の作品にするため構想メモが書かれた〉とする推定の根拠は，おそらく構想メモ中に「登場人物」「情景」とあることでしょう。

　ここで，構想メモに使用された原稿用紙の種類に注目してみましょう。

　「校定全集」の呼び方に倣うと，初稿「手袋を買ひに」は「マルゼン茶4」原稿用紙，構想メモは「文房堂グレイ上」原稿用紙（「チユーリツプ」と同じ原稿用紙）が使用されています。

　「校定全集」の「凡例」によると，「マルゼン茶4」を使用した作品で，最も早い日付は1933（昭和8）年5月2日，最も遅い日付は1934（昭和9）年2月5日です。「文房堂グレイ上」を使用した作品で，最も早い日付は1934

（昭和９）年３月15日で，最も遅い日付は1934（昭和９）年11月４日です。

　ところが，「校定全集」の【解題】の考証のように，構想メモが1933（昭和８）年12月26日以前に書かれたとすると，「文房堂グレイ上」が1934（昭和９）年３月15日以降にしか使用されていないという考証と矛盾します。むろん，作家が原稿用紙を順序正しく使用するとは限りません。使用した原稿用紙の種類によって作品の成立時期を特定することは危ういことですが，少なくとも初稿の成立以前に構想メモが書かれたとする「校定全集」の【解題】の考証には矛盾があります。

　したがって，〈初稿を劇に書き換えるために構想メモが書かれた〉という続橋説の蓋然性が高いと考えられます。

　第三に，教材論から見た「手袋を買ひに」について。

　深川明子は「実践研究の現状」[⑩]で，1955（昭和30）年度版の学校図書（深川論文では「Ｇ社」）の教科書で大幅な改作のあったことを報告しています。それは，母さん狐が子狐と手袋を買いに行く途中，子狐が「母ちゃん，お星さまは，あんな低いところにも落ちてるのねえ」と訊ねる場面です。この教科書によると，この時，母さん狐は次のように振る舞いました。

　　「あれは，お星さまじゃあないのよ。あれは，町のあかりなんだよ。」
　と，かあさんぎつねは答えましたが，その時，ふと，こんなことを考えました。
　　「ぼうやを，ひとりで買いにやってみよう。早く，自分で何でもできるようにしなくては。」
　そこで，子ぎつねに向って言いました。
　　「ね，ぼうや。ぼうやも早く，ひとりで買い物ができるようにならなくては。だから，きょうはひとりで町まで行ってごらん。気をつけてね。さあ，それじゃ，おててをかた方お出し。」

この改作について，深川は「作品の持ち味を壊してしまうこのような低級な改作がまかり通っていた」と，厳しく批判しています。

　ただ，ここでは〈教科書編纂者の意図〉に目を向けてみます。おそらく，教科書編纂者は，母さん狐が恐ろしくて足がすくむような危険な町に子狐だけを行かせる，というストーリーに無理があることに思いが至ったようです。そのため，教科書編纂者は原作の〈欠陥〉を弥縫するために改作を行って教科書に掲載した，と考えられます。

　ここで思い起こしたいことは，先に紹介した西郷論文で「手袋を買ひに」に〈欠陥〉があると指摘されていることです。ただ，著者の西郷は「あえて付言すれば，それでも私は，この作品を愛しているし，また，子どもたちに読ませることを辞さない。それは，たとえキズがあっても玉は依然玉だからである」と，教材としての価値を全否定しているわけではありません。けれども，国語教育の研究者や実践家の多くは〈キズがあっても玉は依然玉〉という見地を受け入れてこの童話を読み解こうとはしませんでした。

　北吉郎は「『手袋を買ひに』研究・実践史──〈「天使」と「悪魔」の矛盾はらむ母親像〉（西郷竹彦論文）をめぐって──」[①]と題する論文（以下，北論文とする）を著し，西郷論文について次のように批判しています。

　　しかし，子どもの読みに関してこのような問題を孕んでいるかのような断定的な書き方は，数多くの実践記録を読むかぎり首肯しかねる。（少なくとも，「つまずいてしまう」ようなことはなさそうである）。つまり，（作品構造がそうなっているために）当然のことながら子どもたちの中には，母狐が子狐を一人で行かせたことに対して疑問や批判を投げかけることはある。だが，そのことは指導者の側も先刻承知のことであり，再び作品に戻ってよく読めば（読み深めれば），（作品もまたそうなっているので）ほとんどの子どもがこの疑問に対しては解消していく。

　このように，教材としての「手袋を買ひに」が問題を孕んでいることはなく「実践家は本教材と格闘するなかで，この場面が何ら障害のない箇所であることを作品を読み深めることで克服してきている」ことを強調しています。
　それでは，北論文にいう〈格闘〉について，実例を見ていきましょう。
　まず，秋本政保の論考「まず教師がかわる――かくれている問いの発見――」⑫についてです。以下に，秋本論文の核心部分を書き抜きます。

　　わたし自身はじめは読みすごした場所なのだが，次に読んだ時「母ぎつねは，おとなである自分でもこわいのに，なぜ子どもひとりに町まで行かそうとしたのか」と疑問を持った。しかし，すぐこれはきびしい愛情のあらわれだと常識的に解釈してしまった。だが胸のつかえがおりないみたいなので，近くの文章をしらみつぶしに読んでいたら，「しかたがないので，ぼうやだけをひとりで町までいかせることになりました。」という文章があり，「なりました」が大事な鍵になる言葉だとわかった。「町までいかせることにしました。」ではないのだ。手ぶくろは買ってやりたいけど自分は人間がこわくて足がすくんでしまっている。子ぎつねはせかしただろう。しかたなしにわけを話したら，子ぎつねはひとりで行けるよとでも言ったのかも知れない。とにかく，迷いに迷った末に出した結論なのだ。こう考えた時に，買い方をていねいすぎるほどていねいに教えたり，同じことをくり返し言っているわけもわかる。また，子ぎつねが帰ってきた時，手ぶくろのことより，無事であったことを喜んだわけもわかる。

　北論文中では，秋山について〈本作品の実践研究史における最大の功労者の一人〉と称賛したうえで，秋本の読みを〈「しかたがないので，坊やだけを一人で町まで行かせることになりました」に着目した読みの発見〉と，きわめて高く評価しています。
　ただ，童話中の〈～になりました〉という記述からこれだけの内容を読み

取るためには，尋常ならざる想像力を働かさなければなりません。しかも，秋本の読みの根拠となるべき記述は，童話中のどこを探しても見当たりません。もとより，童話中に記された内容から逸脱しない限り，一人の読者がいかなる想像を巡らそうとも自由です。しかし，指導者が確かな根拠を示さず自分の読みを強いることは，〈指導〉の範囲を逸脱した〈誘導〉になってしまうのではないでしょうか。

　次に，北論文では石川一成の「新美南吉の青春――『手袋を買いに』をめぐって――」[13]（以下，石川論文とする）について論じられています。

　石川論文では〈何故に危険な町に子狐だけを行かせたのか〉という疑問について，「未来を孕む子狐を，畏怖に充ちた，しかし，美しい人間の住む街に行かせるのは，かえって母親の愛情なのではないか。読者はともかく，南吉はかく考えてこの一編を書いたのではないか」と記されています。要するにこれは，母さん狐が〈獅子の谷落とし〉とばかりに子狐に一種の試練を与えたのだ，とする解釈です。そのうえで，〈獅子の谷落とし〉という意味での「母親の愛情」を童話中に描かなかった理由は，「二十歳の南吉の筆力の不足」のせいだとしていますが，これはあまりにも強引すぎるように思われます。

　こうした指摘について，北論文では「行かせることになりました」と表現されたのは，「母ぎつねの決断の前に，子ぎつねと母ぎつねの話し合いがあったのではないか。その二人の話し合いの結果，子ぎつねを一人で町まで行かせることになったのではないだろうか」と概括されています。そして〈ここに「坊やだけを一人で町まで行かせることになりました」をめぐる問題は，実践の場ではほぼ克服された形になっている〉と結論づけられています。

　以上見てきたように，〈～になりました〉に着目した解釈には，〈教科書教材にキズがあってはならない〉という観念があるように思えてなりません。

　ただ，教育実践の場では児童生徒たちが童話のキズの場面にひっかかってしまうことがあるかも知れません。西郷は「これが，中学・高校であれば，

作家論をもちこんで，作品の中に破たんをひき起こすことがあるということ
で教材化することもできますね」⑭云々と述べていますが，同感です。この童
話は小学校 3 年生用の教材ですから，仕方ありません。〈なるほど母さん狐
の考え方はまちがっているね〉云々，〈みんなのお母さんならそんなことは
しないね〉云々というような，いわゆる〈往なす指導〉で，児童生徒を迷路
に踏み込ませないこともできるのではないでしょうか。

　なお，北論文ではここで論じた 2 名の他にも多くの実践家たちの論考を取
り上げています。これらの評価については，拙著「教材論から見た『手袋を
買ひに』の再検討」⑮で論じていますので，そちらの論考をご覧ください。

① 　新美南吉『牛をつないだ椿の木』1943（昭和18）年 9 月10日　大和書店
② 　西郷竹彦責任編集「文芸教育」59　臨時増刊（「新美南吉を授業する」）1992（平成 4 ）年
　　 2 月　明治図書
③ 　「校定新美南吉全集」第二巻　1980（昭和55）年 6 月30日　大日本図書
④ 　渡辺正男編『新美南吉・青春日記―1933年東京外語時代―』（1985（昭和60）年10月20日
　　明治書院）による。「校定新美南吉全集」には未掲載。
⑤ 　「早稲田大学新聞」1941（昭和16）年11月26日
⑥ 　童話集『牛をつないだ椿の木』（前掲書）
⑦ 　「日本児童文学別冊・新美南吉童話の世界」通巻246号　1976（昭和51）年 7 月10日　日本
　　児童文学者協会編　ほるぷ教育開発研究所発行
⑧ 　続橋達雄『南吉童話の成立と展開』1983（昭和58）年12月20日　大日本図書
⑨ 　滑川道夫「幼年童話と初期の作品を中心に」（「新美南吉全集」第 1 巻　1965（昭和40）年
　　12月 8 日　牧書店）
⑩ 　大河内義雄『「手袋を買いに」の全発問・全指示』の「解説」1987（昭和62）年 2 月　明
　　治図書
⑪ 　「国語科教育」第42集　1995（平成 7 ）年 3 月　全国大学国語教育学会
⑫ 　「国語の教育」46号　1972（昭和47）年 2 月　国土社
⑬ 　「月刊国語教育研究」67号　1977（昭和52）年11月　日本国語教育学会
⑭ 　西郷竹彦監修／文芸研編「文芸研教材研究ハンドブック」5　伊佐・出水文芸研著『新美
　　南吉＝手ぶくろを買いに』1985（昭和60）年 2 月　明治図書
⑮ 　「地域協働研究」第 2 号　2016（平成28）年 3 月　岡崎女子大学・岡崎女子短期大学地域
　　協働推進センター

■ 〈村〉から〈町〉へ—母さん狐の問いかけ②

成岩の白山神社①は知多半田駅
から西の方向，400m 足らずのと
ころに位置しています。小野敬子
は『南吉童話の散歩道』②で，南吉
がこの神社にまつわる民話「白山
神社の狐」③からヒントを得て童話
「手袋を買ひに」を創作した可能
性を指摘しています。

「大日本職業別明細図」部分（1932　東京交通社）

確かに，この民話と南吉の童話は〈子狐だけで手袋を買いに行かせる〉こ
と，〈子狐に本物のお金を持たせてやる〉こと，〈客が子狐であることを承知
のうえで手袋を売ってやる〉ことが共通しています。

また，「校定新美南吉全集」の【語注】④には「当時，半田に『山半』など
という帽子屋があり，店の庇の上に，帽子の絵や店名をかいた横長の看板を
掲げていた」と記されています。小野によれば，民話の話者の広瀬珠麿は山
半の店の近くに居住していました。

ただ，南吉が半田地域に伝わる民話からヒントを得て童話を創作したこと
を確定できる証拠は何もありません。また，話の中の〈手袋〉〈ふみきり〉
〈洋品屋〉などという語彙から，この民話の成立はかなり新しい時代のこと
だとわかります。あるいは，南吉の童話からヒントを得てこの民話がつくら
れた，という可能性もあり得ます。物語のラストで子狐が鉄砲で撃たれる展
開は「ごん狐」からの発想かもしれません。

このように「白山神社の狐」の成立についてはあまりにも謎が多いため，
南吉が民話からヒントを得た可能性を指摘した小野も，結論を絞り込めませ
ん。そのため，前掲書では次の３つの可能性の併記にとどめられています。

　ⓐ　「手袋を買ひに」を誰かが民話「白山神社の狐」として仕立てた。

ⓑ　「白山神社の狐」が「手袋を買ひに」の影響を受けて変容した。
ⓒ　南吉が「白山神社の狐」もしくは，それになる以前の噂話をきいて，「手袋を買ひに」に仕立てた。

　結局，この問題を解決するためには「手袋を買ひに」より古い「白山神社の狐」の採集例または類話が発見される必要があります。しかし，現時点ではこれ以上の研究の進展は望めないでしょう。

　なお，細山喬司は『南吉探訪』⑤で，狐が手袋を買いに行く町のモデルは半田市街の中心地に位置する銀座本町（いまの半田市銀座本町３丁目）のあたりではないか，という趣旨のことを記しています。その根拠としては，銀座本町に自転車屋や眼鏡屋の他３軒の洋品店があって子狐が手袋を買いに行った町の条件が整っていること，1933（昭和８）年３月に道路拡張工事が完成して銀座本町が新しくモダンな街通りに生まれ変わったこと，工事が完成した年の年末には南吉が初稿を完成させたことが挙げられています。

　以上のことから，現時点で確実にいえるのは〝童話「手袋を買ひに」は民話の世界や半田市街の情景と親和性が高い〟ということです。ここでは，そういう可能性を念頭に置いて，次の３つの観点からこの童話を読み解きます。

　第一に，童話をおもしろく読むことのできない不幸について。

　古田足日は南吉の童話集『おじいさんのランプ』⑥の「解説」で，「てぶくろを買いに」について，次のように記しています。

　　ある子どもはおもしろいことを言っていました。ぼくがおかあさんだったら両手とも人間の手にしてやるんだが，なぜかたっぽだけ人間の手にしたのかわからない，と言うのです。このことばはこの作品の欠点をついているとともに，作品をおもしろく読むことのできない不幸さをぼくに感じさせました。この子はここでひっかかってしまって「ほんとうに

にんげんはいいものかしら」という，かあさんぎつねのつぶやきを読み
とれなかったからです。

　以上のように，古田は〈なぜかたっぽだけ人間の手にしたのか〉という子
どもの疑問について，〈作品をおもしろく読むことのできない不幸〉を感じ
ると評しています。もしそうだとしたら，子どもは〈手袋よりも長靴の方が
必要ではないか〉とか，〈母さん狐はどこから本物の白銅貨をもってきたの
か〉とかについても，疑問を抱くかもしれません。そんな子どもは，日頃か
ら本やお話に親しむ機会が少なく，楽しみ方を知らないように思います。
　しかし，ここではあえて〝子どもはそういうところにひっかかるのか〟と
いう問題意識から，この童話を読み解くことにしましょう。

　朱自強は「メルヘンとしての『手袋を買ひに』論」[⑦]で，〈現実的な小説精
神でメルヘンである「手袋を買ひに」を見る目〉を批判しています。

　　　　例えば，「なぜかたっぽだけ人間の手にしたのか」と言うと，民話風
　　　メルヘンの中に使う魔法にはよく限界があるからである。（中略）メル
　　　ヘンの魔法の限界はストーリーの変転に実に大きな役割を果たす。「手
　　　袋を買ひに」の母狐は子狐の片方の手を人間の手に変えた。片方だから
　　　こそ，母狐は子狐に「決して，こっちの手を出しちゃいけないよ」と警
　　　告できる。（中略）母狐の予告は全部そっくり適中した。このようにメ
　　　ルヘンでは警告などの予告される言葉は実現し，禁止されたことは破ら
　　　れることが多い。禁止されたことを破ることによって波瀾が生じ，話の
　　　筋を一転したり，くりひろげたりしてゆくためである。

　つまり，メルヘンの世界で魔法に限界のあることはよくあることで，むし
ろそのことが原因となってさらにストーリーが展開していく，というのです。
なるほど，「手袋を買ひに」は20歳の時の創作であっても，晩年の〈民話的

メルヘン〉の世界観に通じる童話です。したがって，リアリズムの論理では
〈欠点〉のように思えても，民話的メルヘンの世界では〈当たり前〉のこと
として受け入れられる，という趣旨の提唱でしょう。

　また，朱は〈子狐だけを町に行かせること〉についても，同様の趣旨から
次のように論じています。

　　　私はこの母狐の行動が不可解だと思わない。母狐がすでに子狐の手
　　（片方といっても）を人間の手にして，しかもいろいろと教えてやった
　　以上，当然子狐を一人で町へ行かせることができる。これはメルヘンの
　　中ではあたりまえのことである。メルヘンの中の人物はみな単純な性格
　　で，かれらは現実，あるいは小説の中の人間のように複雑に物事を考え
　　るのではなく，メルヘンの論理で物事を考えて行動する。つまり，私は
　　もう子どもの手を人間の手にしたでしょう，片方ですが，「出しちゃ駄
　　目よ」とちゃんと警告したでしょう，それに具体的にやり方を詳しく教
　　えてやったでしょう……，これでもう大丈夫だという単純な性格である。
　　母狐は後になって，心配しながら子狐を待っていたが，実はメルヘンで
　　ある「手袋を買ひに」はもう初めから子狐が無事に帰ることに決まって
　　いる。

　このように，〈子狐だけを町に行かせること〉が不可解だとするのはリア
リズムの論理であって，メルヘンの世界の論理では〈あたりまえのこと〉だ
から〈欠点〉にはならない，と結論づけています。したがって，子ども読者
がメルヘンの世界の論理を受け入れてしまえば，〈子狐だけ〉〈長靴〉〈白銅
貨〉などに関する疑問にひっかかることなく，この童話を〈おもしろく読
む〉ことができるかもしれません。

　ただ，大人が「手袋を買ひに」を研究的に読み解く場合には，童話の芸術
的価値に関わるこの問題を避けて通ることはできません。昔話「一寸法師」
では，奸智に長けた一寸法師が姫と財産と地位をまんまと手に入れて，何の

罰も受けません。子どもたちはこのお話を面白く聞くことができればそれで十分です。しかし，わたしたち大人が〝なぜ奸智に長けた者が成功するのか〟を詮索することは，必ずや昔話研究の深化に貢献するでしょう。

　第二に，〈村〉から〈町〉への変更について。

　初稿から決定稿に至る推敲過程で加えられた重要な変更の一つに，母さん狐が追いかけられた場所や母子の狐が手袋を買いに行く場所があります。

　初稿では総ての場所が「村」と記されています。したがって，東京外語時代の初稿では狐の母子の行く場所については〈村〉として構想していました。また，安城高女時代に成立した転写稿でも「村」のままでしたから，初稿と転写稿の段階では〈町〉にしようという発想はありませんでした。

　ところが，決定稿では「村」の記述が総て「町」に改められました。

　母さん狐の苦い記憶は，ある時一緒に出かけたお友達の狐が家鴨を盗もうとしたので，「お百姓に見つかつて，さんざ追ひまくられて，命からがら逃げたこと」でした。この場合，母さん狐たちが出かけた場所を〈町〉に変えると，〈お百姓〉は町に住んでいることになり，やや不自然な感じがします。それでも敢えて「村」から「町」に書き改めたのですから，ここに南吉の強い意志を感じることができます。

　なお，狐が〈村〉へ手袋を買いに行く場合は，南吉は野山に棲む母子の狐が岩滑の集落の中心部に至るルートをイメージしたと思われます。けれども，母子の狐が〈町〉へ手袋を買いに行く場合は，南吉は大道から紺屋海道を通って半田市街の中心部に至るルートをイメージしたことでしょう。

　安城高女時代の南吉は官鉄武豊線を利用していて，岩滑から半田駅までは近道の大道から紺屋海道を通るルートを通っていました。安城に下宿するようになってからも，ほぼ週末ごとに洗濯物を持って帰省しています。こうして，〈村〉と〈町〉を往来するたびに宮池とビール工場に挟まれた一本道の関門を通過して，南吉は風景，社会や経済，気質の変化することを実感した

はずです。そうした実感をこの童話に生かすために，多少の不自然さには目をつぶってでも，狐の買い物先を〈村〉から〈町〉に変更したのでしょう。

　結局，南吉にとっては共同体意識の強い〈村〉のイメージより，貨幣経済の発達した〈町〉のイメージの方が，お金を仲立ちにした人と人のつながりを描くためにふさわしかったのでしょう。このように，金銭を通してでなければ互いに通じ合えない関係を描いた物語として，この童話を読み解くことができます。

　南吉の考える〈村〉と〈町〉の人たちの金銭感覚や気質の違いについては，次の2つの小説を読み解くと明快にわかります。

　まず，少年小説「疣」[8]の場合です。兄の松吉は国民初等科五年生，弟の杉作は四年生で，岩滑をモデルにした〈村〉の少年です。去年の夏休みのこと，半田市街をモデルにした〈町〉からいとこの克己が遊びに来ました。克己は床屋の息子で，松吉と同い年です。克巳が〈町〉に帰る前日に，少年たちは裏山の池に泳ぎに行き，盥につかまって池を泳いで渡ります。彼らは池の中程で疲れきってしまいますが，必死になって励まし合い，協力し合ったので，泳ぎきることができました。この事件を通して，少年たちは互いに心を通わせるようになります。

　やがて，秋になりました。〈村〉の兄弟の家では収穫のお祝いに餡ころ餅をつくり，克巳の家へ持って行くことになりました。兄弟は克巳に会えるし，お駄賃ももらえるので，大喜びです。小説中には「町のをぢさんをばさんは，田舎の人のやうにお銭のことではケチケチしません。いつも五十銭くらゐお駄賃をくれたのです」と，〈町〉の人の金銭感覚や気質が描かれています。

　その一方で，松吉がお母さんに「電車にのつてつてもええかん？」とねだると，「あんな近いとこまで歩いていけんやうなもんなら，もう頼まんで，やめておいてくよや」と言われてしまいます。ここに〈村〉の人の金銭感覚や気質が描かれています。

　なお，お母さんのいう〈電車〉は知多鉄道がモデルですから，おそらく兄

弟は宮池とビール工場に挟まれた一本道がモデルの関門を通過するルートを辿って〈町〉まで歩いて行ったと思われます。

　兄弟が克巳の家に着くと，おじさんもおばさんも留守にしていたので，お駄賃はもらえません。それどころか，学校から帰って来た克巳は二階へ上がったきり，兄弟を無視してしまいました。所詮，〈村〉の子どもと〈町〉の子どもとでは，棲む世界が異なっていたのです。

　次に，「最後の胡弓弾き」[9]の場合です。〈村〉の木之助は，三十年来，旧正月が来るたびに胡弓を抱えて〈町〉へ門附に行きます。歳月は流れ，〈町〉はすっかり様変わりしました。馴染みの五六軒の家でさえ門附を受け入れてくれません。帽子屋では「木之助が硝子戸を三寸ばかり明けたとき，店の火鉢に顎をのせるやうにして坐つてゐた年寄りの主人が痩せた大きな手を横に振つたので木之助は三寸あけただけでまた硝子戸をしめねばならなかつた」という有り様でした。

　木之助は腹立ちまぎれに愛用の胡弓をわずか古物屋にわずか30銭で売ってしまいました。しかし，すぐに後悔して古物屋の女主人に「返してくれんかな」と頼みます。すると「売つてくれといふなら売らんことはないよ」「六十銭にしとかう」と言われてしまい，持ち合わせがないので買い戻しを諦めました。小説の末尾の「木之助は右も左もみず，深くかゞみこんで歩いていつた」の一文が印象的です。こうして，純朴な〈村〉の人は時代の変化についていけず，〈町〉の商人の金銭感覚と気質に圧倒されてしまいます。

　第三に，母さん狐のつぶやきについて。
　初稿から決定稿にいたる推敲過程で加えられた重要な変更には，もう一つ重要なことがあります。
　まず，初稿では次のような結末になっています。

　お母さん狐は,

　「まあ！」とあきれましたが,「ほんとうに人間はいいものかしら。ほ
んとうに人間はいいものなら，その人間を騙さうとした私は，とんだ悪
いことをしたことになるのね。」とつぶやいて神さまのゐられる星の空
をすんだ眼で見あげました。

　このように，母さん狐は〈人間は恐ろしい生きものだ〉という認識を全面
的に改め，〈人間はいいものだ〉〈人間は信頼するに足るもの〉という認識
を得ました。こうして，初稿の結末は，異なる世界に属する者同士でも通じ
合える，という楽天的な結論になっています。

　また，転写稿の底本が初稿であること，決定稿の成立は転写稿の成立以後
のことであることからすると，いまは失われた転写稿の末尾の部分でも初稿
とほぼ同じ結末になっていたのではないか，と推定できます。そして，転写
稿は初稿の成立以降，かなり長い期間を経過した後に転写されたものと考え
られますから，〈人間はいいものだ〉〈人間は信頼するに足るもの〉という
結論は初稿の成立時から決定稿の成立の直前まで長期にわたって維持されて
いた，ということになります。

　次に，決定稿のために用意された結末は，初稿の結論をまったく逆転させ
るものでした。もはや推敲というよりは，異なった2種類の童話が書かれた
といってもよいほどの改作になっています。

　お母さん狐は,

　「まあ！」とあきれましたが,「ほんとうに人間はいいものかしら。ほ
んとうに人間はいいものかしら。」とつぶやきました。

　このように，決定稿が成立する最終段階では，異なる世界に属する者でも
通じ合える，という楽天的な結末が完全に放棄されました。初稿の人間に寄
せる絶対的な信頼は，決定稿において〝ほんとうに人間は信頼するにたるも

のか〟という人間に対する根本的な疑問に置き換えられています。

　ところで，この母さん狐のつぶやきを捉えて，「文芸研教材研究ハンドブック」[10]では「〈人間って……おそろしいものなんだ〉という一面的認識にとらわれていたのが，〈本当に人間は，いいものかしら……〉とつぶやきながら，人間に対する認識に動揺がはじまった」としています。つまり，母さん狐のつぶやきは，子狐の体験を通して母さん狐の認識が揺らぐようになったことを意味する，と解釈しています。

　一方，滑川道夫は「幼年童話と初期の作品を中心に」[11]で，母さん狐の認識の動揺と変化に重点を置いた解釈とは異なる見解を記しています。すなわち「母の愛情を流れにして，人間を恐れることを知らない子どもの純真な美しさを認めながらも，母ぎつねはなお疑いを残してこの作品は終わっている」と，母さん狐の〈疑い〉に重点をおいて解釈しているのです。

　さらに，佐藤通雅は『新美南吉童話論』[12]で，母さん狐の人間に対する認識について，次のように記しています。

　　　まず作者は，人間と，人間をひたすら恐れるかあさんぎつねという関係を提示する。例によってこの二者はおいそれとは理解し合うことのできない孤絶した存在で，それに拍車をかけるのはこの場合，かあさんぎつねの方である。（中略）その橋渡しの役目をするのが子ぎつねの純真無垢な心だった。子ぎつねは疑うということを知らず，かあさんぎつねの忠告をも忘れて別の手をさしだしたりするが，思わずほほえみたくなるほどのこの可憐さは抜群である。人間と動物というまったく異質なものの中間を，純粋さで溶解していくような，しかしけっして完全に溶解することはない宿命的哀感をもおびた不思議な魅力がここにはある。

　このように，一方では子狐の存在を人間と母さん狐の「橋渡しの役目をする」ものであると解釈していて，「文芸研教材研究ハンドブック」と同様に母さん狐の人間に対する不信の念が変化したと解釈しています。ところが，

もう一方では母さん狐と人間の「完全に溶解することはない宿命的哀感」に重点をおいた解釈をしています。ただ，母さん狐の人間に対する認識は，狐と人間の間でも通じ合えるという方向で変化をしたのか，どういうところに完全に溶解することはない「宿命的哀感」を感じるのか，ということについて，佐藤の著作では明解ではありません。

　そこで，この母さん狐のつぶやきの持つ意味について考察します。

　子狐は偶然の過ちから，〈人間はちつとも恐ろしくない〉ことを悟ると，〈人間はどんなものか見たい〉と考えて，帰り道で人間の家の様子を窺います。すると，やさしい，美しい，おっとりした子守歌の声が聞こえてきました。そして，「子狐が眠る時にも，やつぱり母さん狐は，あんなやさしい声でゆすぶつてくれる」ことから，人間の母さんも狐の母さんも同じなんだということがわかって，自分の考えにますます確信を深めます。

　けれども，母さん狐がお百姓に追いかけられて命からがら逃げたのは「お友達の狐が，或る家の家鴨を盗まうとした」からであって，狐の方に代金を支払う用意はありませんでした。したがって，お百姓が自分の家の家鴨を盗もうとした狐を追いかけるのは当然のことです。

　ところが，子狐の場合は本物の白銅貨で手袋を買いに行くのですから，母さん狐の場合とは状況が異なっています。子狐が「手袋下さい」と狐の方の手をすきまからさしこむと，帽子屋さんは代金を心配して「先にお金を下さい」と言いました。そして白銅貨をカチ合わせてみて「これは木の葉ぢやない，ほんとのお金だ」と判断してから，手袋を渡してやります。狐であれ貉であれ，本物の白銅貨で買ってくれれば損にはなりません。

　この時，帽子屋さんに〈悪意〉があれば，子狐を「掴まへて檻の中へ入れ」ることもできました。したがって，帽子屋さんに〈善意〉のあったことは確かです。ただ，帽子屋さんの〈善意〉は，あくまでも子狐が代金を支払う前提での〈善意〉です。このように，帽子屋さんの〈善意〉は，お金のやりとりを仲立ちにした〈善意〉であって，心と心のつながりはありません。

もし，子狐のさしだした白銅貨が木の葉のお金であれば違った展開になっていたかもしれません。「掴まへて檻の中へ入れ」ないまでも，戸を閉めるなり追い返すなりしたことでしょう。

　しかも，子狐のもう片方の手が人間の手になっていることを帽子屋さんが知り得る状況にはありませんでした。したがって，帽子屋さんは子狐が人間の子どもであるかのように装おうとしていたことに気づかなかった可能性が高いのです。帽子屋さんの視点からこの夜の出来事を語ると，ある晩に子狐が手袋を買いにやって来たが，木の葉で人間をだますつもりのないことがわかったので黙って売ってやった，ということになります。

　以上のことから，「母ちゃん，人間つてちつとも恐かないや」という子狐の理解は思い込みに過ぎないことがわかります。この夜の出来事を客観的な目で見ると，子狐は経験の浅さから軽率な理解をしたのであって，経験豊富な母さん狐の疑問の方が遥かに現実を直視していると言わざるを得ません。

　初期形の「ほんとうに人間はいいものなら，その人間を騙さうとした私は，とんだ悪いことをしたことになるのね」という母さん狐のつぶやきは，人間は信頼するに足るものなのだ，という結論になります。

　ところが，決定稿に至る加筆訂正の過程で，異なる世界に属する者同士の心は決して交わることがないのかという疑問に強引に結論を出すのではなく，疑問を疑問として問い続けるように書き改められました。母さん狐と子狐の体験は，まったく異なる状況下における体験です。盗むという状況下では，人間は恐いものであり，正当な代価で買うという状況下では人間はいいものであるという側面を見せます。

　しかし，狐に対する人間の〈善意〉というものは，あくまでも正当な代価を支払うという前提のもとに成り立っているのですから，きわめて疑わしい頼りないものです。こうして，異なる世界に属する者同士の心は交わることがないのかという疑問は，以前にも増して深い疑問となっていくのです。

　以上のように読み解くと，「手袋を買ひに」のもつリアリティーと魅力は，

「ほんとうに人間はいいものかしら」という問いかけによって支えられていることがわかります。欠点の存在を指摘されながらも，この作品が未だに根強い人気を保っているのは，この最後の問いかけのもつ意味の深さが我々を魅了してやまないからでしょう。

　なお，南吉の幼年童話の「ゲタニ　バケル」（生前未発表）は，〈コドモのタヌキ〉が失敗から人間に対する信頼を得るようになる童話です。〈サムライ〉は道中で自分の拾ったゲタがコドモのタヌキが化けたものであることに気がついても，わざと知らないふりをしてゲタヤまで行きます。ゲタヤでゲタを買ってから「ヤ，ゴクラウダツタノウ」と言ってコドモのタヌキにオアシをやって親元に帰します。結末では「コドモダヌキハ　オアシヲ　モラツタノデ　サツキノ　クルシサモ　ワスレテ，ヨロコビ　イサンデ　カヘツテイキマシタ」と，人間の善意への無条件の信頼が描かれました。ここには，「ほんとうに人間はいいものかしら」という突き詰めた問いかけはありません。人間の善意に疑問を投げかけることはなく，牧歌的な童話に仕上げられていて，軽い印象の童話に終始しています。

---

① 　いまの半田市白山町4-122にある神社。
② 　小野敬子『南吉童話の散歩道』1992（平成４）年７月５日　中日出版社
③ 　「日本の民話」31 ―三河・尾張篇― 1978（昭和53）年７月31日　ほるぷ
④ 　「校定新美南吉全集」第二巻　1980（昭和55）年６月30日　大日本図書
⑤ 　細山喬司『南吉探訪』2006（平成18）年12月１日　麦同人社
⑥ 　新美南吉『おじいさんのランプ』1965（昭和40）年11月25日　岩波書店
⑦ 　日本児童文学者協会編『徹底比較 賢治 VS 南吉』1994（平成６）年６月１日　文溪堂
⑧ 　新美南吉『牛をつないだ椿の木』（1943（昭和18）年９月10日　大和書店）に収録。異聖歌によれば，1943（昭和18）年１月16日に書かれたという。
⑨ 　「哈爾賓日日新聞」1939（昭和14）年５月17日〜５月27日
⑩ 　西郷竹彦監修／文芸研編「文芸研教材研究ハンドブック」５　伊佐・出水文芸研著『新美南吉＝手ぶくろを買いに』1985（昭和60）年２月　明治図書
⑪ 　「新美南吉全集」第１巻　1965（昭和40）年12月８日　牧書店
⑫ 　佐藤通雅『新美南吉童話論』1980（昭和55）年９月15日改訂第１版　アリス館牧新社

少年小説「うた時計」の背景——一本道の邂逅①

　少年小説「うた時計」の初出雑誌は，「少国民の友」1942（昭和17）年２月号です。翌年の10月に有光社から刊行された童話集『おぢいさんのランプ』①にも収録されました。童話集の装幀・挿画は棟方志功が担当しています。

　初出雑誌への掲載時に出版社へ送られた原稿は失われています。現存する原稿は，安城高女の生徒が転写した原稿に，南吉が加筆し，さらに有光社編集部が編集上必要な記入をした〈転写稿〉です。この原稿が童話集刊行の際に使用されました。本文の異同の状況から判断して，南吉の依頼を受けた教え子は，初出雑誌から原稿用紙に転写したように思われます。

棟方志功の挿画
（『おぢいさんのランプ』より）

　また，南吉はこの小説を構想するに当たって，1941（昭和16）年11月22日付の南吉の日記（「見聞録」）に，次のとおり詳細なメモを書き記しています。

　　見知らない大人とでもすぐ友達になる少年がある。彼は友達になると相手の手にとまつたり，寒いときには相手のポケツトに手をつつこんだりする癖がある。或る日一人の洋服を着た外交風の男と村から一緒になつて田舎道を歩いてゆく。やがて少年はその大人と近づいて，いつものやうに大人のポケツトに手を入れる。その大人は盗人で，少年の村の或る家から時計（か何か）を盗んで来てゐる。それを少年がひつぱり出す。少年はそれに見覚えがある。何故なら少年はその家へよく遊びにゆき子供好きのそこの叔父さんからその時計をよく見せて貰つたから。しかし少年はこの人が盗人でこれをとつて来たとは思へないので，これはこの

人のものであると信じてゐる。そこで少年はその時計によく似てゐる叔父さんの家の時計のことを盗人に話す。それが少年の生活の中で大きな存在になつてゐる。盗人はその話をきいてゐるうちに心をひるがへす。「昨夜あの家にとまつた，そして自分の時計とこれと取違へて来た，これは君の叔父さんのところへ返してくれ」といつて，少年にその時計を渡し，行ってしまふ。

　　――これを二十四日夜十六枚に書いて，小学館に送った。「時計」

　以上が全文です。記述によれば，南吉がこの小説の着想を得たのは11月22日で，完成は同月24日の夜であったことがわかります。また，「校定新美南吉全集」（以下「校定全集」）の【解題】[②]によると，末尾の「――」で始まる一文は他と筆勢が違うため，後日に書き足したものと考えられます。

　ここで注目したいことは，書き足した一文の最後にある「時計」という記述についてです。それは，南吉が小学館に送った原稿では，タイトルが「時計」になっていたかもしれないからです。

　そもそも，日記中では男が盗んだものは「時計（か何か）」と記されているだけです。また，男が盗んだものは１つの〈懐中時計〉だけでしたが，小説では〈懐中時計〉と〈うた時計〉の２つに増えています。つまり，構想段階では，時計は主要な道具立てになっていませんでした。まして〈オルゴール付の時計〉のアイデアについては，まだ思いついてもいなかったようです。

　ところが，初出雑誌でも童話集でもタイトルは「うた時計」です。日記では単に〈うた〉を省略して書いただけの可能性はありますが，たった４文字のタイトルを，さらに省略して書く必然性はあまりないような気がします。したがって，南吉は読者にオルゴールの調べを印象づけるために，校正の段階でタイトルを変更したのではないでしょうか。

　ここでは，次の３つの観点からこの少年小説を読み解きます。

第一に，発表の経緯と反響について。

日記の記事にあった〈小学館〉は「少国民の友」の版元です。これは「こくみん三年生」（創刊時は「せうがく三年生」）を1942（昭和17）年２月号から改題③した雑誌でした。したがって，執筆依頼の時点ではまだ「こくみん三年生」という誌名でした。

ところで，南吉のような新人作家が「こくみん三年生」のような大発行部数の商業雑誌から執筆依頼を受けるに当たっては，およそ次のような経緯のあったことがわかっています。

まず，南吉を紹介したのは詩人で編集者の小林純一でした。「校定全集」の【解題】によると，小学館にいた鈴木実は〝いまの児童雑誌は俗っぽい〟と言論当局から目の敵にされて困っていました。そこで，日本出版文化協会（出版業界の統制団体）にいた小林へ相談に行きます。小林の直話によると，この時に「南吉も含めて数人の作家名を紹介した」ということです。

次に，滑川道夫「自伝的少年小説の成立」④によると，「こくみん三年生」の編集担当者をしていた鈴木が南吉に原稿を依頼してみると，「新人とも思えないいい作品なので続いて依頼した」ということでした。ただ，「少国民の友」には，この小説の他に南吉の童話や少年小説などの掲載はありません。

なお，「うた時計」が雑誌に掲載されると，鈴木は社の上層部から「作品の評価はともかくも，時局をわきまえない内容の作品を載せた」ということで叱られてしまいました。

なぜ鈴木が叱られたかというと，理由はおそらく２つです。

一つめは，日露戦争に出征した〈薬屋のおぢさん〉が機関銃で撃たれて負傷し〈逃げ出した〉という記述についてでしょう。このような内容では，言論当局から〝皇軍兵士たるものが敵を恐れて逃げ出すとは何事か〟と大目玉を食いかねません。

二つめは，周作が刑務所を〈聯隊みたいなところ〉と言っている記述についてでしょう。よりによって，主要な登場人物が絶大な権威のあった軍隊を

〝刑務所と同じような所だ〟と言っているからです。

　第二に，言論当局による検閲の経緯について。

　雑誌発表形や転写稿形では，薬屋のおじさんが逃げ出した経緯について，「をぢさんはね，とりこになつてね，逃げ出したんだつて」と廉少年が語っています。〈とりこになる〉は〈捕虜になる〉ことなので，「生きて虜囚の辱を受けず」という「戦陣訓」⑤が示達されている中で，よくこのような記述がまかり通ったものです。

　ただ，童話集への発表形では〈とりこになつて〉云々の記述が，「をぢさんはね，一ぺん死んぢやつたんだつて，そして気がついたらロシヤ軍のまん中にゐたんで，それから夢中で逃げ出したんだつて」という記述に置き換えられています。2つを比べると，結果として〈逃げ出した〉ことに違いはありませんが，捕虜になってから隙を見て逃亡したことと，負傷して気を失ってから退いたこととの間には，雲泥の差があります。

　この変更は原稿にないので，おそらく校正刷が出た際に南吉が手直しをしたものと思われます。厳しくなる一方の検閲に忖度して，この段階で手を入れたのでしょう。

　雑誌が出た頃には，米英を相手に太平洋戦争が始まっていましたが，この時期の言論当局は〝児童読物を浄化するための統制〟という建前から，〝芸術的に優れた児童読物であれば良し〟とする方針の下で検閲を行っていたように思います。

　そのため，2つの記述は殊更に問題視されなかったのではないでしょうか。これがもう少し後の時期であれば，表現や内容について，微に入り細に入り厳しいチェックが入ります。そうなれば，編集担当者が出版社の上層部から叱られる，という程度のことでは済まないでしょう。

　なお，校正刷が出た際，南吉はもう一箇所を手直ししました。それは最後

の締め括りです。初出雑誌や原稿では「少年は，老人から眼をそらして，さつきの男の人がかくれていつた遠くの稲積の方を眺めてゐた」でこの小説は終わっていました。

　南吉は校正の段階で，さらに「野の果てに白い雲がひとつ浮いてゐた」の一文を書き加えました。この一文の追加は映画で使用される手法を用いたものと思います。すなわち，少年の視線を〈近景の老人→遠くの稲積→野の果ての白い雲〉と移動させ，ラストシーンを白い雲のロングショットで締め括ったのです。

　ところで，この小説の検閲にまつわる問題については，もう一つ別の経緯がありました。それは戦後に行われた検閲です。日本が敗戦すると，従来の検閲制度は廃止されますが，今度は占領軍による検閲が始まります。

　南吉の死後に，原稿類と著作権の管理を行っていたのは巽聖歌でした。巽の尽力によって，南吉が残した童話や小説の類は次々と世に送り出され，作家としての声望が高まっていきます。ただ，戦時中に書かれた南吉の原稿をそのままの形態にしていては，占領軍の検閲をパスできません。そこで，巽は占領軍に忖度して筆を入れます。

　「新美南吉全集」[6]（以下「牧書店版全集」）に収録された「うた時計」は，初出雑誌や童話集に掲載された本文と比べて，２つの重要な違いがあります。

　まず，ロシヤが機関銃を使ったこと，負傷したおじさんが逃げ出したこと，凱旋して帰るときに大阪でうた時計を買ったことなど，日露戦争に関する記述がすべて削除されています。

　次に，〈聯隊〉の〈聯〉の字にまつわる変更がありました。〈聯〉は戦後の国語表記の改革で当用漢字表[7]から外れましたから，〈聯隊〉は〈連隊〉と漢字を置き換えて表記することになります。しかし，連隊は軍隊の制度なので，これでは検閲にパスできません。

　そこで，巽は「ふうん。どういふ字書くんだ。聯隊の聯か」という台詞を「ふうん。どういう字書くんだ。連絡の連か」に改めました。以下，〈聯隊〉

など軍隊に関係する記述を全部削除します。すると，次のような記述になりました。

　「ふうん，巡査につかまってもな。」
　そういって，男の人はにやりとわらった。

　初出雑誌や童話集『おぢいさんのランプ』では，周作は刑務所を〈聯隊みたいなところ〉と自分が無意識で発した言葉の皮肉な面白さに，思わず〈にやり〉と笑ってしまいます。ところが，「牧書店版全集」では〈巡査につかまる〉ことに〈にやり〉と笑います。いかにも大胆不敵で挑戦的な態度ですから，これでは周作は絵に描いたような極悪人になってしまいます。
　さらに，占領軍による検閲制度は1952（昭和27）年4月にサンフランシスコ平和条約が発効して廃止されます。したがって，検閲制度がなくなってから20年以上も後に刊行された「牧書店版全集」で占領軍に忖度する必要はなかったのですが，なぜかそのまま維持されています。そのため，〝南吉は戦争協力をしなかった〟という誤解が生じるようになったのでした。

　第三に，〈うた時計〉とは何かについて。
　この小説を一読すれば，うた時計はオルゴール時計のことだとわかります。しかし，具体的にどのような形状の時計であったのかまではわかりません。
　わたしは長い間オルゴール付の懐中時計だと思い込んでいました。例えば，今日まで続くスイスのREUGE（リュージュ）社は，1865年にオルゴール付懐中時計の製造から社業をスタートさせています。したがって，日露戦争後に凱旋した薬屋のおじさんが大阪でオルゴール付懐中時計を買うことは，時期的には可能です。しかし，一般の兵士がスイス製の高級時計を記念に買うというのは，金銭的に無理でしょう。
　南吉の父の多蔵は，日露戦争中に第六歩兵聯隊（名古屋）に入営しました

が，戦地へ赴く前に休戦になったので故郷の半田に帰還しています。南吉の日記によると，この時「父は戦争のあとで三十五円貰つた」⑧そうです。

　ちなみに，陸軍兵士の給与⑨は一，二等卒でわずか月額1円20銭，上等兵でも1円80銭にしかすぎません。薬屋のおじさんが戦地に赴く場合には「四分ノ二」の加算⑩を受けられますが，ここから幾分かを蓄えておくにしても，とてもスイス製の高級な懐中時計などは買えそうにもありません。

　また，周作はうた時計の他に〈小さい懐中時計〉をくすねてきました。うた時計がオルゴール付懐中時計だとすると，〈小さい懐中時計〉と〈大きいオルゴール付懐中時計〉の2つをくすねたということになります。あり得ない設定ではありませんが，わざわざ大小2つの懐中時計を登場させて読者を混乱させかねない設定をするのは，少し不自然な感じもします。

　したがって，薬屋のおじさんの買ったオルゴール時計は，自ずと精工舎⑪あたりで生産された小型の置き時計などに候補が絞られてくるでしょう。

　ところで，かつおきんや（勝尾金弥）は「精工舎が本格的にオルゴール時計の生産に取りかかったのは，日露戦争が始まる二年前の明治三五年だった」ので，小説中の「オルゴール時計は，恐らく精工舎がこの頃製造販売した置時計だったにちがいない」⑫と推定しています。また，「明治三〇年代以降，オルゴール時計は少なからぬ人に親しまれてきた」とも記して，その例に石川啄木の「朝な夕な／支那の俗歌をうたひ出づる／まくら時計を愛でしかなしみ」「まれにある／この平なる心には／時計の鳴るもおもしろく聴く」など短歌3首を挙げています。

　また，かつおによれば，啄木の短歌中の〈支那の俗歌〉は「太湖船（ターフーチョアン）」という歌です。この民間歌謡はゆったりしたテンポの曲で，いまも中国の人は二胡の演奏などを通じて楽しんでいます。日本でも親しまれてきた曲ですから，南吉も知っていたはずです。

　〈太湖〉は江蘇省南部と浙江省北部の間に広がる広大な湖で，古くからの名勝です。南吉は中国の名勝である太湖と半田地域の名勝である宮池を重ね

合わせ，池の畔にこの曲が流れる情景をイメージして，この小説を書いたのではないかという気がします。

　ただ，曲名についてまでは確証がありません。それでも，宮池の畔にオルゴール時計のゆったりとしたメロディーが流れる情景をイメージして，南吉がこの小説を書いたと想定することに間違いはないでしょう。

　なお，童話集『おぢいさんのランプ』には棟方志功の挿画があります。したがって，小説中のオルゴール時計は，挿画にあるような小型の置時計だと素直にイメージしておけばよいのかもしれません。

　また，同書中には童話「おぢいさんのランプ」中に〈台ランプ〉の挿画がありますが，南吉はほぼ同様の自筆の画稿を遺しています。これは挿画の画家または編集者との連絡用に描いたものかもしれません。すると「うた時計」についても，南吉と棟方が何らかの方法で連絡を取り合っていたと仮定しても，それほど的外れではないように思います。

① 　新美南吉『おぢいさんのランプ』1942（昭和17）年10月10日　有光社
② 　「校定新美南吉全集」第二巻　1980（昭和55）年6月30日　大日本図書
③ 　大阪国際児童文学館編『日本児童文学大事典』（1993（平成5）年10月31日　大日本図書）による。
④ 　滑川道夫「自伝的少年小説の成立」（「新美南吉全集」第2巻　1973（昭和48）年7月31日13版　牧書店）
⑤ 　「戦陣訓」は東條英機陸軍大臣により1941（昭和16）年1月8日付で示達された訓令（陸訓第一号）のこと。
⑥ 　「新美南吉全集」第2巻（前掲書）
⑦ 　1946（昭和21）年11月16日　内閣告示第32号
⑧ 　「父の話」（「見聞録」1941（昭和16）年11月25日付）
⑨ 　「陸軍給与令中改正加除」1903（明治36）年11月30日　勅令第百八十六号
⑩ 　「陸軍戦時給与規則」1894（明治27）年7月31日　勅令第百三十三号
⑪ 　精工舎は服部時計店（いまのセイコーホールディングス）の製造部門を担う関連会社として1892（明治25）年に設立された。
⑫ 　かつおきんや『時代の証人　新美南吉』2013（平成25）年10月11日　風媒社

映画的手法の少年小説——一本道の邂逅②

　ここでは，さらに３つの観点か
ら「うた時計」を読み解きます。
　第一に，物語の舞台について。
　安城高女時代の南吉は，岩滑の
生家から大道と紺屋海道を通るル
ートを往来して通勤していました。
ただ，この小説は南吉が安城に下
宿をしていた時期の作です。それ

絵葉書「半田町入水神社」

でも南吉は，ほぼ週末ごとに岩滑へ帰省していました。つまり，このルート
は南吉にとって，安城高女に奉職以来ずっと通い慣れた通勤路でした。ここ
では，南吉はこの通勤路を舞台に，小説中の登場人物の行動や心理をイメー
ジしていったという仮説のもとに論を進めましょう。

　まず，周作の逃走経路についてです。実家から時計をくすねてきたので，
名古屋か東京方面に逃げたいところですが，知多鉄道で逃げると半田口駅で
父親に追いつかれかねません。かといって，旧岩滑街道から半田駅に行くの
は遠回りです。そうすると，周作は南吉の通勤路を選ぶより他にありません。
また，紺屋海道あたりは別にして，このルートの途中にそれほど多くの人家
はありません。したがって，逃走中にほんの気まぐれから故郷の村の少年に
声をかけても，それほど突飛なこととは思えません。

　次に，入水神社とカブトビール工場の間の一本道をめぐってです。この街
路については，モノクロ写真を印刷した古い絵葉書が参考になります。この
葉書は下部の余白に「半田町入水神社」と説明のあることから，半田地域に
市制が敷かれる1937（昭和12）年10月より前の発行であることがわかります。
発行元は「半田同盟書林」で，南吉の馴染みの書店です。

　写真の撮影者は，ビール工場の敷地を背にして大道の路傍にカメラを構え，
神社の参道が逆Ｔの字の形で大道に合流するあたりを撮影したと思われます。

この場所は，松の木がなくなったり，新しく鳥居が建てられたりしているものの，いまでも基本的な佇まいに変わりはありません。

　なお，大道から神社の参道に入って灯籠の横を進んで行くと，まもなく社殿の前に出ます。さらに，道なりに境内を通り抜ければ，知多鉄道「農学校前駅」（いまの名鉄河和線「住吉町駅」）の附近に出ます。

　さて，小説中に「二人は大きな池のはたに出た」と記される場所は，この絵葉書のあたりがモデルだと考えられます。そこで小説中のこの場面を絵葉書の風景に重ねると，廉と周作は右端から姿を現し，左端の方に去って行くことになります。するとまもなく，小説中の「向かふ岸の近くに黒く二三羽の水鳥がうかんでゐる」風景が，二人の右方向に広がります。

　絵葉書からは，宮池の向こう岸に段々に組まれた石垣の護岸があり，その先にはやや疎に建ち並ぶ木造の建物や樹木のあることがわかります。建物のすぐ裏手には，知多鉄道の線路や農学校前駅があるはずです。いまではこのあたりはすっかり市街化して昔の面影はありませんが，南吉の頃は駅前にわずかな集落があるだけで，一帯には物寂しい風景が広がっていました。

　まして，神社とビール工場に挟まれた一本道に入ってしまえば，邪魔はまず入りません。そのようなわけで，周作が廉の歌うわらべ唄に耳を傾け，自らの子ども時代のことをしみじみ振り返る心のゆとりが生じるのは，さほど不自然なことではありません。

　以上のように読み解けば，南吉は大道から紺屋海道に続く道を歩きながら，あるいは歩くことをイメージしながらこの小説の構想を練ったと考えることに，かなり蓋然性のあることがわかるでしょう。

　ところで，岩滑の子どもが高等科に進むと，大道を通って通学することになります。岩滑の半田第二尋常小学校には高等科がないので，半田市街にある半田第一尋常高等小学校に入学しなければならないからです。南吉の弟の益吉もこのルートで高等科に通学しました。南吉はそのようなことをイメー

ジして，この男に〈町の高等科へかよつた〉と言わせているのでしょう。

　なお，岩滑の尋常小学校から中学校や農学校に進学すると，大道は通学路ではありません。商業学校に進学しても，大道に入ってすぐのところに学校があります。つまり，学歴に何がしかのこだわりをもつ子どもが岩滑にいたとすれば，大道を通るたびに劣等感に苛まれたかもしれません。

　第二に，〈ひよめ〉のわらべ唄について。

　「うた時計」の最大の山場は，廉が池を泳ぐカイツブリを見ながら伝承わらべ唄「ひよめ」を歌うシーンでしょう。

　〈ひよめ〉はカイツブリの地方名。カイツブリ科の水鳥で，全国の湖沼や池や河川などに生息し，全長はおよそ26cmと鴨より小型です。甲高い声で〈キュリリリリ…〉と寂しげに鳴き，古典文学では「鳰」の名で描かれます。

　ところで，南吉は東京外語卒業後に失意の帰郷をします。この時期の日記[①]には，「かいつぶりは人の途絶えた時道の近くまで泳いで来てけたけたと鳴いてゐる」という記事があって，宮池とビール工場に挟まれた堤の上の一本道から見た風景を描いたものと思われます。ちなみに，カイツブリは半田地方で一年中見られる留鳥ですが，歳時記では冬の季語とされています。同じく冬の季語のカモ類が比較的ゆったりと水面を泳いだり水に潜ったりするのに比べて，この鳥は水面のあちこちを忙しく泳ぎ廻ったり水に潜ったりしています。そのため，子どもたちにとっては，からかいの対象になりがちなのでしょう。

　なお，「音ちゃんは豆を煮てゐた」の結末部では，主人公の青年が池の畔から水鳥を見ています。この鳥はカイツブリではなくチドリです。この鳥も留鳥でありながら歳時記では冬の季語であり，宮池がモデルの池の寂寥感あふれる情景の中に配されています。また，南吉が安城高女の1年生のために書き下ろした戯曲「千鳥」にも登場します。この戯曲は猟師に撃たれて死んだ母鳥を探す千鳥の子を描くという，しみじみとしたストーリーです。劇中

では，池の畔の一軒家に住む姉妹が「チンチン千鳥の鳴くよさは」[②]と歌うシーンもあって，いかにも寂しげな情景の中でこの鳥のことが描かれています。

このように，南吉は寂寥感あふれる情景の中に，冬の水鳥たちを効果的に配しています。何よりも，南吉がカイツブリを題材にした伝承わらべ唄に興味を持っていたことは注目すべき事実です。

旧制中学5年生の時の日記[③]には「ヒヨメ」と題して「ヒーヨメ　ヒヨメ／ダンゴ　ヤルニ／クグレ」と，伝承わらべ唄の歌詞を記録しています。興味深いことに，この記事には「ヒヨメハ　ミズドリデス　イケニ　ヨク　イマス。ガクモンジヨウノ　ナマヘハ　シリマセンガ　フツウ　ヒヨメト　イツテ　キマス」と〈註〉を付けています。つまり，南吉はカイツブリという標準和名も知らない頃から，この水鳥とわらべ唄に関心のあったことがわかります。

また，南吉は日記に「ひよめ」と題する創作童謡を書きつけています。タイトル下には「一九三〇・一二・一四」と創作の日を記し，本文は「ひよめ／ゐる　池／水ひかる／／ひよめ／もぐつて／波まろい／／ひよめ／なかねば／底あをむ／／ひよめ／／ひとりで／池のあさ。」となっています。中学5年生時の童謡ですから秀作と言えるほどのものではありませんが，先に記した「ヒヨメ」から着想を得て創作したことは明らかです。なお，「波まろい」の〈まろい〉は丸いの意味で，北原白秋[④]の造語です。また，白秋は雑誌「赤い鳥」の読者などを通じて全国からわらべ唄を蒐集していました。こうしたことから，南吉が白秋童謡の強い影響下にあったことがわかります。それでも，この童謡を書いた2年後に直接白秋の指導を受けられるとは思ってもいなかったでしょう。

さらに，南吉は生前未発表の幼年童話「一年生たちとひよめ」を創作しています。「校定新美南吉全集」の【解題】[⑤]によると，1941（昭和16）年末～1942（昭和17）年2月の執筆だと推定されています。なお，この童話には「ウソ」[⑥]と題する初期形があって，これを「一年生たちとひよめ」に書き直

157

しました。

　この童話は「学校へいくとちゆうに，大きな池がありました」という書き出しで始まります。南吉が生家から母校の半田第二尋常小学校に行く道中に大きな池はありません。ただ，半田第一尋常高等小学校へ行く道中には宮池があるので，通い慣れた神社とビールの工場の間の一本道をイメージして書いたと考えられます。

　この池を通るとき，一年生たちはいつも「ひいよめ，／ひよめ，／だんごやアるに／くうぐうれツ」と歌います。ところが，学校で先生から「うそをついてはなりません。うそをつくのはたいへん悪いことです」と習いました。学校が終わってまた池のふちを通りかかると，ひよめがいました。そこで「ひいよめ，／ひよめ，／だんご，やらないけど，／くうぐうれツ」と歌うと，〈やはりゐせいよく，くるりと水をくぐつた〉のでした。

　このように，「一年生たちとひよめ」は〈うそをついてはなりません〉という教訓が前面に出た幼年童話です。さらにダメ押しとばかりに，小学校の先生は「昔の人は，うそをつくと死んでから赤鬼に，舌べろを釘ぬきでひつこぬかれるといつたものです」と，地獄の話まで付け加えて子どもたちを怖がらせます。ただそうすると，子どもたちはこれまでカイツブリに〈だんごやアるに〉と嘘をついてきたことの罰を受けなければなりません。

　そこで南吉は「これで，わかりました。ひよめは今まで，だんごがほしいから，くぐつたのではありません。一年生たちに呼びかけられるのがうれしいからくぐつたのであります」と，子どもたちが免罪されるように物語を締め括らなければならない羽目に陥りました。

　しかし，「うた時計」の場合には，廉はわらべ唄を〈ひいよめ，／ひよめ〉と普通に歌うだけで，〈だんご，やらないけど〉とは歌いません。それは，この小説が〈うそをついてはなりません〉という教訓とは無縁だからでしょう。

　また，南吉はこの小説で〈ほつとしたやうす〉〈きまりのわるいやうな顔〉などと，登場人物の内面を直接的な言葉で書き現すことは稀です。それでも，

周作が廉の歌声や純真な姿に心を打たれて〈子供のじぶん〉のことを思い出し，心を新たにして再出発を誓ったことは，手に取るようにわかります。

　このように，「うた時計」に何らかの教訓や徳目を教えようとする意図はなく，そうした意図から超越したところから，一人の男が人間性を取り戻すドラマを描く名作に仕上がっています。

　第三に，「うた時計」に見られる〈物語性〉について。

　この小説は，ほぼ登場人物の会話だけでストーリーが進行していきます。人物の行動や心理，風景の描写など（いわゆる地の文）は最小限に抑えられています。そのようなことから，この小説は演劇を意識して書いた実験作だと評する人もあります。

　南吉は初期の頃から演劇に興味があったようで，半田第二尋常小学校の同窓会で「自由を我等に」[⑦]など，東京外語では英語劇「リア王」[⑧]に出演した他，観客としては「築地小劇場」などに足繁く通っていました。また，安城高女時代には「千鳥」[⑨]や「ランプの夜」[⑩]などの劇の脚本を書き下ろしています。

　しかし，実際にこの小説をこのまま劇に仕立てることは，おそらく不可能でしょう。それは，この小説は廉と周作が大道を移動していく中でストーリーが組み立てられているからです。舞台で上演するためには，小説をいくつかの場面に切り分けたうえで大幅に変更しなければなりません。

　ただ，南吉の頃に人気のあったラジオの放送劇に仕立てることは可能でしょう。事実，南吉は「千鳥」を上演した日の日記に「夜あれに少し手を加へてラヂオの懸賞に応募して見ようかと思つた」[⑪]と記しています。〈ラヂオの懸賞に応募〉云々とはJOAK（東京放送局）かJOCK（名古屋放送局）の子ども向け番組の企画でしょうが，詳細はわかりません。なお，当時のラジオの番組では，童謡や放送劇が人気を博していました。

もう一つの可能性は映画です。

　東京外語で南吉と同学年であり，仏語部文科卒の河合弘は『友、新美南吉の思い出』[⑫]で，南吉と映画の関わりについて，次のように記しています。

　　しかし，よくいっしょに行ったのは，やはり映画であった。今日でも再上映される往年の名画なるものの大半は，あのころ封切られたと言っても過言ではなかろう。それこそ，芸術の香りもたかい，絶好の娯楽であった。映画も，フランスものが流行しており，なにしろなまの言葉が聞けるというので，勉強になるのも確かだったのである。

　　いちばんよく行ったのは，本郷座。すぐ歩いて行けるし，二本立てで三十銭という安さであったから。

　河合と南吉は仏語部と英語部と専攻こそ違いましたが，気の合う友人同士であり，足繁く映画館に通っていました。ただ，「珍しく真っ向から意見の食いちがった映画」があります。それがチェコスロバキアの「春の流れ」という映画でした。この映画を観た後，河合が「退屈した」と言うと，南吉は「実に傑作だ」と断固として反対しました。河合によれば，その映画がはなはだ深刻な物語であり，男性の嫉妬が主題であったため，南吉は「成人心理の描写に共感したのだろう。そして，おそらく映像を文章に置き換えながら流れを追っていたのかもしれぬ」ということです。

　また，新美康明は「二〇歳、その年に四三本の映画を観る」[⑬]で，南吉は1933（昭和8）年に日記[⑭]に記されているだけでも43本の映画を観たこと，この年は「映画のいわば世界的あたり年であり，まさに黄金時代といってもいい様相」を呈していたこと，南吉がサイレント映画『キートンの歌劇王』など「出演者の外面的な動きで心の有様や目的意識，言わんとすることなど，人間の内面をも表現する映画」を好んでいたこと，日本映画では庶民が主人公の人情物を多く観て「彼が創作上の柱とした愛と悲哀さらにユーモアとペーソスや正義感と反骨，真のヒューマニズムなどの表現法をたしかめたので

はないだろうか」ということを明らかにしています。

　こうした南吉の映画への関心を前提に「うた時計」を読み解くと，この小説が優れた映画的な手法で書かれていることがわかります。

　物語の冒頭部分では〈野中のさびしい道〉の風景を〝ひき〟で表現します。かと思うと，一転して「かれ草にかげを落して遊んでゐる鳥」を〝アップ〟で捉え，「二人のすがたにおどろいて土手の向かふにこえるとき，黒いせなかがきらりと陽の光をはんしやするのであつた」と描写します。こうした鳥の動作に，時計をくすねてきた周作の姿を重ねて，おどおどした気持ちを暗示的に表現します。これは映画で多用される〝モンタージュ手法〟です。

　その後は，周作と廉の二人の姿をやや〝アップ〟で捉えると，道を歩く二人の動きに合わせて〝移動ショット〟でその姿を追いながら，二人の会話によってストーリーが進行していきます。やがて，廉が周作と別れると，小説中では「男の人はだんだん小さくなり，やがて稲積の向かふにみえなくなつてしまつた」と描写されます。これは典型的な〝ズームアウト〟の手法です。そして，てくてくと歩き出した廉の「何かふに落ちないものがあるやうに，ちよつと首をかしげた」という動作が〝アップ〟で捉えられます。

　すると，場面は〝ワイプ〟すなわち画面転換の手法で，村の方から薬屋のおじさんが追いかけてくるシーンに切り替わり，今度は廉とおじさんの二人がやや〝アップ〟で捉えられます。小説の結末部にあるロングショット風の描写については，前節に記した通りです。

　このように，この小説の特徴である動的な視点の有り様は，映画のカメラワークを〈文章に置き換え〉たものだと解すれば，すべて合理的に説明できるでしょう。

　また，この小説では，人なつこい廉が「男の人の外套のポケットに手を入れた」とか，周作が「あたりを見まはして，少年のほかには誰も人がゐないことを知ると，ほつとしたやうすであつた」などする仕草によって，登場人物の心理が表現されています。こうした手法は〈出演者の外面的な動き〉で〈人間の内面〉を表現する映画の手法と同じです。

このように，南吉は一作の映画を文章に置き換えて一篇の小説を書いたように思われてなりません。

　ここで，もう一つだけ，この小説を読み解く観点を付け加えます。それは南吉の評論「童話に於ける物語性の喪失」[⑮]と「うた時計」の関係についてです。
　この評論は安城高女の教え子の兄で，かねてから交友のあった佐薙知が「早稲田大学新聞」の編集長をしていたことから，執筆の依頼を受けて書いたものです。「早大新聞」の発行が1941（昭和16）年11月26日付で，「うた時計」の初出雑誌の発行が1942（昭和17）年2月号ときわめて近いこともあって，滑川道夫は「いわばこの論文の実践ともみられる」[⑯]と評しています。
　なお，この評論のタイトルなどには〈童話〉とあります。今日では，童話とは「児童文学の一分野としての創作物語を指す文芸語。低年齢の児童のための創作物語を指す語として使われたり，また読者を児童と限定せず，象徴や空想を内容とする文芸の一様式，童心を描いた作品を意味する場合もある」[⑰]と定義されています。ただ，南吉は文中で「文学家族の一員である児童文学」云々とも記していますから，南吉はこの評論中で〈童話〉と〈児童文学〉を同義と見做していることがわかります。

　さて，南吉がこの評論で主張する〈物語性〉ですが，これを文字通りの〈ストーリー性〉の主張と，単純に解釈することはできません。南吉は次のように述べています。

　　文章をひきのばす努力のため，簡潔と明快と生気がまづ失はれ，文章は
　　冗漫になり，或ひはくどくなり，或ひは難解にして無意味な言葉の羅列
　　になつた。同時に内容の方では興味が失はれ，ダルになり煩瑣になつて
　　しまつた。これらをひつくるめて物語性の喪失と私はいひたい。

　このように，南吉は物語性のある童話の文章は〈簡潔と明快と生気〉がなければならないことを重視しています。そこで，この主張について，「うた時計」の「をぢさん，聯隊にゐたの」から「…にやりと笑つた」までの 7 行の記述を例に考えてみましょう。

　南吉がこの少年小説の原稿を書き終えた時点では，米英を相手に開戦する直前でした。しかし，当時の日本は1937（昭和12）年の盧溝橋事件以来，大陸で泥沼の戦いを続けていましたから，子どもにとっても身近な人に召集令状が来ることは日常茶飯事です。

　廉が「聯隊にゐたの」と訊ねると，周作は「うん，ずつと前にゐたよ」と答えます。すると，周作は既に現役招集の期間を済ませていたことがわかります。それでも，三十四五歳の青年男子であれば予備役招集の対象になりますから，廉が不思議に思って「せうしふ来ないの」と訊ねると，周作は「ああ，よそへ行つてをつたもんだから」と答えます。

　けれども，いったん召集の対象になれば，何処に居ようと召集令状は届きます。そこで，ますます不思議に思った廉は「どこ」と重ねて訊ねます。答えに窮した周作は「聯隊みたいなところだよ」と言って，〈にやり〉と笑いました。また，「聯隊にゐたの」と訊ねられる直前に「ふうん，じゆんさにつかまつてもな」と言っていることからも，読者にはこの男の正体について容易に察しがつきます。

　短い会話 6 行と風景描写 1 行の 7 行だけで，これだけのことが表現できるのですから，南吉の筆力の高さがわかります。小学館の編集者の鈴木実が〈新人とも思えない〉と南吉の才能を認めたのも無理からぬことかと思います。

　次に，文字通りの〈物語性〉，すなわち〈ストーリーの面白さ〉について考察します。評論中で，南吉は下記のように記しています。

　　今日の童話を読んで見るとその物語性の殆んど存してゐないことに人は

気付くだらう。自分の子供や生徒に，お話をきかせてやるため，あなた
　方がストオリイを探さうとして，百篇の今日の童話を読まれても，あな
　た方はたゞ失望の吐息をつかれるばかりであらう。

　引用文中の〈今日の童話〉云々については，少しばかり注釈が必要です。
南吉の頃には〈生活童話〉が流行していました。生活童話とは「広義には日
常生活を描いた童話のことで，空想童話に対して使われる。一九三五年から
四〇年ごろにかけて，日常生活をリアリズムで捉える社会性のある童話の必
要がリアリズム童話ということばで主張され，これを指すこともある」⑱と定
義されています。後段のリアリズム童話云々は〈集団主義童話〉や〈生活主
義童話〉と呼ばれるジャンルの童話のことで，子どもの日常生活の中から合
理的な社会生活へ高めさせることが理念です。1940年後半以降には〈子ども
の日常生活を描いた童話〉という意味で使用されるようになり，それ以前の
思想性を失って子どもの日常茶飯事を書き並べるだけの当たり障りのない童
話が流行しました。南吉のいう〈生活童話〉はこちらにあたります。
　南吉は「童話はもと─それが文学などといふ立派な名前で呼ばれなかつた
時分─話であった，物語りであった」ので，「今日の童話は，物語性を取り
戻す事に努力を払はねばならない」と主張しています。

　では，「うた時計」におけるストーリーの面白さは，奈辺にあるのかとい
うと，謎解きの面白さにあります。物語の冒頭付近で廉と周平が登場します
が，読者には〈十二三の少年〉と〈三十四五の男の人〉という情報が提示さ
れるだけで，名前一つ明かされません。むろん，廉については「人なつこ
い」とか，「へんにはづかしがつたり，いやに人をおそれたりしない，すな
ほな子供」だとか情報が少しずつ明らかにされ，まもなく少年の名前が清廉
潔白の〈廉〉だとか，妹のアキが死んだという情報までもがわかってきます。
　その一方で，男の人については，刑務所に居たらしいこと，廉の村から町
の高等科に通っていたことがわかるだけで，名前さえ明らかではありません。

　ところが，周作さんという不良少年の子どもがいて「学校がすむとどつか
へ行つちやつた」とわかった時点で，たいていの読者には謎が解けてしまい
ます。結局，男の正体を知らないのは廉だけという状態で，ストーリーは進
行します。通常はいわゆる〝ネタばれ〟を起こした時点で，読者の気持ちは
謎解きの面白さから離れていくものです。

　しかし，この小説の場合は謎解きだけでストーリーは終わらず，人情噺風
のオチをつけて，しんみりした気持ちにさせてくれます。このように，いっ
たん離れかけた読者の気持ちを鷲づかみにして離そうとしません。

　こうした南吉のストーリー運びの手腕の巧みさには，ただただ脱帽するよ
り他ありません。

① 1937（昭和12）年３月10日付の日記
② 北原白秋の童謡「ちんちん千鳥」（「赤い鳥」1921（大正10）年１月号）
③ 1930（昭和５）年11月27日付の日記
④ 北原白秋の童謡「からたちの花」（「赤い鳥」1924（大正13）年７月号）
⑤ 「校定新美南吉全集」第四巻　1980（昭和55）年９月30日　大日本図書
⑥ 幼年童話「ウソ」1935（昭和10）年５月20日創作
⑦ 1933（昭和８）年９月４日に上演
⑧ 1935（昭和10）年11月（推定）に上演。次女リーガン役を務める。
⑨ 1939（昭和14）年１月27日に安城高女の１年生１月生まれの誕生会で上演。
⑩ 1941（昭和16）年２月22日に安城高女の学芸会で上演。
⑪ 1939（昭和14）年１月27日付の日記
⑫ 河合弘『友、新美南吉の思い出』1983（昭和58）年７月20日　大日本図書
⑬ 「別冊太陽」日本のこころ210　「新美南吉［ごんぎつね］［手袋を買いに］そして［でんで
んむしのかなしみ］─悲哀と愛の童話作家」2013（平成25）年８月19日　平凡社
⑭ 渡辺正男編『新美南吉・青春日記─1933年東京外語時代─』1985（昭和60）年10月20日
明治書院
⑮ 「早稲田大学新聞」232号　1941（昭和16）年11月26日
⑯ 滑川道夫「自伝的少年小説の成立」（「新美南吉全集」第２巻　1973（昭和48）年７月31日
13版　牧書店）
⑰ 大阪国際児童文学館編『日本児童文学大事典』1993（平成５）年10月31日　大日本図書
⑱ 『日本児童文学大事典』前掲書

第3章
安城高女時代と最晩年の童話

日本デンマークの安城

　古くは安祥または安静とも書いたいまの愛知県安城市[①]の大部分は，碧海台地上に立地しています。中世には台地の端に安祥城が築かれ，戦国時代には安祥松平家（のち岡崎城に進出して徳川家）の支配下に入ります。ただ，水利には恵まれません。この附近には松や雑木の生い茂る原野が拡がり，〈安城ケ原〉と呼ばれていました。小河川や溜池や井戸を利用しても，農耕可能な土地は限られ，水争いが絶えません。

　しかし，明治初期に明治用水が開鑿[②]されると，状況は一変します。痩せていた土壌も改良され，一帯は豊かな農業地域に変わりました。1906（明治39）年には，碧海郡内の安城村・古井村・赤松村・福釜村・箕輪村・今村・里村・平貴村の8ケ村と長崎村の一部が合併して安城町が成立。やがて，郡役所や警察署など郡の行政の中心は，旧東海道の宿場町として栄えていた知立町（いまの知立市）から新興の安城町に移りました。

安城町観光協会「安城町鳥瞰図」1940　安城市図書情報館所蔵　原本カラー

　「安城町鳥瞰図」[③]を見ると，南吉がこの街ですごした頃の情景がよくわかります。かなりデフォルメして描かれていますが，左側の海が衣ケ浦（衣浦

湾）で，対岸は知多半島です。半島に敷設された鉄道線路沿いには「武豊」
「半田」「大府」の文字が見えます。右側を蛇行する大河は矢作川で，対岸に
は西三河地域の中心都市の岡崎市が描かれています。

　湾と大河に挟まれた台地状の地形に描かれた市街とその周辺の農地が安城
地域です。海沿いと川沿いには断崖が描かれていますが，実際には断崖とい
うほどの険しい地形ではありません。

　市街地の中央を横切る鉄道が東海道本線で，大府で武豊線が合流した後，
その先に拡がる市街には「熱田」「熱田神宮」「名古屋」の文字が見えます。
矢作川を遡り，右に曲がりながら山間部に隠れようとする手前に描かれた小
さな市街が挙母町（いまの豊田市街）で，そのやや右に「明治用水々源」の
文字が見えます。ここがいまの豊田市水源町で，矢作川から分水した用水は
台地上を流れます。安城市街に差しかかると，用水は幾筋にも分流や合流を
しながら，台地上の田畑を潤します。この図には描かれていませんが，大地
上には小さな水路が網の目のように流れています。

　こうして，かつての安城ケ原は，稲作や養鶏を中心とする農業経営の多角
化，碧海郡購買販売組合連合会・明治用水普通水利組合・安城町農会など農
業関係の産業組合の発達，愛知県立農林学校や愛知県農事試験場など教育指
導機関の充実もあって，大正末期には〈日本丁抹〉または〈日本の丁抹〉と
呼ばれる豊かな農業地帯として，全国に知られるようになります。全国各地
から人びとが続々と視察に訪れたこともあり，各種の商店，旅館，料理屋，
芸者置屋などが開業して賑わいました。野口雨情は新民謡「安城小唄」[④]で
「日本デンマーク三河の安城／町にやメロンの町にやメロンの／リンリンパ
ラリトネ　花が咲く／／明治用水聞いたか見たか／水の流れが水の流れが／
リンリンパラリトネ　百五十里」云々と，その繁栄ぶりを称えています。

　次に，鉄道と街の発展についておおよそのところをまとめてみましょう。
官鉄（のちJR）の東海道本線は1889（明治22）年7月に全通しました。た

だ，安城村内に線路は通っていても駅がありません。そこで，請願により1891（明治24）年6月に刈谷駅と岡崎駅の間に安城駅が開業します。そこは南吉が「駅附近一里四方家は無かつた」[5]と，やや誇張して記すほど辺鄙な場所でした。しかし，1903（明治36）年の「五十年前南北明治図」

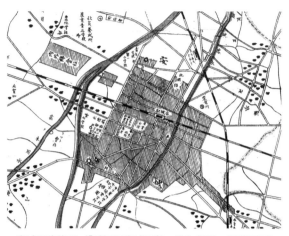

安城町市街図（『愛知県安城町勢一覧』1936　安城町刊）

では，駅を中心に道路が整備され，郵便局・銀行・旅館・料理屋・組合事務所・織物工場・商店・長屋などが建ち，市街の形成される様子が窺えます。

　なお，大正末に愛知電気鉄道豊橋線（いまの名鉄本線）と碧海電気鉄道（いまの名鉄西尾線）が敷設。今村駅（いまの新安城駅）で接続していました。

　安城町観光協会が刊行した『産業の安城』[6]によると，南吉の頃の安城町の人口は4,700戸，25,000人余りでした。農業は「主産物としては米，麦，卵，西瓜，梨，蔬菜等であつて農業の興隆はひいて産業組合の発達を促し販売に購買に頼る進歩して居る」云々，商業は「省線安城駅の開設以来日を追うて発展し来つた商店街は近郊農家の購買力増加と各種工場の発展と共に躍進」云々，工業は「先づ最初に農業と不可分の関係にある製糸業が興り続いて繊維工場が設けられ」云々と記されています。

　製糸業は〈帝国製絲〉など，紡績業は〈内外綿安城工場〉などが立地していました。ちなみに，西三河地方は江戸時代から三河木綿が特産であり，そうした伝統を受け継いでいまも紡績業が盛んです。

　また，1935（昭和10）年の統計[7]によれば，2,583戸の農家のうち自作は

942戸，自作兼小作は1,280戸，小作は361戸と自作農の割合が多く，農家の暮らし向きは他の地域に比べてよかったように思います。

　こうした経済的発展を背景にして，1921（大正10）年2月に町立安城高等女学校の認可が下り，4月に開校しました。翌年4月には安城町大字安城字毛賀知（いまの安城市桜町15-5）に新校舎が完成して移転。1923（大正12）年4月には県に移管され，愛知県安城高等女学校になります。南吉が教諭として勤務するのは1938（昭和13）年4月から1942（昭17）年12月[8]頃までの5年足らずの間でした。なお，後身の県立安城高等学校は1979（昭和54）年に安城市赤松町へ移転し，跡地は安城市立桜町小学校になっています。

　以上のように，安城地域は半田地域と風景や地域のなりたちが違います。

　まず，風景について。安城地域では，平らな台地上に農地が一面に拡がり，溜池がありません。明治用水の開鑿によって溜池が不要となり，農地に転換されたからです。半田地域は丘陵が連なり，裾の谷間に湧く水を堰き止めて多くの溜池が造られ，農地の灌漑に用いられていました。

　次に，地域のなりたちについて。安城地域は鉄道の駅を中心に市街地が形成されました。コンパクトな市街ですから，南吉も通勤路と駅周辺の商店を往来するだけで用が足せました。半田地域は古くからの港町・商業地・農村が諸街道で結ばれているので，人びとは用を足すために街道を往来しました。

---

① 　1952（昭和27）年に愛知県碧海郡安城町が市制を敷く。のち，さらに周辺の地域を編入して現在に至る。

② 　1879（明治12）年着工，1880（明治13）年通水開始，1885（明治18）年完工。

③ 　岩月愛二／画「安城町鳥瞰図」（『産業の安城』の一部　1940（昭和15）年1月15日　安城町観光協会刊）

④ 　「安城小唄　日本デンマーク節」ともいう。野口雨情作歌，藤井清水作曲。藤井の作曲年表によれば1929（昭和4）年9月8日の作曲という。

⑤ 　南吉の自筆原稿「古安城聞書」1942（昭和17）～1943（昭和18）年・推定

⑥ 　「安城町案内」（『産業の安城』の一部）前掲

⑦ 　『愛知県安城町勢一覧』1936（昭和11）年2月　安城町刊

⑧ 　1943（昭和18）年1月から病気欠勤。同年2月10日付で分限免職。

安城高等女学校と出郷の下宿

南吉は東京外語卒業後,不遇の時期をすごしていました。これに助け舟を出したのが,半田中学時代の恩師の遠藤慎一（英語担当）と佐治克己（国語担当）です。この時,佐治は安城高等女学校の校長でしたから,南吉を同校の教諭として採用す

安城高等女学校入学記念写真　19回生　1938

るよう県に働きかけました。かくして,恩師たちの努力により,南吉の運命は大きく開けます。

1938（昭和13）年3月6日付の日記によれば,南吉は遠藤の自宅に呼びだされて,佐治から「今日やつと県の方の話がついた」と告げられました。南吉は同じ日の日記に,継母から「女学校の先生になればもう何の恥しいことがあらあずに。一ぺん女学校でも中学校でも先生になつてくれゝばもう明日死んでもえゝと思つとつたゞ」と言われたこと,「小心の父があまりの喜びで狂ひ出さねばいゝとそんな心配をした」ことを記しています。南吉自身は「下手な小説はもう書けなくなつた。一ついい事があれば一つ悪いことがあるものだ。がむろん後の方の不都合は何でもないことだ」と,少し斜めに構えた物の言い方ながら,喜びを表現しています。そうかと思うと,同月9日付の日記では「さて僕は女学校の先生です。なんだかヌクヌクして歩いてゐる。この間まで感じてゐたあの運命的な素寒貧（すかんぴん）——あれはどうしたといふのだらう。かうあつさり人間は一つの運命から他の全然異つた運命に住みかへられるものか」と,喜びを剥き出しにしています。

　こうして県の採用が内定すると，物事は順調に進み始めます。

　まず，教員免許です。これについては，同年3月17日付で「師範学校中学校高等女学校教員無試験検定合格者」として，文部省から英語の免許状を取得しています。

　次に，採用辞令です。まず同月31日付で「愛知県安城高等女学校教諭心得ヲ命ス／七等給ヲ給ス／但当分月額七拾円ヲ給ス」という辞令，さらに同年6月30日付で〈教諭〉の辞令を受領しました。河和第一尋常高等小学校の代用教員時代の月給が35円，その後に勤めた杉治商会は月給20円でしたから，女学校の教諭職が好条件であったことがわかります。ちなみに，『値段の明治大正昭和風俗史』[1]によると，1935（昭和10）年の巡査の初任給は月給45円，大工の日当は1円89銭です。

　なお，南吉は生家から半田駅までは徒歩，半田駅から武豊線に乗車し，大府駅で東海道本線に乗り換えて，安城駅で下車。駅前の商店街を200mばかり歩いて右折し，さらに600mばかり直進して安城高女に至る，という道筋を辿って通勤していました。

　同年4月4日に入学式が挙行されると，19回生56名が入学しました。南吉は1年生[2]の学生主任（担任）となり，担当科目は1～4年生の英語，1・2年生の国語（作文を含む）と農業でした。他に図書係，農芸部理事，学芸部理事を務めています。その後は19回生を卒業時まで持ち上がり，さらに補習科（1年制）の主任になりました。また，南吉の補助として女性教員の安藤らく（家事，作法，裁縫，農業を担当）が学生主任を務めています。

　その後，南吉は1939（昭和14）年4月から，安城町大字安城字出郷（いまの安城市新田町出郷37）の大見坂四郎宅[3]で下宿生活を始めています。県から「職員は学校の附近に居住すべし」という通達[4]があったため，ちょうど同僚の安藤らくが転勤した跡を引き継いで借り受けました。

安城駅は線路の南側に設置された
ため，安城の市街は駅から南の方向
に向かって発達しました。したがっ
て，線路の北側にはほとんど市街地
がありません。日本デンマークの農
業地帯の中に集落が点在しています。
南吉の下宿もそうした集落の一つに
ありました。

出郷の下宿先（安城市提供）

　ここで，安城駅を起点に大見宅までの道筋を説明しておくと，駅から大見
宅までは1㎞少々の道のりです。東海道本線の線路の北側に渡り，明治用水
の排水路〈追田悪水〉[5]に沿った往還を直進します。すると，市街の尽きたと
ころに変電所があるので，変電所の敷地と市街に挟まれた往還に道筋を変え
ます。この往還を直進して碧海電鉄の線路を超えると，まもなく左方向に
〈出郷〉の集落が見えます。大見宅は集落内の里道（さとみち）に入ってすぐの場所でし
た。

　南吉の借りていた建物は〈長屋門〉と呼ばれる形式の木造建築です。いま
では安城市の補助を得て復元修理され，一般公開されています。長屋門は出
入り口である門と使用人の部屋や倉庫などが結合した構造をしています。こ
の建物は外の里道から見て，中央やや右寄りの位置に門扉が設けられ，右側
が6畳の和室，左側が8畳の和室になっていて，南吉は8畳の和室を借りて
いました。この部屋には押入と床の間が付き，屋敷内の庭に向いた側の2方
向には縁側があって，里道に面した側には腰窓があります。

　南吉と大家との関係は良好でした。日記に「あれやこれやとなかなか親切
にしてくれる」[6]と記しています。大石源三[7]によれば，南吉はこの住居を
1943（昭和18）年3月に病死するまで借りていましたが，病気のため1942
（昭和17）年はほとんど岩滑から通っていた，ということです。

　ところで，安城駅前の商店街は駅を起点にいうと逆Ｔの字の形に発達して

いました。逆Tの字の縦の筋が〈本町通り〉，横の筋が〈御幸通り〉です。

　この逆Tの字の付け根にあたる場所，すなわち本町通りの一番駅に近い左側の角に〈金魚屋〉という店がありました。これは店の屋号で，金魚を売る商売をしているわけではありません。食料品を扱う商店で，本町通りと御幸通りが交差する場所にも店舗があります。1939（昭和14）年1月4日の日記によると，南吉は大阪の病院に勤務していた〈ちいこ〉に，金魚屋から干柿60個入りの箱を送りました。ちいこは恋人の中山ちゑの愛称です。この時，たまたま教え子がこの店へ買い物に来ましたが，南吉は自分が女性に宛てたエフ（荷札）を書いているところを見られても〈かまやしない〉と思いました。それほど，ちゑと結婚する意志が固かったということです。

　他に，日記に「安城駅のすぐ前の小さい床屋の親父は肖像画で見る頼山陽のやうな顔をしてゐる」[8]と記された〈盛光軒〉は，駅から見て本町通りの右側4軒めの店でした。また，南吉は教え子の親が経営する〈カミヤ理容〉にも通っています。

　南吉が最も足繁く通った店は，めし屋・仕出し屋の〈川本〉です。いまは移転していますが，当時は駅から見て盛光軒の2軒先の店でした。南吉の昼食は，たいてい女学校に配達してもらったこの店の弁当です。下宿するようになってからは，朝食と夕食を店で，昼食の弁当を女学校で食べるというほどの常連でした。食事の他，碁を打ったりもしています。

　また，書店では駅から見て御幸通りを女学校の方へ少し行ったところの左側にある〈日新堂〉を贔屓にしていました。若主人とも仲がよかったようです。1940（昭和15）年2月13日付の日記に「うんと金を使ふ。つまり岩波文庫を二十円ばかり買ひこみ，日曜日は岡崎へお茶をのみにゆく。それだけである。それが僕の放蕩なのである」と，同月23日付の日記に「今日サラリイ。日新堂の払ひが十八円なにがしあるのには面喰つた。〝放蕩〟の結果がこれだ。十五円入金して，うどんやで支那ソバを喰べて寒い野道を歩いて来ると，出て間もない大きな月が私の帰つてゆく村の上にかゝつてゐる」と記載があります。書店で〝放蕩〟とは，いかにも南吉らしいやり方です。なお，この

店の若主人と南吉の教え子は後に結婚しています。本町通りの中程にある竹内書店，御幸通りの右側にある〈博文堂〉[9]も，南吉の馴染みの店です。

　その他，日記にはすき焼きを食べた〈吉野屋〉[10]，時計を買った〈小林時計店〉[11]，靴を買った〈明治屋〉[12]，カフェーの〈日輪〉[13]や〈デンマーク会館〉[14]など，多くの店の記載があります。面白いのは「遺言状」〈A〉[15]にある安城の商店からの借金一覧です。日新堂に40〜50円，金魚屋に2〜3円，明治屋に30〜40銭，日吉軒に羊羹2本80銭と列挙されています。

　安城時代の南吉は多くの童話や小説を書いていますが，そのほとんどは半田地域がモデルの地でした。その中で，小説『百牛物語』は珍しく岡崎の市街や安城駅前の商店街がモデルになっています。1940（昭和15）年2月21日付の日記によると，この物語は「牛をとりあつかつたでたらめコントを百あつめるつもり」で書き始めたものでした。「文壇にみとめられる」「芥川賞が来る」とも書いていることから，南吉はかなり自信を持っていたことがわかります。しかし，実際には3話だけで終わりました。

　第1話の「銅像になつた牛の話」は〈オカネ市〉が舞台です。南吉の日記によれば，1940（昭和15）年3月15日に岡崎市の県立種畜場へ遠足に行っています。ここに〈種牛の銅像〉云々という記述のあることから，この物語のモデルの地は岡崎市だと思われます。

　第2話の「ヤタ村の牡牛」には〈ヤタ村〉〈チ――半島〉〈アグヒ〉〈ヤナベ村〉などとあります。これらは知多郡矢田村，知多半島，知多郡阿久比町，半田市岩滑がモデルでしょう。

　第3話「大力の黒牛と貨物列車の話」は，後述するように安城地域がモデルの地でしょう。原稿末尾に「一五・四・一一」の日付があります。

　ところで，第3話には，ヒントとなる出来事がありました。それは，安城駅前で牛が暴れて商店に突っ込んだという事件です。

　南吉は1940（昭和15）年２月13日の日記に，この事件の一部始終を次のように記しています。

　　二本木の牛が駅にゐた。汽車を見て驚きはしり出した。金魚屋の娘が店番してゐる角の店へとびこんだ。四百円ばかりの損害を与へた。牛飼はすぐその場で弁償した。だがあとでよくしらべたらまだ百円は損をしてゐることがわかつた。金魚屋の長男に川本で飯をたべてゐるとき，「そんならもう一ぺんかけあつて足りない分を出して貰つたら」といつたら，「でもあゝいふものは一時のことですからね」とあきらめよく云つた。角のまるくなつた陳列棚なんか，今買はうと思つたつてないといつた。一週間程前のこと。

　〈二本木〉は碧海郡依佐美村大字野田字二本木（いまの安城市二本木町）のこと。安城駅から北西に直線距離で３kmほどのところに位置しています。いまでこそ新幹線三河安城駅のそばですが，南吉の頃は典型的な日本デンマークの農業地帯でした。小説中では，この頃「西東に通ずる鉄道が拓け」云々とあり，汽車のことを〈陸蒸気〉，駅のことを〈ステンシヨ〉と明治の古風な呼び方で呼んでいます。また，〈アンジヨウのステンシヨ〉や安城町成立以前の〈アンジヨウの村〉という記述もあるので，概ね安城駅が開設された1891（明治24）年６月の頃という設定になっていることがわかります。
　しかし，小説中では駅の開設当時にはなかったはずの商店街が描かれています。そのうえ，牛に壊された床屋の損害賠償額が500円でした。南吉の初任給が70円ですから，昭和10年代の物価と辻褄が合います。つまり，明治の20年代の〈アンジヨウのステンシヨ〉周辺でありながら，実際には南吉の頃の安城駅前の商店街が舞台になっているのです。この小説は滑稽な内容のコントですから，南吉はあえて時代考証を無視して滑稽味を演出しています。
　ただ，現実の安城駅前附近で牛が飛び込んだ店は，駅前の角にある金魚屋（食料品店）でした。しかし，アンジヨウのステンシヨ附近で牛が飛び込ん

だ店は床屋になっています。また，南吉が川本で金魚屋の長男に話したことも反映されていません。それでも，金魚屋の損害賠償額が400円で，後でよく調べると100円損をしていたということから，小説中の500円と金額がぴったり同じだというところが面白いと思います。また，侠客肌のある床屋の亭主が「なあに分別のねえもののした事だ仕方ねえよ」と〈太っ腹〉であったことからすると，床屋のモデルはカミヤ理容ではなく，〈頼山陽のやうな顔〉をした亭主のいる盛光軒の方でしょうか。このように現実の安城と小説中のアンジョウとは，あくまで別の世界として描かれています。

　なお，損害の金額見つもりに際して，床屋の亭主は500円でよいと言い，牛飼いの与ささあは200円くらいと踏んで，なかなか話がきまりません。そのとき，亭主はあくまで〈腹の大きいところ〉を見せ，「なあに，五百両頂きやあ何とかなるだあ」と言っています。しかし，見つもり額の高い方で話をつけることを〈腹が大きい〉とは言いません。金魚屋の長男こそ腹が大きい人というのです。ここに，南吉のユーモア精神が窺えます。

　また，南吉には安城地域を舞台にした物語をもう一つ書く構想もありました。江戸時代末期に用水の開鑿を計画した都築弥厚の伝記です。

　街外れに位置している女学校のすぐ裏手⑯には，明治用水（東井筋）が流れ，さらにその先には東井筋から分流した〈花ノ木用水〉も流れていました。このような地理的関係からして，南吉の知的興味が明治用水に向かうことは必然だった，と言えます。

　都築弥厚（1765〜1833）は三河国碧海郡和泉村（いまの安城市和泉町）の豪農で，酒造業を営み，代官⑰をも兼ねていました。和算家で碧海郡高棚村（いまの安城市高棚町）の石川喜平（1784〜1862）と協力し，私財を投じて明治用水の基礎となる計画を測量立案しました。一部については開鑿の許可まで得たものの，弥厚の死去によって計画は頓挫してしまいます。

　南吉は良寛の伝記『手毬と鉢の子』⑱の好評を受けて都築弥厚の伝記を計画しました。資料を調べたり，地元の古老から話を聞いたり，執筆のため長野

県の温泉宿に滞在したりもしました。

　南吉は1942（昭和17）年1月に血尿が出ていよいよ死を覚悟したとき，日記に「都築弥厚を本にして死なう」[19]と記しています。また，前年の年末には，弥厚の死ぬ前の言葉として「私は死ぬ。けれど私の仕事は死なない。私が死んだあと，一時私の仕事も立ち消えになつたやうに見えるかも知れない。しかし決して消えてしまひはしない」[20]と，日記中に記しています。弥厚が末期に発した言葉には，自らの死期の近いことを悟った南吉の思いが託されています。このように，この伝記には南吉の思いの丈が込められていましたが，病状の悪化のため完成に至りませんでした。

---

① 　週刊朝日編『値段の明治大正昭和風俗史』1981（昭和56）年1月30日　朝日新聞社
② 　19回生の組編成は1学年1組，20回生は1学年2組であった。
③ 　いまは大見博昭宅（安城市新田町出郷37）
④ 　1939（昭和14）年1月25日付の日記
⑤ 　〈悪水〉とは灌漑を終えた後の水のこと。下流で用水に合流し，灌漑用として反復利用される。
⑥ 　1939（昭和14）年5月18日付の日記
⑦ 　大石源三『ごんぎつねのふるさと　新美南吉の生涯』1987（昭和62）年1月23日　エフエー出版
⑧ 　「見聞録」1941（昭和16）年1月18日付
⑨ 　「見聞録」1940（昭和15）年11月18日付
⑩ 　1939（昭和14）年2月4日付の日記。ただし，店の名を「豊喜」と誤記。
⑪ 　「遺言状」〈A〉1941（昭和16）年3〜6月頃（推定）。この頃，一時的に体調が悪化して死を覚悟し，弟益吉に当てて遺言状を書いた。
⑫ 　1939（昭和14）年1月18日付の日記
⑬ 　1939（昭和14）年2月4日付の日記
⑭ 　1940（昭和15）年1月8日付の日記
⑮ 　「遺言状」〈A〉既出
⑯ 　いまの東井筋は暗渠（パイプライン）となり，地上にはサイクリングロードが整備されている。
⑰ 　旗本松平作左衛門家の根崎陣屋の代官
⑱ 　新美南吉『手毬と鉢の子』（1941年10月1日　学習社）は初版1万部，翌月には再版1万部を刊行。その後，第四版まで版を重ねたことは確実である。
⑲ 　1942（昭和17）年1月11日付の日記
⑳ 　1941（昭和16）年12月5日付の日記

花のき村の往還

　童話「花のき村と盗人たち」は〈民話的メルヘン〉を代表する童話の一つです。1943（昭和18）年９月に刊行された童話集『花のき村と盗人たち』①に初めて収録されました。この年の３月に南吉は亡くなっているので，死後の出版物ですが，出版の計画は生前から進行していました。

花の木観音堂の石柱と地蔵尊（移設・再現）

　南吉は1942（昭和17）年４月16日付の日記に「与田さんから葉書。赤い鳥に投稿した四篇を入れて，百五六十枚の童話集を出してくれるさうだ」と記しています。〈与田〉は北原白秋門下の童謡詩人で編集者の与田準一で，巽聖歌の盟友でした。南吉にとって，与田と巽は兄貴分と言える存在です。当時，与田は帝国教育会出版部に企画嘱託として勤めていました。

　また，南吉は同年５月25日付の日記に「歌見誠一兄に手紙を書く。小生の童話ののつてゐる赤い鳥四冊を借りるために」と記しています。つまり，童謡詩人で友人の歌見誠一から４冊の「赤い鳥」を借用しようとしましたから，当初は童話集へ４篇の童話のすべてを掲載する予定だったことがわかります。ところが，実際には雑誌への掲載順に「正坊とクロ」②「ごん狐」③「のら犬」④の３篇だけが童話集に収録され，「張紅倫」⑤が除外されています。

　「張紅倫」は，日露戦争を舞台にした物語です。奉天会戦の数日前，大隊長の青木少佐が誤って涸れ井戸の中に転落して脱出できないところを，中国人の少年の張紅倫に助けられます。これでは，言論当局から〝大隊長ともあろう将校が戦闘を前に大失敗したばかりか，中国人に助けられるとは何事であるか〟と大目玉を食らうことは必至です。南吉は「うた時計」で負傷した兵士が逃げ出す場面を描いていますが，〝さすがに佐官の将校が不名誉な失

敗をするストーリーは不味い、と考えて収録を諦めたのでしょうか。

　そのようなわけで，童話集『花のき村と盗人たち』には「赤い鳥」に投稿した3篇に新作の「和太郎さんと牛」「花のき村と盗人たち」「鳥右ヱ門諸国をめぐる」「百姓の足、坊さんの足」を加えて計7篇の物語で構成されています。

　このうち，表題作となった「花のき村と盗人たち」は，「新美南吉全集」⑥によれば1942（昭和17）年5月作とあります。根拠は示されていませんが，辻褄は合います。

　ここでは，次の3つの観点からこの童話を読み解きます。

　第一に，〈花のき村〉とは何かについて。

　そもそも，〈花ノ木〉という地名は，旧碧海郡安城村の中央部附近に〈ハナノキ〉というカエデ科の落葉高木が多く自生していたことから，この名がついたと思われます。ハナノキは漢字で「花之木」と書き，愛知，岐阜，長野の山間の湧水のある湿地に自生して，高さ20m以上にもなります。別名をハナカエデともいい，早春に濃赤色または褐色の花を咲かせた後にトウカエデに似た葉を繁らせ，秋には鮮やかに紅葉します。

　江戸時代中期に描かれた「安城村絵図」⑦には，村の中心部附近に〈花の木田〉という田んぼが描かれています。水に恵まれない安城ケ原には松の木が多かったようですが，この地は珍しく湿地を好むハナノキの自生する環境でしたから，そういうところに目をつけて田を切り拓いたのでしょうか。

　童話「花のき村と盗人たち」に描かれた村は，旧安城町内の〈花ノ木〉と呼ばれた地域がモデルだと思われます。ただ，花ノ木は旧安城村内の字⑧の名称で，いまの安城市花ノ木町はもちろん桜町・相生町・御幸本町の一部または大部分の地を含みます。警察署を含む駅前の商店街の多くもこの字の範囲に含まれていました。なお，旧安城町では東海道本線の安城駅前を中心に

商店街が発達しましたが，南吉の頃には本町通りの先のバス通り附近（いまの花ノ木町の中心地）にも商店が増えていました。

また，明治用水には字花ノ木を通過していないのに〈花ノ木用水〉と名づけられた分流があります。そのうえ，安城高女や町役場は字花ノ木ではありません。したがって，南吉

花の木橋（土橋として移築）

は旧安城町の中心部附近を漠然と花ノ木と考えていたのではないでしょうか。少なくとも，花のき村の舞台をいまの〈花ノ木町〉や〈花ノ木通り〉附近の狭い範囲に限定すべきではないと思います。

童話「花のき村と盗人たち」は，「むかし，花のき村に，五人組の盗人（ぬすびと）がやつて来ました」で始まります。しかし，盗人の親方は別にして，釜師の〈釜右ヱ門〉，錠前屋の〈海老之丞〉，角兵ヱ獅子の〈角兵ヱ〉，大工の〈鉋太郎（かんな）〉の４人は揃いも揃って〝盗人失格〟でした。〝盗人失格〟ということは善人だということの裏返しです。そんな奇妙な理屈の遊びにこの童話の可笑しみがあります。

また，名前からして戯画風でとぼけています。中でも，海老之丞の名は近世にあった南京錠の一種の〈海老錠〉に由来しているのでしょう。〈丞〉を〈錠〉にかけるのも，駄洒落の面白さです。

なお，釜師の釜右ヱ門は既に読み解いた童話「ごんごろ鐘」を思い起こさせます。「お寺に吊つてあつた鐘も，なかなか大きなもので，あれをつぶせば，まず茶釜が五十はできます」云々という台詞も，「ごんごろ鐘」で尼寺の鐘を供出するシーンを連想させます。角兵ヱがあま茶を貰ってくるのも尼寺ですし，村に善人ばかりが住んでいるのも「ごんごろ鐘」の世界と共通します。

　ところで，盗人たちは「北から川に沿つてやつて来ました」が，現実の明治用水は安城から見て北の方向にあたるいまの豊田市水源町から，安城高女の裏手を流れていました。そのうえ，童話中の川は藪の下を流れ〈村の奥深く〉へ入っていきます。したがって，南吉の心象中では明治用水の流れる現実の風景を下敷きにして，盗人たちが川の流れに沿って村の奥深くへ入り込んでいく情景がイメージされていた，と思われます。

　安城高女の同窓会の「会報」[9]には，新美先生が「細身のステツキをふつて出勤される所は颯爽とした眺めである」という紹介文が掲載されています。実はこの文章は南吉自身が書いた記事ですから，楽屋落ちネタのユーモラスな表現です。それでも，ステッキを振って花ノ木の地を颯爽と歩きながら童話の構想を練っていた南吉の姿を彷彿とさせます。

　第二に，南吉が童話の構想を練りながら行き来した往還について。

　南吉の頃，安城高女から御幸通りを駅の方に向かって400mほど歩くと，右側に〈更生病院〉[10]という大きな病院があって，その裏側の路地に〈花の木観音堂〉[11]というお堂が立地していました。

　ただ，安城高女からお堂へ行くには，裏門から出たところの往還を歩く方が近道でした。門を出て東の方に200mほど直進すると，明治用水の排水路〈花ノ木悪水〉にぶつかり，水路の上には〈土橋（どばし）〉が架けられていました。この橋を渡りさらに100mほど直進したところが花の木観音堂です。

　このお堂には木造の観音像の他，小さな地蔵菩薩がお祀りされていましたが，太平洋戦争末期に立て続けに起こった東南海地震[12]と三河地震[13]で大きな被害を受け，廃寺になっています。いまではもう跡形もありません。

　また，土橋の下を流れる花ノ木悪水は〈追田悪水〉[14]に合流しますが，合流する手前に尼寺がありました。この寺院が〈受頭院（じゅとういん）〉[15]で，土橋の場所からいうと，直線距離で200mばかりのところに立地しています。なお，近隣には受頭院の他，尼寺はありません。

いまでは区画整理によって附近の往還や街の様子は一変しています。観音堂の遺物は姿を消したり場所を変えたりしています。水路が暗渠になったので，土橋もありません。いまは受頭院だけが往時の面影を留めています。

　ところで，区画整理前の古い文学散歩用の案内図類には〝安城市末広町附近に〈花の木橋〉の石柱のほか石造りの地蔵や観音像がある〟などと記されていました。しかし，いまでは花ノ木町内の小公園⑥に，石造の花ノ木地蔵と花ノ木観音，花の木観音堂の石柱，花の木橋の石柱が集められています。

　ただし，地蔵と観音像は元の石像が傷んでいたため，新たに岡崎石（岡崎市特産の御影石）を用いて新造されました。また，土橋が再現されています。橋の４本の石柱は２本で１組になっていて，１組は「花の木橋」と彫られた石柱と「大正十四年十月改築」と掘られた石柱，もう１組は「はなのきばし」と彫られた石柱と「大正十四年十月改築」と彫られた石柱でできています。

　もっとも，花の木橋は〈花ノ木通り〉が花ノ木悪水を跨ぐ場所に架けられた橋で，花の木観音堂とは関係がありません。本来はバスも通れるような頑丈な造りの橋なので，土橋の石柱にしては不釣り合いです。

　結局，昔のままの姿を留める遺物は，花の木観音堂の石柱１本だけです。

　こうして，観音堂の遺物や土橋を手がかりに南吉の頃の花ノ木の実景を再現していくと，童話中の花のき村の情景と類似していることがわかります。

　川の流れに沿って花のき村の奥深くへ入り込む。すると，土橋があり，そのたもとに〈小さな地蔵さん〉がある。さらに川に沿って村の奥へ行くと尼寺がある――そのような情景が南吉の心象中に描かれていたのです。

　以上のことから，南吉は女学校の裏門から出て，花の木観音堂，花ノ木地蔵，花ノ木悪水，受頭院などを結ぶ往還を往来しながら童話の構想を練ったと考えることができるでしょう。

第三に，〈花の撓（とう）〉について。

〈花祭り〉は灌仏会（かんぶつえ）または降誕会（ごうたんえ）といいます。この法会（ほうえ）は釈迦の誕生日の陰暦4月8日に行われましたが，いまでは新暦4月8日または5月8日に仏教寺院で行われています。一般的には，花御堂の中に誕生仏を安置し，小柄杓であま茶を注いだり持ち帰ったりします。

ただ，尾張・三河地方の仏教寺院では，花祭りと一体化して〈花の撓〉または〈花の塔〉という行事が開催されることがあります。

文化庁の『平成27年度　変容の危機にある無形の民俗文化財の記録作成の推進事業　尾張・三河の花のとう』[⑰]によると，花の撓は次のような行事です。

> 「花のとう」は，愛知県において尾張・三河地方を中心に主に旧暦四月八日に行われてきた作占い行事である。神社や寺院の境内に農作業の様子などを箱庭風に表した「おためし」と呼ばれる飾り物がつくられ，参詣者はめいめいでその年の作物や天候，景気などを占い，これから作付けする作物の品種選定の目安としている。

南吉の頃の半田地域では，乙川の〈海蔵寺〉[⑱]の花の撓が盛大に行われていました。南吉の小説「家」には「春には花の撓のある東の村へつれてゆく。子供はその都度大勢の人の群とさまざまの露天商人，どこか自分の村に似てゐる町角や家のたゝずまひを見た」と記されています。海蔵寺の位置は岩滑からほぼ真東にあたるので，「家」に描かれた花の撓はおそらくこの寺がモデルでしょう。南吉の頃には，毎年5月8日と9日の日程で，花祭りとともに花の撓が行われていました。こうした記述から，南吉は子ども時代から海蔵寺の花の撓に親しんでいたことがわかります。なお，海蔵寺では2014（平成26）年から花の撓の催行を休止し，花祭りのみを実施しています。

他に，半田地域では板山の〈安養寺〉[⑲]でも行われていましたが，この寺院は岩滑から南西方向にあるため，「家」の花の撓とは無関係でしょう。

安城地域では，大正時代から行われていた〈大弘法万福寺〉<ruby>大弘法万福寺<rt>おおこうぼうまんふくじ</rt></ruby>[20]の花の撓が盛んで，近年までは毎年５月８日から10日の日程で実施されていました。万福寺に問い合わせたところ，花の撓に併せて花祭りも行われていたようです。いまは花の撓は行われず，花祭りも独立した法会としては催行されていません。

　ただ，この寺院の住職の河合全勝が「広報あんじょう」に寄稿した記事[21]があるので，花の撓の行事の様子がよくわかります。

　　毎年５月８日に，名古屋の熱田神宮で豊年祭という，その年の天候や作物の出来具合を占う行事があります。占った結果は，神様の人形や作物の模型で人々に示されます。これを「おためし」や「花の撓」といいます。

　　ここ大弘法萬福寺では，熱田神宮のおためしを再現しています。当日早朝に示されるおためしと「熱田神宮豊年祭之図」という図をもとに，私たち家族が，その日の昼までには作り上げます。この寺では，大正時代から続けられており，市内では唯一のものです。

　　二つの神棚には，赤，白，青の服を着た神様の人形がいくつか飾られ，その数や位置が一年間の天気の傾向を示し，また，作物の模型はその年の農作物の出来具合を表します。赤の人形は晴れを示します。白と青の人形は，風や雨を示すとも言われていますが，それは自分で判断するのです。見た人は，並べられた神様や作物を見て，それを自分の経験と照らし合わせて，それぞれが天候や作物の出来具合を解釈するのです。だから「おためし」と呼ばれているのです。

　　今では，田植えの時期が早くなり，５月８日のおためしのころには田植えが終わっている場合が多いのですが，昔は田植えが６月で稲刈りは10月。おためしを見て，今年は風（台風）が強そうだから早めに稲刈りをしようとか，この作物を作ろうとか判断していたようです。

　以上が記事の主要な部分です。

　わたしが南吉童話を本格的に読み始めた頃は，まだ花の撓の行事のことを知りませんでした。そのため，「それから，また川をどんどんくだつていくと小さい尼寺がありました。そこで花の撓がありました。お庭にいつぱい人がゐて，おれの笛くらゐの大きさのお釈迦さまに，あま茶の湯をかけてをりました。おれもいつぱいかけて，それからいつぱい飲ましてもらつて来ました。茶わんがあるならかしらにも持つて来てあげましたのに」という角兵ヱの報告と親方の反応の機微や可笑しみが，本当の意味で理解できてはいませんでした。

　寺院で行われる花の撓は，仏教の花祭りと今年の作物の出来を占う行事を併せた催しです。したがって，檀家の人たちだけでなく，あま茶が目当ての子どもたちや，今年の農作物の出来を占いたい近隣の農民たちが集まってきます。人々が集まると，それを目当てに見物人や露天商の店が出ますから，花の撓の期間になると小さい尼寺にも人があふれかえります。南吉も，子どもの頃から半田の海蔵寺の花の撓で，そんな情景に馴染みがありました。

　小さい尼寺の花祭りが行われるだけで〈お庭にいつぱい人がゐて〉という状況にはなりにくいでしょう。したがって，尼寺で行われていたのはどうしても花の撓でなければならなかったのです。

　ところで，盗人の親方は「やれやれ，何といふ罪のねえ盗人だ。さういふ人ごみの中では，人のふところや袂に気をつけるものだ」と，角兵ヱを叱りつけます。ただ，〈何といふ罪のねえ盗人だ〉という物の言い方は変です。〈罪がない〉は褒め言葉ですから，盗人を形容する言葉として用いるのは不適切でしょう。また，盗人は犯罪者なので，罪のない盗人というのは論理矛盾です。また，元来〈ふところや袂に気をつけろ〉という教えは，寺社の縁日や祭りなどの人混みでは，〝スリや盗人に用心せよ〟という意味です。しかし，盗人の親方の教えですから〝狙いやすいふところや袂を探せ〟という意味なのです。このように盗人の親方と弟子たちの会話は，言葉遊びや奇妙な論理のすれ違いの連続で，大いに読者の笑いを誘います。

ところが，盗人の親方が改心すると親方と弟子の立場が逆転します。鉋太郎には「かしら，もつとしつかり盗人根性になつて下せえよ」と言われてしまうのです。そのような立場の逆転の面白さも，この童話の魅力の一つです。

熱田神宮豊年祭（おためし）令和４年版（熱田神宮提供）

　ちなみに，1939（昭和14）年５月10日のこと，南吉は安城高女からの帰りに，この大弘法万福寺の花の撓を見学しています。万福寺へはいつもの通勤路の御幸通りを通つても行けますが，かなり遠回りになります。

　ここはやはり，南吉は裏門から近道をして行つたと考えるべきでしょう。花の木観音堂から道なりに東へ300mほど行き，追田悪水を渡る橋を渡つてすぐ左折し，悪水沿いの往還を100mほど遡つた右側が万福寺です。

　この日の南吉の日記には「学校の帰りに戸田先生に誘はれて大弘法様の花の撓を見にいつた。ここでも群衆は愚劣で，うすぎたなく，不健康で原始的だ。少しも美のない花崗岩の弘法大師の像二つ三つ。その前に坐つてゐる眼の悪い世話人」と記されていて，地元の人たちのことをよく書いていません。非公開が前提の日記ですから，南吉は周囲の人たちや友人たち，時には恩人に対してさえも辛辣な評言を浴びせることがあります。また，これは既述した岩滑新田の従妹〈おかぎ〉の婚礼の日の記述と同様に，自分は〈下卑た田舎者とは違う〉という意識の反映と見ることもできます。

　また，この日の日記には「金魚を三匹かつて空缶に入れてもらつてそこを出る」とあって，南吉は金魚を飼う鉢の用意もないまま，花の撓の人出が目当ての露店で衝動買いをしています。このように，日記中には〈花崗岩の弘法大師の像〉や花の撓の見物に集まった〈群衆〉の悪口を容赦なく書きながら，賑やかな行事や露店をそれなりに楽しんでいた様子が窺えます。

　なお，大弘法万福寺は尼寺ではありません。また，受頭院に問い合わせた
ところ，花祭りは以前に行われていたものの，花の撬を行ったことはなく，
花ノ木地蔵とも関係はないとのことでした。

　さて，童話の中に描かれている三河・尾張の伝統行事は，いまの私たちに
次のことを教えてくれます。
　まず，大弘法万福寺は字花ノ木の範囲から外れています。したがって，花
のき村は字としての花ノ木よりも広い範囲の地域が舞台になっていたことが
わかります。
　次に，南吉は万福寺で見た花の撬を受頭院の行事に置き換えて，心象中に
イメージ化していました。したがって，童話の舞台は現実の花ノ木ではなく，
南吉の心象中に理想の村として描かれた花のき村であったということです。
　さらに，花の撬が行われていた万福寺や尼寺の受頭院へ行くために，南吉
は花の木観音堂前や土橋を通った可能性が極めて高いと言えます。つまり，
南吉は花の木観音堂や土橋のことを熟知していたはずです。

　以上，３つの観点からこの童話を読み解いてきましたが，最後にこの童話
の結末部について考察します。
　花のき村の人々は，村を盗人の難から救ってくれた子どもを探してみまし
たがわかりません。結局わからなくて「土橋のたもとにむかしからある小さ
い地蔵さんだらう」と〈きまりました〉ということです。何も〈決める〉必
要はないのですが，決めないと気が済まないのが世間というものです。それ
でも，決めるにはそれなりの根拠がなくてはならないのも世間というもので
す。そこで，その根拠に「地蔵さんが草鞋をはいて歩いたといふのは不思議
なことですが，世の中にはこれくらゐの不思議はあつてもよいと思はれま
す」ということが挙げられました。
　この論理は童話「和太郎さんと牛」で，和太郎さんが「世の中は理窟どほ
りにやいかねえよ。いろいろ不思議なことがあるもんさ」と言っていること

と同じです。

　つまり，民話的メルヘンで描かれる理想的な村では，村に起こるさまざまな〈不思議〉を不思議と思わず，理由を詮索せずに素直に受け入れるべきだとする論理です。これをわかりやすくいうと，桃太郎が桃から生まれるのは不思議ではあるが，それを素直に受けとめるのが民話の世界の作法である，ということでしょう。

　ただ，この童話は近代童話であるため，民話の論理だけで首尾一貫しているわけではありません。ちょうど，和太郎さんが天から授かった和助君が応召して南方戦線で働く場面で締め括られているようにです。

　童話「花のき村と盗人たち」の場合は「でもこれがもしほんたうだつたとすれば，花のき村の人々がみな心の善い人々だつたので，地蔵さんが盗人から救つてくれたのです。さうならば，また，村といふものは，心のよい人々が住まねばならぬといふことにもなるのであります」ということが結論として掲げられています。〈村といふものは，心のよい人々が住まねばならぬ〉ということは，村に住む人々は必ずしも総てが善人ばかりとは限らないということです。ちょうど，大弘法万福寺の花の撓に集う群衆が〈愚劣で，うすぎたなく，不健康で原始的〉であるようにです。

　また，盗人の親方は改心して村役人に自首をします。その結果，４人の弟子たちは〈お慈悲〉で許してもらいましたが，親方はそうはいきません。どこへ連れて行かれたかまでは書かれていません。しかし，許されたのであれば弟子たちと一緒に旅立ったはずです。ちょうど，和太郎さんのお嫁さんが実家に帰されてしまったように，盗人の親方は〈美しい心〉になったとしても，いままで盗人であった時に犯した罪は消えないのです。

　先に，童話「花のき村と盗人たち」は〈民話的メルヘン〉を代表する童話であると書きました。たとえ日本デンマークの安城が経済的に成功した農村であり，南吉が〈畳屋の正八っつぁん〉としてではなく〈女学校の新美先

生）として社会的に尊敬され生徒たちから慕われていたとしても，現実の花ノ木は善人ばかりの住む理想郷ではありません。

　したがって，花のき村は南吉が現実の花ノ木の往還を歩きながら，自らの心象中に描きだした理想の村と考えるべきでしょう。

---

① 　新美南吉『花のき村と盗人たち』1943（昭和18）年９月30日　帝国教育会出版部

② 　「赤い鳥」1931（昭和６）年８月号

③ 　「赤い鳥」1932（昭和７）年１月号

④ 　「赤い鳥」1932（昭和７）年５月号

⑤ 　「赤い鳥」1931（昭和６）年11月号

⑥ 　「新美南吉全集」第３巻　1973（昭和48）年６月15日13版　牧書店

⑦ 　「安城村絵図」1787（天明７）年　安城市歴史博物館蔵

⑧ 　字とは町や村を小さく分けた区域の名のこと。大字と小字がある。明治以降は近世の村の名を大字と呼んだので，花ノ木は小字にあたる。

⑨ 　「昭和十四年度会報」1939（昭和14）年12月　安城高等女学校同窓会

⑩ 　更生病院はいまの安城市御幸本町504の地に碧海郡購買販売組合連合会が設立した病院。のち市内の別の場所へ移転して〈安城更生病院〉と改称した。跡地には中心市街地拠点施設〈アンフォーレ〉が建ち，図書館やホールなどが入っている。

⑪ 　遺された石柱には「花の木かんおん堂」とある。〈花ノ木〉ではなく〈花の木〉である。確かな根拠はないが，南吉は〈花の木〉から〈花のき〉の表記を思いついたのかもしれない。

⑫ 　1944（昭和19）年12月７日に発生。

⑬ 　1945（昭和20）年１月13日に発生。

⑭ 　いまは〈追田川〉と呼ばれる。

⑮ 　真證山受頭院はいまの安城市末広町14-16にある浄土宗の寺院。

⑯ 　安城市花ノ木町43-38

⑰ 　さいたま民俗文化研究所作成『平成27年度　変容の危機にある無形の民俗文化財の記録作成の推進事業　尾張・三河の花のとう』文化庁文化財部伝統文化課発行　2016（平成28）年３月20日

⑱ 　清涼山海蔵寺はいまの半田市乙川若宮町25にある曹洞宗の寺院。

⑲ 　篠島山安養寺はいまの半田市板山町10－５にある西山浄土宗の寺院。

⑳ 　大弘法万福寺はいまの安城市相生町１－２にある浄土宗西山深草派の寺院。

㉑ 　「あんじょう　みてあるき」その26（「広報あんじょう」2006（平成18）年５月１日　安城市）

追憶の往還を辿る日々

南吉は1942（昭和17）年の秋頃か
ら持病の結核が悪化していました。
8月には「都築弥厚伝」を書くため
信州方面で10日あまり滞在していま
すから，体調はよかったのです。

ところが，巽聖歌の『新美南吉の
手紙とその生涯』[1]によると，10月に
童話集『おぢいさんのランプ』[2]が出
て出版記念会を計画しますが，南吉
は上京してきません。また，11月2
日には北原白秋が没しました。巽は

安城高女の作法室でくつろぐ南吉

「学生時代にお世話になったことを思えば，当然，とんで来なければならな
い」と，このような際にも上京してこない南吉を批判しています。むろん，
「よくよく，からだが参っていたのだろう。東京へ出てくる，とはいわない
のだ」とも書いていて，南吉の健康状態が上京を許さなかったことには理解
を示しています。

1942（昭和17）年の年末になると，南吉は持病の結核が極端に悪化してい
きました。それでも病気を押して安城高女への出勤だけは続けますが，年が
明けると安城高女への出勤もできなくなります。以後は，岩滑の実家で絶望
的な闘病生活を送りました。

それでも，南吉の創作意欲は衰えず，執筆活動を続けます。

以前の教え子に1943（昭和18）年1月11日付で宛てた手紙には「わたしは
毎日，吸入をかけたりして正午まで寝てゐます。それから起きて日向で読書
します。電燈がともるころから，戸を閉ざすころまで童話を書きます」[3]と記
されています。〈吸入〉は噴霧した薬剤や蒸気を経口吸入して喉の痛みを和
らげる療法ですから，そんな対症療法ぐらいしか手の施しようのないことが

わかります。それでも，南吉は最後の体力と気力を振り絞って少年小説を書きました。年末から年始にかけての執筆状況は，次の通りです。

「耳」	1942（昭和17）年12月26日
「狐」	1943（昭和18）年1月8日
「小さい太郎の悲しみ」	1943（昭和18）年1月9日
「疣」	1943（昭和18）年1月16日（推定）
「天狗」（未完）	1943（昭和18）年1月18日

　死の床に臥していたにもかかわらず，南吉は短期間にこれだけの少年小説や小説を物しています。

　とりわけ，「狐」の自筆原稿には，タイトルの下に「一八・一・八午后五時半書きあぐ。／店の火鉢のわきで。のどが／いたい」と，深刻な病状についての書き込みがあります。南吉はもはや自分には時間が残されていないことを悟り，遺書のつもりでこれらの小説を書き続けたのでしょう。

　けれども，「天狗」に取りかかってから間もなく，遂に執筆活動を続ける体力も気力も尽き果てました。

　2月9日付で以前の教え子に宛てた手紙では「たとひ僕の肉体はほろびても君達少数の人が（いくら少数にしろ）僕のことをながく憶えてゐて，美しいものを愛する心を育てて行つてくれるなら，僕は君達のその心にいつまでも生きてゐるのです」[4]と記しています。南吉が構想しながら完成しなかった「都築弥厚伝」中で死に臨む弥厚の言葉を思い起こさせる文言です。

　その翌日にあたる2月10日付で「疾病ニ罹リ其ノ職ニ堪ヘサルニ因リ」[5]ということで退職辞令が出て，安城高女の教諭職を分限免職になっています。

　それでも，巽聖歌は南吉の病状がここまで深刻であるとは思っていませんでした。しかし，2月12日付の南吉の手紙[6]に「今度の病気は咽頭結核といふ面白くないやつで，しかも，もう相当進行してゐます。朝晩二度の粥を

すゝるのが，すでに苦痛なのです」云々，「生前（といふのはまだちよつと早すぎますが）には実にいろいろ御恩を受けました」云々とあった件（くだり）を読むと，たいへん驚きます。あわてて，２月末頃に岩滑へ向けて旅立ち，３泊４日の日程で看護[7]をしました。

　南吉が２月26日付で以前の教え子に宛てた手紙には「いしやはもうだめと／いひましたがもういつぺん／よくなりたいと思ひます／ありがと／ありがと／今日はうめが咲いた由」[8]と，途切れ途切れに書くのがやっとでした。そして，３月８日付で巽聖歌に宛てた手紙に「はやく童話集がみたい。今はそのことばかり考へてゐる」[9]と書いた後，22日の朝に逝去しました。

　最後の小説「天狗」が未完になってから，わずか60日余りでの死でした。この間，執筆活動はできませんでしたが，最後まで童話集の完成を待ち侘びた南吉の執念を感じます。

　ここでは，最晩年の少年小説のうち，まず「狐」について読み解きます。

　第一に，小説の背景となった往還について。

　この小説は「月夜に七人の子供が歩いてをりました」と，子どもたちが月夜の往還を歩く状況から書き始められています。７人の子どものうちで，主人公の〈文六ちやん〉は「月夜の光でも，やせつぽちで，色の白い，眼玉の大きいことのわかる子供」として描かれています。〈やせつぽちで色が白い〉ということから南吉の分身のように思えます。ただ，お祭に行く途中で下駄屋さんに立ち寄って新しい下駄を買います。下駄屋さんは南吉の生家の家業ですから，文六ちゃんを南吉と同一視することはできません。あくまでも虚構（フィクション）の中の登場人物です。それでも，南吉の子ども時代の風貌や境遇を反映していることは間違いありません。

　また，文六ちゃんは自分の〈小さい村〉の友だちと連れ立って〈本郷〉の鎮守のお祭に出かけます。「校定新美南吉全集」の【語注】[10]によると，岩滑新田の人たちは岩滑のことを「本郷」と呼んでいました。つまり，文六ちゃ

んは岩滑新田がモデルの小さな村の子で，お祭に行くために岩滑がモデルの集落へ出かけたというわけです。

　岩滑の鎮守は「八幡社」で，社格は村社です。いま，この神社の祭礼は半田市指定有形民俗文化財に指定されていて，〈義烈組の八幡車〉と〈西組の御福車〉の2台の山車を曳き廻します。南吉は13歳のときに義烈組へ加入しました。ちなみに，宗教法人の登録や神社入口の石柱などでは〈八幡神社〉ですが，地元の人たちはこの神社のことを〈八幡社〉と呼んでいます。以後，混乱を避けるため八幡社で統一します。

　八幡社の所在地はいまの半田市岩滑中町7丁目80番地で，南吉が弟と寝起きし，生涯の最期を迎えた〈はなれの家〉とは直近の場所にあたります。元気だったころの南吉は，毎日神社の境内を通って，はなれの家と生家の間を往来していました。

　なお，南吉の頃，八幡社の大祭は4月5，6日の両日にわたって開催され，5日の夜には，神子舞（女児が舞う稚児舞）やからくり人形の三番叟（八幡車で操演）の奉納されることが恒例でした。ただ，「狐」が書き上げられた1月8日の時点では，まだ大祭の開催はずっと先のことです。したがって，小説中のお祭は，南吉の追憶するお祭がモデルであることがわかります。

　また，八幡社の境内を通ってはなれの家と生家と結ぶ往還は，南吉にとって子ども時代から通い続けた往還でした。しかし，小説中では現実の往還ではなく，岩滑新田と八幡社を結ぶ往還，すなわち岩滑新田と岩滑を結ぶ旧大野街道や新道（県道乙川大野線）に置き換えてモデルにしています。

　7人の子どもが小さな村（岩滑新田）から本郷（岩滑）のお祭の見物にやって来る設定になっているのは，子どもたちが2つの村を結ぶ往還を行き来する風景と心理の描写を小説のハイライトの一つにするために，どうしても〈半里の，野中の道〉を辿らせる必要があったからです。むろん，病状の悪化した南吉に現実の往還を辿る余裕はありませんから，南吉が追憶する往還が舞台になります。

往路の子どもたちは，これから見物するお祭が楽しみで仕方がありません。月に上から照らされてできた自分たちの影を見て「ずゐぶん大頭で，足が短いなあ」と大笑いしました。やがて，切通し（モデルはしんたのむね）をのぼると，〈ひゆうひやらりやりや〉と笛の音が聞えてきますから，浮

岩滑の八幡社

き浮きした子どもたちの足は，自然に早くなります。

　ところが，復路になると一転して「ちやうど一人一人が，じぶんのこころの中をのぞいてでもゐるやうに」黙って歩きます。そして，とうとう「わたしたちの中には狐が一匹はいつてゐる」と，恐ろしくなります。

　南吉は7人の子どもたちの行き来する往還を虚構（フィクション）の往還に置き換え，春の月夜の往還沿いの風景や子どもたちの心情を見事に描ききりました。こうして，南吉は子ども時代のお祭の追憶を，虚構としての文学の域にまで昇華させています。

　第二に，南吉にとっての〈母〉の問題を想起させることについて。

　「狐」では，ほんのちょっとした出来事がきっかけになって，そこから思わぬ悲劇が始まりました。これは南吉の物語のパターンの一つです。

　ちょっとした出来事というのは，ちょうど文六ちゃんが下駄屋さんで新しい下駄をはいたとき，お店に入ってきたお婆さんから「晩げに新しい下駄をおろすと狐がつくといふだに」と言われてしまったことです。

　下駄屋さんの小母さんは，マッチを擦って下駄を汚すおまじないをしてくれました。しかし，からくり人形の三番叟が演じられると，子どもたちにはいつもは滑稽に思っている人形が〈ぶきみなもの〉に見えてきます。しかも，

帰り道では下駄屋の小母さんのまじないはマッチを擦るまねだけだったことを思い出します。連れだってお祭に行った友だちは，文六ちゃんが狐になったような気がしてきますから，文六ちゃんを気味悪く思うようになります。文六ちゃん自身も，自分に狐がついたような気がして不安になりました。

　そこで，文六ちゃんは家に帰ると，お母ちゃんに「僕が狐になつちやつたらどうする？」と訊ねます。すると，お母ちゃんはお父ちゃんと二人で「明日の晩げに下駄屋さんから新しい下駄を買つて来て，いつしよに狐になるね」と答えました。みんなで狐になって，鴉根山へ行くというのです。

　なお，鴉根山は成岩の西南の方にある丘陵地帯（いまの半田市鴉根町）です。南吉は杉治商会[11]に就職してこの地に住み込みで働いた経験があります。そうしたことから〈鴉根山へ行く〉と記したのでしょう。

　小野敬子は『南吉童話の散歩道』[12]で，この小説について「『手袋を買ひに』で果たすことができなかった理想の母親像の創造を，南吉は『狐』の中のたとえ話において達成することができた。たとえ話であったから創造することができたのである」「この童話に託した母子の最高に心の通い合う世界は，南吉にとって見果てぬ夢だった」と評しています。

　また，続橋達雄は『南吉童話の成立と展開』[13]で，この小説に描かれた〈母〉のイメージは〈実母〉か〈継母〉かという考察を行った後，「南吉が限りなく甘えることのできた実母のイメージだった」としています。そのうえで「文六は，母との一体感，共同のいのちを求めている。文六と母の流す涙は，それぞれのがわからの《愛の哀しみ》というべきか」と結論づけました。

　しかし，「狐」は本当に南吉の理想の母親像を描いていると言えるのでしょうか。そもそも，〈実母のイメージ〉〈継母のイメージ〉や〈理想の母親〉〈母親らしくない母親〉というようなステロタイプで，南吉の物語に描かれた〈母〉について考えようとすることは，妥当な読み解き方と言えるのでしょうか。

確かに，この小説では母ちゃんはあくまでも文六ちゃんを愛し，文六ちゃんは母ちゃんを慕い続けています。そのことは紛れもない事実です。にもかかわらず，この作品において，文六ちゃんが母ちゃんの愛情に包まれているように見えるのは，人間関係のごく浅い，表面的なところにしかすぎないのです。つまり，この小説は，人間関係の深いところでは，人間というものは所詮孤独なものなのだ，ということを読者に思い知らせているのです。この小説を読んだ読者は，この事実を知ったとき，慄然とします。

　「狐」の中のお祭の場面では，お多福湯のトネ子が稚児さんになって舞を舞います。しかし，祭礼という晴の場においては，日頃よく知っているはずのトネ子であっても，神子というまったく異なる者に変身します。

　また，いつもは仲の良い友だちであっても，いったん文六ちゃんが狐になったのではないかという疑問を抱くようになると，態度を豹変させます。文六ちゃんが狐になってしまったと思い込んだとき，彼らは文六ちゃんを恐れるようになりました。

　一方，文六ちゃんは日頃心が通じ合っていると思っていた友だちから，見事に裏切られてしまいます。

　それでは，文六ちゃんと最も親しい関係にある母ちゃんの場合はどうでしょうか。

　文六ちゃんの母ちゃんが，文六ちゃんの友だちたちのように，普段は見せない面を垣間見せ，文六ちゃんを裏切るようなことは，絶対にないと言いきることは難しいかもしれません。

　小説中では，もし文六ちゃんが狐になってしまったら母ちゃんと父ちゃんも狐になると言います。さらに，もし狐の文六ちゃんが猟師に捕まりそうになったら，母ちゃんは文六ちゃんの身代わりになるとまで言いきります。

　少年小説「狐」の締めくくりは，次のようになっています。

　　「犬は母ちやんに噛みつくでせう，そのうちに猟師が来て，母ちやんをしばつてゆくでせう。その間に，坊やとお父ちやんは逃げてしまふの

だよ」

　文六ちやんはびつくりしてお母さんの顔をまじまじと見ました。

　「いやだよ，母ちやん，そんなこと。そいぢや，母ちやんがなしになつてしまふぢやないか」

　「でも，さうするよりしやうがないよ，母ちやんはびつこをひきひきゆつくりゆくよ」

　「いやだつたら，母ちやん。母ちやんがなくなるじやないか」

　「でも，さうするよりしやうがないよ，母ちやんは，びつこをひきひきゆつくりゆつくり……」

　「いやだつたら，いやだつたら，いやだつたら！」

　文六ちやんはわめきたてながら，お母さんの胸にしがみつきました。涙がどつと流れて来ました。

　お母さんも，ねまきのそででこつそり眼のふちをふきました，そして文六ちやんがはねとばした，小さい枕を拾つて，あたまの下にあてがつてやりました。

　それにしても，「狐」には，我が子のためには命をも投げ出そうとするお母さんの愛情があふれています。実に感動的な場面です。なお，引用文中の〈びつこ〉という表現は歴史的事実であるので，あえてそのまま引用しています。

　しかし，ここで少し見方を変えて，文六ちゃんの立場からこの場面の意味を考えてみましょう。母ちゃんの言うことは，客観的にはいかに愛情にあふれた行為ではあったとしても，文六ちゃんの気持ちの上からすると，母ちゃんに見捨てられたということに等しいのです。ですから，母ちゃんの言うことが愛情であると言われても，本当のところ，文六ちゃんは困ってしまうのではないでしょうか。なぜならば，文六ちゃんは常に母ちゃんがそばにいてくれて，愛され慈しまれ続けることを求めています。肝心の母ちゃんがいなくなってしまっては，元も子もなくなってしまうからです。

また，母ちゃんとしても，自分の言うことを文六ちゃんの立場に立って考えてみると，子どもを捨てることと同じことなのだということは，十分にわかっているのではないでしょうか。

　けれども，だからと言って，この小説中に書かれた母ちゃんの決意そのものを非難することは，誰にもできないでしょう。我が子を救う道が他にないという場合，我が身を犠牲にすること。このことが，究極の愛情の表現であることには違いないからです。

　ここにパラドックスがあります。客観的には愛情にあふれた尊い行為であっても，子どもの立場から見れば見捨てられてしまったことに等しいのです。小説中で，文六ちゃんが〈おつ母ちゃん〉の下駄を履いていたために他の子どもたちに遅れてしまったことは，このパラドックスの象徴的な表現でしょう。しかも，パラドックスを解消し，母ちゃんと文六ちゃんをともに救済する手段はありません。つまり，「狐」において，母ちゃんはいかに行動すべきかという問いに答えることは，もともと不可能なことなのです。

　結局，小野や続橋の言う〈理想の母〉などというものは，この作品中には，初めから存在していないのです。神ならぬ身にとって，文六ちゃんは母性の象徴である母ちゃんの胸にしがみつくしかありません。一方の母ちゃんは，涙をぬぐうより他に，なすすべを知りません。

　このように読み解いていくと，「狐」だけが〈母〉と〈子〉の理想的な心のつながりを描いているという読みはまったく妥当でないことがわかります。

　それでは，最晩年の南吉は，なぜこのような回答不能で救いのない問いをこの小説中で問うたのでしょうか。それは，死期を悟った南吉が，もう一度，自分が生涯にわたってこだわり続け，特別な感慨を抱き続けてきた母親という存在について，少年小説の中で纏めをつけたかったからではないかと思います。南吉がいよいよ人生の終わりを迎えようとするその一瞬，命の最後の残り火をかきたてながら，私たちに人生の難問を問いかけたと考えると，晩年の一連の少年小説が，いかに壮絶で哀しい物語であったかがわかります。

なお,「天狗」は少年小説ではなく,成人の読者を想定した自伝的小説だろうと思います。ただ,未完の小説ですから,ここでは3つの観点から簡単に読み解くことにします。

第一に,南吉が遺言のつもりでこの小説を書いたことについて。

小説中の「或る人達は,いつも私の絵を愛してゐてくれます。これからさきも,その人たちの愛はかはることはないと思ひます。もし,その人達が死ねば,その人達に代る人がまたあらはれて,私の絵を愛してくれるだらうと思ひます。それは少数でも,きつと,いつの世でもなくなることはないやうな気がします」という文言からは,都築弥厚伝の最期の言葉を連想させられます。つまり〝自分の遺作はこのように読み継がれて欲しい〟という思いを書き記した文言ではないかと思うのです。

第二に,南吉は自らの文学観を伝えるためこの小説を書いたことについて。

小説中の〈私〉は画家という設定になっていますが,自らの芸術観について「私は大げさな絵はかきません。つつましい絵をかきます。つつましい絵の中に半分の夢と半分の現実をつきませるのです。そのほかのもの,たとへば理想だとか,主張だとか,思想だとか,諷刺だとか,いふものも,その時の気分でまぜることもあります。まぜぬこともあります。しかしいつも,欲けぬものは夢です。私どもの日常生活のがらくたの向ふにある(或る特別な人々にだけある)夢です」と語っています。この文言の〈絵〉を〈文学〉に置き換えて読むと,南吉の文学観がよく理解できます。

第三に,南吉は岩滑の往還を舞台にこの小説を書いたことについて。

小説中の〈私〉は東京に住んでいますが,「故郷である知多半島のまん中どころにある,或る小さな村に帰つて来てゐます」という設定になっています。南吉は東京や安城に移り住みながら,自らの最期を故郷の岩滑で迎えようとしていることに符合します。

本書では，これまで南吉が現実の往還や追憶の往還を行き来しながら物語の構想を練ったことを手がかりに，南吉の文学を読み解いてきました。南吉は人生の最後の日々を生まれ育った岩滑の地に戻ってきましたが，ここで注目したいのが小説「家」の中で描かれた〈道〉のイメージです。

　この小説中に，主人公の〈子供〉が「お嫁にいって間もなく死んでしまつたあの優しい姉さんからいつか聞かされた道の話」のことを不意に憶ひ出す場面があります。ちなみに，〈お嫁にいって間もなく死んでしまつたあの優しい姉さん〉からは，亡くなった実母のりゑを連想させられます。

　　――もと道は今の様なものではなかつた。箒のやうな姿をしてゐた。さういふ道が始め二人あつたのである。二人の道は毎日一本の太い木の下で遊んでゐた。ところが或るとき二人の道は自分達の心が満足してゐないことを知つた。二人の心は何かを欲しがつてゐた。それが何であるかは自分にも解らなかつた。兎も角何かが非常に欲しかつた。そこで二人はその欲しいものを探しに旅することになつた。一人の道は木のところから右にゆき，もう一人の道は左にゆくことにきめた。二人は又何処かで一緒にならうと約束して，右と左に別れて出発した。（中略）そして遂に或る日，長い旅路で疲れ果てた二人の道は，もとの大木の下で一緒になつて腰を卸したのであつた。二人は互に，探してゐたものが見つかつたか訊きあつた。すると二人の答は同じであつた。つまり見つからなかつたのである。二人はもはや老人になつてしまひ，再び力を新にして探しに出掛ける勇気もなかつた。そして間もなく二人はこの世から消えていつた。併し二人の道が旅していつたうしろには，箒のやうな彼等の足がひきずつていつた跡がついた。今ではその足跡を道と呼ぶのである。だから道は，昔の二人の道が通つた，あらゆる所に通じ，あらゆる家々につらなつてゐる……

　〈二人の道〉は〈自分達の心が満足してゐない〉ことを知り，〈何かを欲し

がつて）旅に出ました。長い旅路に疲れ果て〈もとの大木の下〉に戻って来ましたが，二人の道が探していたものは見つかりませんでした。

　現実の南吉は故郷の岩滑や岩滑新田の地で多くの時をすごした他，東京で学生時代の４年間と就職・病気療養の８ヶ月足らず，安城で下宿した３年足らず，半田の杉治商会に住み込みで働いた半年足らずの時をすごしました。これらをひっくるめて，南吉の〈人生の旅〉と捉えることができるでしょう。南吉が日記に「また今日も己を探す」[14]と記しているように，南吉の人生は自分探しの旅をはじめ，満ち足らぬものを探す旅の連続でした。現実の南吉は人生の旅の終末には岩滑へ戻って来ましたが，文学の世界では〝旅に出て何を見つけたか，見つけられなかったか〟についてではなく，〝旅に出て何を見つけようとしたか〟について考究されるべきだと考えます。

　南吉の文学を読み解く際には，南吉の辿った往還を追体験しながら，南吉の〝満ち足らぬものを探す旅〟の有り様について，自分なりの考えを巡らしてみてはいかがでしょうか。本書がその一助となれば幸いです。

---

①　巽聖歌『新美南吉の手紙とその生涯』1962（昭和37）年４月10日　英宝社

②　新美南吉『おぢいさんのランプ』1942（昭和17）年10月10日　有光社

③　1943（昭和18）年１月11日付　高正惇子宛封書

④　1943（昭和18）年２月９日付　佐薙好子宛葉書

⑤　「公立学校職員分限令」第３条第２号

⑥　1943（昭和18）年２月12日付　巽聖歌宛封書

⑦　巽聖歌『新美南吉の手紙とその生涯』（前掲）による。

⑧　1943（昭和18）年２月26日付　高正惇子宛葉書

⑨　1943（昭和18）年３月８日付　巽聖歌宛葉書
　「童話集」とは『花のき村と盗人たち』（1943（昭和18）年９月30日　帝国教育会出版部）のこと。

⑩　「校定新美南吉全集」第二巻　1980（昭和55）年６月30日　大日本図書

⑪　かつて半田にあった飼料の製造販売会社。南吉は鴉根山にあった杉治畜禽研究所（農場）勤務を経て，本社経理部に転属した。勤務期間は1937（昭和12）年９月１日から翌年の１月頃まで。

⑫　小野敬子『南吉童話の散歩道』1992（平成４）年７月５日　中日出版社

⑬　続橋達雄『南吉童話の成立と展開』1983（昭和58）年12月20日　大日本図書

⑭　1937（昭和12）年２月14日付の日記

おわりに

　新美南吉の没後，生家の渡辺家に遺された膨大な原稿，日記，メモ，書簡などの大部分は，巽聖歌によって東京に引き取られました。

　聖歌はこの原稿類などをもとに，南吉の童話集などを刊行したり，南吉文学を紹介する著作物を著したりすることを通じて，南吉の業績を世に広めることに努めます。とりわけ，1956（昭和31）年から小学校国語科教科書（大日本図書）の編集に関与し，教材として「ごんぎつね」を採用するよう強く押しました。南吉文学が日本中の子どもたちに親しまれるようになるにあたっては，何と言っても教科書教材に取り上げられた影響が大きいので，この折の聖歌の功績は高く評価されるべきでしょう。

　また，聖歌は滑川道夫との共同編集で全8巻の「新美南吉全集」（1965（昭和40）年刊　牧書店）を上梓しました。この全集は日記を収載するなど，従来の児童文学作家の全集にはない画期的な編集方針をとりました。ただ，本書中にも記したようにテキストクリティークに難があります。それでも，本書では必要に応じてこの全集の成果を用いました。

　なお，この全集は版を重ねた際に重版の刊行年月日のみを掲載したため，本書中では，初版年月日を記していない場合のあることをお断りしておきます。

　1973（昭和48）年に聖歌が没すると，新美南吉著作権管理委員会（いまの新美南吉の会）が結成され，南吉の著作権と資料を引き継いで管理にあたりました。この委員会の管理下にあった時期に，全14巻（別巻2巻を含む）の「校定新美南吉全集」（1980（昭和55）～1983（昭和58）年　大日本図書）が刊行されています。この全集は原稿にまで立ち戻り，推敲過程なども含めて可能な限り南吉の意志を再現する方針で編まれた画期的なものでした。本書では多くこの全集に依拠しています。

その後，南吉の資料は1994（平成６）年に開館した新美南吉記念館に引き継がれて，今日に至っています。

　思い起こせば，わたしが南吉文学を読み解くことを志すのは学部の学生の頃からでしたから，半世紀に近い年月が経過しようとしています。「校定新美南吉全集」が刊行され始めてからは，次回の配本が待ち遠しくて仕方のなかったことを懐かしく思い出します。
　本書のアイデアの大枠は，わたしが岡崎女子大学に在職していた際に，担当するゼミナールの学外授業という位置づけの〝文学散歩〟で，自然に形づくられていったものです。学生諸君と一緒に，半田と安城にある南吉ゆかりの地を巡り歩き，思いつくまま互いにとりとめもない話を交わしたことは，懐かしい思い出です。南吉は安城高等女学校でよき生徒たちに恵まれましたが，わたしもよき学生たちに恵まれました。
　なお，文学散歩では養家のかみや美術館，新美南吉記念館，南吉の下宿先の大見家には大変お世話になりました。

　最後になりましたが，本書のような形で南吉研究をまとめる機会を与えていただいた版元の明治図書出版株式会社に感謝いたします。

2022（令和４）年７月20日

　　　　　　　　　　　　　　　　　　蓼科高原 鹿柴山房にて

　　　　　　　　　　　　　　　　　　　　　著　者　識

【著者紹介】
上田　信道（うえだ　のぶみち）
児童文学・児童文化研究家。
大阪教育大学大学院修了後，大阪府立高校教諭・大阪国際児童
文学館専門員・岡崎女子大学教授などを経て，現在に至る。

新美南吉　珠玉の名作はいかにして生まれたか

2022年9月初版第1刷刊　Ⓒ著　者　上　　田　　信　　道
　　　　　　　　　　　　発行者　藤　　原　　光　　政
　　　　　　　　　　　　発行所　明治図書出版株式会社
　　　　　　　　　　　　　　　　http://www.meijitosho.co.jp
　　　　　　　　　　（企画）赤木恭平（校正）宮森由紀子
　　　　　　　〒114-0023　東京都北区滝野川7-46-1
　　　　　　　振替00160-5-151318　電話03(5907)6701
　　　　　　　　　　　ご注文窓口　電話03(5907)6668
＊検印省略　　　　　　組版所　中　　央　　美　　版

本書の無断コピーは，著作権・出版権にふれます。ご注意ください。

Printed in Japan　　　　　　　ISBN978-4-18-356823-6
もれなくクーポンがもらえる！読者アンケートはこちらから

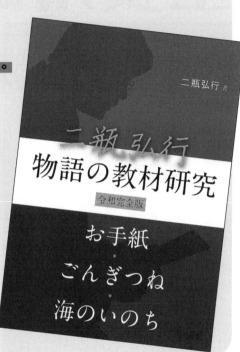

国語科重要用語事典

国語科教育研究に欠かせない1冊

国語教育研究・実践の動向を視野に入れ、これからの国語教育にとって重要な術語を厳選し、定義・理論・課題・特色・研究法等、その基礎知識をコンパクトに解説。不変的な用語のみならず、新しい潮流も汲んだ、国語教育に関わるすべての人にとって必携の書。

髙木まさき・寺井　正憲
中村　敦雄・山元　隆春 編著

A5判・280頁
定価3,256円（10%税込）
図書番号 1906

◆掲載用語

PISA／共同学習・協同学習・協働学習／学習者研究／個に応じた指導／アクション・リサーチ／ICTの活用／デジタル教科書・教材／クロスカリキュラム／コミュニケーション能力／討論・討議・ディベート／合意形成能力／ライティング・ワークショップ／読者論／物語の構造／レトリック／メディア・リテラシー／国語教育とインクルーシブ教育　他 **全252語**

明治図書　携帯・スマートフォンからは **明治図書 ONLINE へ**　書籍の検索、注文ができます。▶▶▶

http://www.meijitosho.co.jp ＊併記4桁の図書番号（英数字）でHP、携帯での検索・注文が簡単に行えます。

〒114-0023　東京都北区滝野川7-46-1　ご注文窓口　TEL 03-5907-6668　FAX 050-3156-2790